너무
아름다운
꿈

너무
아름다운
꿈

최은미 소설

문학동네

차 례

비밀동화

높새바람이 산을 넘어 불어옵니다.
천년 전에도 불었고 이십 년 전에도 불었던 바람,
그 바람이 산을 넘어 불어옵니다.

산 위에서 높새바람이 불어오던 늦봄에 누나는 왔습니다. 엄마는 말했습니다. 동생이 잘못되면 니 책임이야. 그래서 누나는 동생의 손을 꼭 잡고, 다른 곳에는 눈길도 주지 않고, 버스에 얌전히 앉아 곧장 왔습니다.

마을로 들어오다 누나는 군인을 보았습니다. 학교도 보았습니다. 탑도 보았고, 산과 강도 보았습니다. 얼굴에 파리가 앉은 노인이 느티나무 아래에서 누나를 째려보았습니다. 누나는 무서워서 동생의 손을 꼭 잡고, 마구 뛰어서 왔습니다.

저녁에 할머니가 고깃국을 끓여줍니다. 국물 위에 뜬 비계에 털이 송송 박혔습니다. 비계를 집어먹은 동생은 밤새 토합니다. 동생이 게워내는 걸쭉한 덩어리를 누나는 한 손으로 받아냅니다. 다른 손으로는 동생의 머리를 누릅니다. 더 토해봐, 빙섀야. 사람 잠도 못 자게.

다음날부터 누나는 학교에 다닙니다. 할머니와 할아버지는 새벽부터 담배밭에 나가 일을 합니다. 동생은 학교까지 누나를 따라옵니다. 누나가 수업을 듣는 동안 동생은 이순신 장군 동상 옆에서 누나를 기다립니다. 2교시가 끝나면 누나는 동생에게 우유를 갖다줍니다. 우유를 먹은 동생은 선생님의 자전거줄 위에 똥을 쌉니다.

높새바람이 마을을 통과합니다. 갈참나무 사이로 고온건조한 바람이 불어갑니다. 백엽상의 온도계 눈금이 올라가고 지붕들 위로 뜨겁고 가벼운 불씨들이 떠다닙니다. 머리에 풀잎을 꽂은 군인들이 피터팬처럼 불씨 사이를 날아다닙니다. 누나아앙아아. 동생이 누나를 부릅니다. 누나아아앙아아아아. 누나를 부르는 소리는 탑과 운동장과 느티나무를 돌아 마을 곳곳으로 퍼져갑니다.

누나는 알지 못하지만 학교는 몇 년 뒤에 폐교가 됩니다. 누나가 덧셈뺄셈을 하던 칠판에는 군인들이 WXY를 그려넣고 동생이 맴을 돌던 이순신 장군 옆에서는 키 큰 풀들이 자라나게 됩니다. 그보다 훨씬 오랜 후에 누나는 폐교를 찾아와 울게 됩니다. 돌을 껴안고 울게 됩니다. 그러나 지금은 아무것도 알지 못합니다.

빙새야, 물 말아 먹지 말랬지. 동생이 밥그릇에 주전자 꼭지를 갖다댑니다. 동생은 언제나 밥을 물에 말아 먹습니다. 밥물에 고추장을 풀어 먹습니다. 먹고 나면 탑 옆에 고추장물을 그대로 게워놓습니다. 동생이 게운 고추장물은 빨갛습니다. 동생은 고추장물이 엄마가 해주던 냉국이라고 생각합니다. 김칫국물인지 고추장물인지 확실하진 않아도 엄마가 마지막으로 해준 건 핏빛 국물 위에 오이채가 떠 있던 냉국이 맞습니다. 누나는 그렇게 생각합니다.

엄마와 아빠는 동생에게 희수라는 이름을 지어주었습니다. 창문으로 햇빛이 들어오던 오후입니다. 엄마는 누나를 무릎에 누이고 귀지를 파줍니다. 옆에서는 희수가 잠을 잡니다. 귀지를 남김없이 파낸 엄마가 누나의 귓속에 입술을 집어넣고 속삭입니다. 보지 말아야 할 것을 본 아이들은, 벌을 받게 된단다. 누나는 다리도 간지럽고 등도 간지럽지만 움직일 수가 없습니다. 뾰족한 귀이개가 눈앞에서 어른거립니다. 누나는 숨을 멈추고 입속으로 말풍선을 부풀립니다. 말풍선이 중얼거립니다. 보지 말아야 할 것을 본 아이들은, 벌을 받게 된단다.

마을은 어디를 봐도 군인입니다. 뒷산에서 학교 앞까지 줄지어 가는 것도 군인이고 절터에서 단체로 엎드렸다 일어나는 것도 군인입니다. 누나는 마을에 온 뒤부터 부대의 기상나팔 소리에 잠을 깹니다. 군인들의 구령소리를 들으며 세수를 합니다. 군인들은 언제나 머리에 풀잎을 꽂고 얼굴에 검은 칠을 하고 다닙니다. 군인들은 혼자 다니는 법이 없습니다. 느티나무 아래에서 물을 먹을 때도 다섯 명이 일렬로 서서 마십니다. 군인들은 두 손을 앞으로 가지런히 모으고 소리없이 행군합니다. 마을 사람 누구도 군인들한테 말을 걸지 않고 군인들 누구도 마을 사람들한테 말을 걸지 않습니다.

누나는 친구와 나란히 엎드려 숙제를 합니다. 이 고장의 팔경을 정리해오는 숙제입니다. 팔경 안에는 높은 폭포나 천년 수령의 느티나무 외에 군인들도 들어간다는 걸 마을에 사는 아이들은 누구나 압니다. 저물 무렵 하루 일과를 마치고 부대로 돌아가는 군인들의 행렬은 단양팔경에도 남원팔경에도 뒤지지 않는, 이 고장의 장관입니다. 선생님은 얘기합니다. 이 고장은 예부터 군사적 요충지였단다.

누나아앙아아. 누나아아앙아아아아.

희수가 누나를 부릅니다. 저 빙새가, 사람 숙제도 못 하게. 누나는 공책을 들고 뛰어갑니다. 탑 아래에 희수가 앉아 있습니다. 작고 마른 희수는 물배만 볼록합니다. 뛰어오는 누나를 보자 희수가 끼룩거리며 달아납니다. 누나는 우우우우, 소리를 내며 쫓아갑니다. 할머니네 집 뒤에는 학교 운동장보다도 넓은 터가 있습니다. 얼마나 넓은지 목에서 쇄쇄 소리가 나도록 뛰어도 누나와 희수는 한달음에 달려본 적이 없습니다.

터에 있는 것은 희수 키만한 개망초꽃과 탑 하나가 전부지만 터 끝에 있는 돌축대에 올라가 앉으면 마을이 한눈에 들어옵니다. 까마득한 옛날에 이곳에 절이 있었다고 말해준 건 아빠입니다. 일 년에 서너 번은 엄마와 아빠와 함께 할머니네에 다녀가던 때가 있었습니다.

아빠가 탑 날개에 누나를 앉혀줍니다. 옛날엔 이 끝에 작은 종을 달았단다. 나두 나두. 희수가 조르자 아빠가 희수를 번쩍 들어 목말을 태워줍니다. 탑은 몇 살? 천 살. 느티나무는 몇 살? 천 살. 희수는 몇 살? 네 살. 희수가 손가락 하나를 접어 보이며 신이 나서 떠오릅니다. 아빠가 희수를 더 높이 올려줍니다. 여기서부터 저어기까지는 말이다, 아빠 손가락이 개망초꽃만 빽빽한 절터 사방을 가리킵니다. 스님들이 공부를 하던 강당이었단다. 누나가 탑 앞의 동그란 돌 위에서 발을 통통 구릅니다. 아빠, 아빠, 그럼 여긴? 희주 아빠! 희주야, 희수야! 엄마가 우리를 부릅니다. 할머니가 누른 메밀국수가 한 상 가득합니다. 아빠를 쳐다보지도 않던 할아버지가 처음으로 아빠에게 돌배주를 따라준 날입니다. 할머니가 돌아앉아 눈물을 훔쳐냅니다. 엄마가 짧게 끊은 국수를 희수한테 먹여줍니다. 누나는 짤랑짤랑 으쓱으쓱 춤을 춥니다.

누나아앙, 빨리 와, 빨리. 달아나던 희수가 꽃을 따 먹기 시작합니다. 달걀프라이와 똑같이 생긴 개망초꽃을 희수는 달걀꽃이라고 부릅니다. 이 빙새야, 그거 먹으면 안 돼. 숨이 턱까지 오른 누나가 희수 등을 확 밀칩니다. 희수가 또, 또, 하며 일어납니다. 누나는 또 밀칩니다. 이번엔 좀 세게 밀칩니다. 희수가 또, 또, 하며 일어나다 누나 눈치를 살핍니다. 놀이인지 아닌지 헷갈려할 때 희수 눈은 흔들립니다. 희수가 풀이 심하게 죽거나 겁을 집어먹을 때마다 누나는 희수가 만만하고 얄미워서 미칠 지경입니다. 돌축대 위에 서 있는 군인들이 그제야 누나 눈에 들어옵니다. 군인들이 나란히 서서 누나와 희수를 내려다보고 있습니다. 도망쳐! 누나는 희수의 손을 잡고 집까지 한달음에 뛰어옵니다.

달걀꽃을 따 먹은 날이면 희수는 밤새 배앓이를 합니다. 아파서 앓을 때나 물을 삼킬 때, 누나를 부를 때, 희수한테서는 항상 이응이 깔린 콧소리가 묻어납니다. 그것은 징징대는 소리 같기도 하고 애원하는 소리 같기도 합니다. 누나는 교실 창가에서 선생님 말을 듣다가도, 친구와 고무줄을 하다가도, 잠을 자다가도 그 소리를 듣습니다. 누나아앙아아. 누나아아앙아아아아. 탑을 감아돌아 하늘로 퍼져가는 누나를 부르는 소리. 누나는 알지 못하지만 아주 오랜 시간이 흘러 마지막 숨을 거두는 순간에도 누나는 그 소리를 듣게 됩니다. 허리를 굽혀 신발을 신던 아침마다, 골목으로 해가 지던 저녁마다, 사랑을 나누던 절정의 순간마다 그 소리를 들으며 살았다는 걸 누나는 마지막에 알게 됩니다. 그게 벌이었다는 걸 알게 됩니다. 그러나 지금은 아무것도 알지 못합니다.

마을에 사람들이 한 무리 들어옵니다. 그들은 몇 날 며칠 절터를 둘러보며 자기들끼리 소곤댑니다. 그러곤 절터에 금줄을 두릅니다. 마을을 돌아다니며 어느 집의 개밥그릇과 어느 밭의 돌덩이까지 모조리 살펴봅니다. 마을에는 용도를 알 수 없는 석재들이 많습니다. 홍수 때 절터에서 떠내려와 마을 곳곳에 박혀 있는 기와편들도 많습니다. 마당에 있는 석재는 농기구 선반으로 쓰이고 느티나무 아래의 석재는 쉬어가는 의자로 쓰이고 냇가의 석재는 소꿉놀이 밥상으로 쓰입니다. 그중 으뜸은 학교 운동장에 있습니다.

운동장 한쪽에는 아이들 스무 명이 앉아도 될 만큼 기다란 돌이 누워 있습니다. 오래전 절이 있었을 때에는 마을 앞에 철 당간을 세우고 절 입구를 알리는 깃발을 달아놓았습니다. 긴 돌은 철 당간을 기둥처럼 받치고 섰던 당간지주입니다. 돌에 올라가서 뛰면 혼을 내지만 선생님은 계절이 바뀔 때마다 돌 위에 아이들을 나란히 앉히고 사진을 찍어주기도 합니다.

절터에 금줄이 쳐지자 제일 부산해진 것은 군인들입니다. 금줄을 두른 사람들을 제일 못마땅해하는 것도 군인들입니다. 군인들은 절터에 수시로 내려와 훈련을 해왔습니다. 마을 사람 누구도 군인들에게 뭐라 하지 않았습니다. 군인들과 금줄을 두른 사람들이 탑을 사이에 두고 마주 섭니다. 그들은 팔짱을 끼고 서로를 노려봅니다. 할머니네 집은 절터 아래의 첫번째 집이기 때문에 누나는 그들이 소리없이 싸우는 광경을 자주 볼 수 있습니다. 누나는 군인들 눈 옆에 뾰족한 말풍선을 띄우고 '쨍'이라고 써넣습니다. 군인들은 합창합니다. 우리를 방해하지 마시오. 금줄을 두른 사람들도 합창합니다. 이곳은 역사적 가치가 높은 곳입니다.

친구네 엄마는 아는 것이 많습니다. 금줄을 두른 사람들이 곧 달걀꽃을 밀어내고 절터를 '발굴'할 거라고 말해준 사람도 친구네 엄마입니다. 엄마가 아빠를 발라먹었다고 말한 사람도 친구네 엄마입니다. 어쩜, 즈이 엄마랑 똑 닮았네. 눈매하며. 할머니 몰래 누나를 들여다보며 그렇게 말한 사람도 친구네 엄마입니다.

친구도 아는 것이 많습니다. 친구 말을 들어보면 읍내에는 여기랑 비교도 할 수 없을 정도로 군인들이 많습니다. 고속버스를 타고 군인들을 면회 온 여자들한테서는 좋은 냄새가 납니다. 읍내에는 군인과 애인을 위한 여관과 술집이 넘실댑니다. 군인들은 애인을 옆구리에 끼고 슈퍼맨처럼 한쪽 팔을 내뻗은 채 읍내의 불빛 속을 날아다닙니다. 친구가 말합니다. 버스를 타고 고개만 넘으면 읍내야.

밤이 되면 담뱃잎에 붙어살던 벌레가 할아버지 목 뒤로 기어나옵니다. 담배 키운 돈으로 온갖 곳을 돌아다니던 담배농장집 막내딸, 그 철없는 딸이 남긴 남매한테로 기어옵니다. 희수는 방바닥을 굴러다니다 벽에 붙어서 잠을 잡니다. 누나는 천장을 보고 누워 절터로 넘어오는 높새바람 소리를 듣습니다. 바람이 개망초꽃 사이에서 서걱거리면 누나는 몸을 돌려 희수가 죽었는지 안 죽었는지 확인해봅니다. 엄마와 헤어진 뒤 생긴 누나의 습관입니다. 할아버지는 말이 없습니다. 누나와 희수만 보면 큼큼, 하며 돌아앉습니다. 할머니는 하루에 한 번은 벽에 기대앉아 뒤통수를 찧으며 한탄을 합니다. 내가 어쩌다 느이 에미를 낳았을꼬. 내 죄다, 내 업이야. 누나는 잠이 오지 않습니다. 천장에 갖가지 말풍선을 띄워놓아도 잠이 오지 않습니다.

엄마 아빠와 살 때도 누나는 잠이 오지 않는 아이였습니다. 엄마와 아빠와 희수와 누나는 한방에서 잡니다. 자려고 눈을 감으면 골목에서 들어오는 가로등 불빛에 누나는 눈두덩이 간질간질합니다. 멀리에서 차가 지나가는 소리, 삐뽀삐뽀 소리, 골목을 걸어가는 구두 소리가 다 들립니다. 누나는 자꾸 침이 고입니다. 침 삼키는 소리가 너무 커서 엄마 아빠가 깰까봐 조마조마합니다.

어쩌면 누나는 잠깐 잠이 들었는지도 모릅니다. 어쩌면 공상을 했는지도 모릅니다. 아빠가 엎드린 채로 상체를 일으켰다 몸을 돌려 자리에 눕는 게 보입니다. 누나는 천장을 보고 누워 있기 때문에 그것은 곁눈 시야로, 검은 실루엣으로만 보이는 것입니다. 곧이어 엄마가 팬티를 올립니다. 누나는 자리에 누워 골목의 발소리까지 다 듣고 있었지만 엄마 아빠한테선 어떤 소리도 듣지 못했다는 걸 압니다.

오랜 시간이 지난 뒤에 누나는 종종 그날을 회상하게 됩니다. 단칸방에서 어린 남매를 키우던 젊은 부부의 너무 고요한 교합을, 상체를 일으키고 속옷을 올리던 단 두 동작, 그 숨죽인 움직임이 주던 기이한 슬픔을 생각하게 됩니다. 누나는 어린아이였고 자신이 본 것이 무엇인지 몰랐지만 그날 밤 천장을 보고 누운 누나의 얼굴에선 이유를 알 수 없는 눈물이 저절로 흘러내렸습니다.

단칸방에 찾아온 무수한 밤들 중 한 날에 희수는 생겨났습니다. 일을 시작하려던 때에 희수를 가진 엄마는 살기 싫은 사람처럼 행동합니다. 엄마는 아무것도 먹지 않고 누워만 있습니다. 조금 기운이 나면 엎드려서 웁니다. 조금 더 기운이 나면 누나한테 시비를 겁니다. 누나가 대답을 늦게 하거나 방문을 열어놓거나 비누에 머리카락을 묻히면 냄비들을 모두 꺼내 납작하게 밟아버립니다. 누나를 사 등분으로 접은 뒤 싱크대 속에 집어넣어버립니다. 그러다 정상으로 돌아오면 엄마는 누나 볼에 미친 듯이 입술을 비빕니다. 미안해, 미안해. 누나가 흙을 묻혀오고 머리카락을 떨어뜨려도 마구 따라다니며 칭찬을 합니다. 누나는 같은 행동을 하면서도 엄마 눈치를 보는 아이가 됩니다. 자신을 칭찬하지 않는 분위기 속에선 금세 기가 죽는 아이로 자라게 됩니다. 그래서 남의 칭찬을 끌어내기 위해 기를 쓰며 살게 됩니다.

엄마는 자주 김치를 담그려고 합니다. 아빠가 좋아하는 것이 국수와 김치이기 때문입니다. 김치를 담그기로 결심한 엄마가 희수를 업고 누나의 손을 잡고 시장에 가서 열무단을 사옵니다. 횡단보도 신호가 바뀌기를 기다리는 동안 등에 업힌 희수가 흘러내립니다. 열무단도 흘러내립니다. 엄마는 희수를 추어올리고 열무단을 다시 단단히 잡습니다. 신호가 바뀌었는데 이번엔 누나가 선물가게 앞으로 쪼르르 걸어갑니다. 엄마가 누나를 잡아옵니다. 신호등은 그새 빨간색이 됩니다. 다시 신호가 바뀌기를 기다리는 동안 희수는 또 흘러내립니다. 열무단도 흘러내립니다.

집에 도착한 엄마는 열무단과 희수를 동시에 던져버립니다. 희수가 허공을 휘저으며 웁니다. 희수가 울음을 그치지 않자 엄마가 열무단을 들어 누나 등을 때리기 시작합니다. 열무는 단단합니다. 열무의 흙들이 누나의 머리카락을 파고듭니다. 열무가 다 흩어지자 엄마는 자리에 주저앉아 웁니다. 누나와 희수는 가만히 앉아 엄마가 울음을 그치기를 기다립니다. 엄마는 꺼이꺼이 웁니다. 누나는 희수가 휘젓다만 허공에 말풍선을 띄우고 '꺼이꺼이'라고 씁니다. 엄마가 우는 건 자기 때문이라고 누나는 생각합니다.

한 번씩 꺼이꺼이 울고 나면 엄마는 며칠 동안 웅크리고 누워 일어나지 않습니다. 아빠는 밥상을 펴놓고 앉아 일을 하다가 희수를 업어 달래고, 희수가 잠들면 누나에게 줄 밥을 볶습니다. 엄마는 그런 아빠를 노려보다 베개를 던지며 소리를 지릅니다.

엄마도 희수도 잠이 들어야 집에는 평화로운 시간이 옵니다. 그 시간이 오면 누나와 아빠는 현관 밖 계단참에 앉아 하늘을 봅니다. 주택가의 빽빽한 지붕들 위로 구름이 있고 구름 사이에 드문드문 별들이 있습니다. 누나와 아빠는 구름 사이에서 별 찾기 놀이를 합니다. 누나가 늘 5대 2 정도로 이깁니다. 아빠가 누나를 무릎에 앉히고 물어봅니다. 희주야, 구름이 별을 좋아할까, 싫어할까? 누나는 대답합니다. 좋아하는 거야, 아빠. 왜? 좋아하니까 감춰주잖아.

아빠는 재재거리는 딸아이의 말에 하하, 웃으며 누나를 한 품에 쏙 감싸안아줍니다. 아빠한테서는 나무 타는 냄새가 납니다. 아빠의 겨드랑이에서는 실제로 모닥불이 탈 때처럼 타닥타닥 소리가 날 때가 많습니다. 누나는 난로 같은 아빠의 겨드랑이 밑에서 불을 쬡니다. 엄마와 희수가 깨지 않을 때까지만 허락된 아슬아슬하고 짧은 시간이 누나는 영원히 계속되었으면 좋겠다고 생각합니다.

꼬마야. 돌축대에 걸터앉은 누나 어깨를 누군가 톡톡 두드립니다. 머리에 풀잎을 꽂은 군인이 누나를 보며 웃고 있습니다. 살짝 웃는데도 잇몸이 다 들여다보입니다. 저만치 탑 기단에 앉아 노는 희수를 확인하며 누나는 군인을 봅니다. 안녕하세요, 아저씨. 누나는 예의바른 아이처럼 인사를 합니다. 피터팬 아저씨가 건빵 한 봉지를 꺼내 하늘 높이 던져올립니다. 떨어지는 건빵 봉지를 손가락으로 잡아 빙글빙글 돌리다가 누나에게 건넵니다. 누군가와 장난을 치고 싶어 못 견디겠다는 표정입니다. 건빵 봉지의 투명한 부분으로 별사탕이 보입니다. 할머니는 항상 말했습니다. 군인을 보더라도 따라가면 절대 안 된단다. 왜요, 할머니? 군인들은 여자아이의 골을 파먹고 남자아이의 엉덩이에서 미끄럼을 탄단다. 왜요, 할머니? 예부터 그랬단다.

괜찮아요, 아저씨. 누나는 건빵을 살짝 밀어냅니다. 눈으로는 봉지 안의 별사탕과 탑 옆에 있는 희수를 번갈아 확인합니다. 희수는 달걀꽃을 따 먹고 있습니다. 너는 동생을 참 잘 보살피는구나. 피터팬 아저씨가 누나를 칭찬해줍니다. 누나는 아저씨를 가만히 쳐다봅니다. 아저씨는 얼굴뿐 아니라 군복 밖으로 보이는 목과 손도 새까맣습니다. 아저씨는 왜 혼자 다녀요? 아저씨가 어깨에서 총을 내려놓습니다. 할 일이 있기 때문이란다, 아주아주 중요한 일. 갑자기 목소리를 낮춘 아저씨가 눈동자를 굴려 사방을 살핍니다. 골을 파먹을 인상은 아닙니다. 아저씨는 어떻게 날아다녀요? 공군이에요? 머리에는 왜 풀잎을 꽂고 있어요? 얼굴엔 왜 검댕을 칠하고 다녀요? 누나는 군인들을 볼 때마다 궁금해서 참을 수 없었던 것을 한꺼번에 물어봅니다. 피터팬 아저씨가 소리도 없이 입만 터뜨리며 웃습니다. 나도 잘 모르겠는걸.

누나는 집에 돌아와 희수 손을 씻깁니다. 저녁을 물에 말아 먹은 희수가 텔레비전 앞에 꼭 붙어 있습니다. 〈백분쇼〉에 혜은이가 나오기 때문입니다. 희수는 혜은이를 엄마라고 부릅니다. 혜은이는 예쁩니다. 너무 예쁩니다. 천사 같은 눈에 구슬 같은 목소리, 혜은이는 항상 희수를 보며 웃어줍니다. 누나는 대접에 과자를 쏟아부어 희수 앞에 갖다줍니다. 죠리퐁은 작고 양이 많아 어떤 과자보다도 희수가 오래 먹을 수 있는 과자입니다. 과자를 먹는 동안은 희수는 누나를 부르지 않습니다. 놀아달라고 떼를 쓰지도 않습니다. 꼼짝도 않고 등을 구부리고 앉아 작은 알갱이 하나를 집어 녹여먹고, 다음 알갱이를 집어 녹여먹습니다. 혜은이와 죠리퐁만 있다면 누나는 희수를 떼어놓고 서울까지도 갈 수 있습니다. 다른 때 같았으면 희수 과자를 한 움큼 빼앗으며 놀렸을 누나입니다. 그러나 누나는 희수도 과자도 눈에 들어오지 않습니다. 누나가 먹고 싶은 것은 별사탕입니다. 낮에 본 별사탕이 아른거려서 누나는 잠이 오지 않습니다.

엄마가 아빠와 결혼을 하겠다고 했을 때 할아버지는 창고 뒤의 석재로 스스로 발등을 찧고 사흘 동안 밥을 들지 않았습니다. 아빠는 탑 옆에 무릎을 꿇고 앉아 밤낮으로 빌었습니다. 마을 사람들은 혀를 차며 아빠에게서 고개를 돌렸습니다.

아빠가 엄마와 결혼을 하겠다고 했을 때 아빠의 은사 스님은 그 자리에서 뇌졸중으로 쓰러졌습니다. 아빠의 유학비용부터 시작해 모든 지원과 기대를 아끼지 않던 문중은 크게 술렁였습니다. 아빠의 사형과 사제 들은 아빠를 윽박지르기도 하고 매달리기도 하며 설득했지만 아무도 아빠의 뜻을 되돌리지 못했습니다.

아빠가 가르치던 학인승1이 아빠의 가삿자락을 부여잡습니다. 놓거라. 아빠는 눈길조차 주지 않습니다. 학인승2가 아빠의 고무신에 매달립니다. 놓거라. 아빠는 맨발로 걸어갑니다. 학인승3이 아빠 앞에서 철야정진을 시작합니다. 아빠는 문을 닫아버립니다. 학인들은 한 방향으로 쓰러져 흐느끼며 읍소합니다.

아빠는 오직 계를 스승으로 삼고 정진해온 율사입니다. 어려서부터 사문의 계를 익혔고 일찌감치 총림의 율주로부터 강맥을 전수받았습니다. 나이답지 않은 위의는 스스로를 칼같이 벼리며 한길로 정진해왔기에 아빠한테서 빛날 수 있는 것이었습니다. 율사의 길은 바늘로 뼈를 깁는 것보다 어렵다 했습니다. 같은 스님들조차 기피하는 길을 아빠는 쉬지 않고 달려왔습니다. 다른 도반들처럼 직장을 다니다 출가한 것도 아닙니다. 속가의 거리에서 살아본 것도 아닙니다. 동진출가하여 계율 속에서만 살아온 아빠에겐 깨달음으로 가는 탄탄대로만이 펼쳐져 있습니다. 총림의 습의와 예참이 아빠의 실무 아래 체계를 잡아갑니다. 아빠의 장삼 깃 한 번에 수천의 학인이 움직입니다. 아빠의 강의 한 번에 젊은 사미들이 율사를 꿈꿉니다. 사찰의 청년부로 활동하던 학생들이 아빠를 보고 출가의 뜻을 품습니다. 열 중 아홉은 다시 돌아가지만 그중 하나는 남아 아빠와 같은 길을 걸어갑니다. 학인승1과 2와 3도 그렇게 남은 이들입니다.

큰스님까지 모두 참여한 산중회의에서 환속 의사를 당당히 밝힌 아빠에겐 계를 파하는 율사라는 자괴감은 조금도 찾아볼 수 없습니다. 이제껏 걸어왔던 길의 확고함만큼, 돌아서는 아빠에게 망설임은 없습니다. 횃불을 잡고 바람을 거슬러가는 것과 같다고 했습니다. 너의 손을 데게 하고 결국은 너를 태워버릴 거라고, 도반들은 합창합니다. 아빠는 일주문 위를 날아올라 사원 밖으로 날아갑니다. 엄마에게 날아갑니다. 누나와 별 찾기 놀이를 하러 갑니다. 희수의 기저귀를 갈아주러 갑니다.

금줄을 두른 사람들이 학교 운동장에 모입니다. 모여서 운동장에 누워 있는 긴 돌을 봅니다. 당간지주는 절 앞에 쌍으로 세워지는 돌입니다. 긴 돌한테는 똑같이 생긴 짝이 있어야 합니다. 금줄을 두른 사람들은 사라진 돌 한 짝을 찾고 있습니다.

그들이 사라진 돌을 찾지 못할 거라는 걸 마을 사람들은 압니다. 절이 세워지던 당시, 천년 수령의 느티나무가 아마도 어린 묘목이었을 그때, 남매 장사壯士 둘이 긴 돌을 메고 산을 넘어옵니다. 그러나 넘던 도중 남동생이 죽고 말아 누나가 옮기던 돌만 도착합니다. 남동생이 옮기던 돌이 현거산 동남쪽에 있다는 것은 마을에 오래전부터 내려오는 전설입니다. 하지만 실제로 그 돌을 본 사람은 아무도 없습니다.

마을 사람들은 학교에 누워 있는 긴 돌에 남매들을 가지 못하게 합니다. 밤마다 쇳소리를 내며 돌이 울기 때문입니다. 벌떡 일어나 남매 중 한 명을 현거산으로 데리고 가기 때문입니다. 남매들이 그 위에서 논 날은 고추모종이 꺾어지고 논에 거머리가 들끓기 때문입니다. 그러나 그것은 옛날얘기입니다. 마을에는 오빠와 여동생 남매는 있어도 누나와 남동생 남매는 없습니다. 그런 남매는 얼마 전부터 할머니네로 내려와 사는 누나와 희수뿐입니다.

금줄을 두른 사람들은 지칠 줄 모르고 마을을 뒤집니다. 사라진 돌 한 짝이 어딘가에서 농기구 선반이나 쉬어가는 의자나 소꿉놀이 밥상으로 쓰일지도 모른다고 생각합니다. 풀숲에 숨어 있던 군인들이 눈을 하얗게 뜨고 그들을 지켜봅니다.

토요일입니다. 백엽상에서 맴을 돌다 정글짐으로 건너갔던 희수가 긴 돌 위에 엎드려 있습니다. 누나는 친구들과 곤충채집 숙제를 해야 합니다. 누나는 죠리퐁 한 봉지를 뜯어 희수에게 쥐여줍니다. 천천히 먹어.

그래도 희수는 자꾸 누나를 따라오려고 합니다. 누나야, 나도 갈래. 나도 고기 잡을래. 우리 고기 잡으러 가는 거 아니야, 빙새야. 누나는 긴 돌 위에 희수를 밀쳐 앉힙니다. 야, 빨리 가야 돼. 친구가 누나를 재촉합니다. 누나앙, 나도 갈래. 희수가 징징거리며 다시 일어섭니다. 아 쫌! 누나의 책가방을 잡던 희수가 나동그라집니다. 흙바닥 위로 죠리퐁이 쏟아집니다. 누나아앙아. 누나는 친구들과 서둘러 다리를 건넙니다. 누나아앙아아. 돌아보니 희수가 등을 구부리고 울고 있습니다. 울면서 죠리퐁을 한 알 한 알 봉지에 주워담습니다. 주워담다가 다시 누나 쪽을 보며 웁니다. 울다가 다시 쪼그리고 앉아 죠리퐁을 주워담습니다. 그러다 다시 엉덩이를 들고 누나를 부르며 웁니다.

여름 해는 깁니다. 긴 돌 위에는 희수가 없습니다. 죠리퐁만 몇 알갱이 흩어져 있습니다. 누나는 집으로 뛰어갑니다. 희수는 없습니다. 부엌에 밥알들이 쏟아져 있습니다. 대접에 빨간 고추장물이 묻어 있습니다. 점심을 먹으려고 의자를 끌어다 찬장을 열고, 고추장을 꺼내고 물을 붓고, 그러다 쏟고 흘린 희수의 흔적을 누나는 하나하나 봅니다.

누나아아앙아아아아. 누나는 한달음에 절터로 달려갑니다. 탑 아래에 희수가 웅크려 있습니다. 희수가 토한 고추장물이 탑 기단에서 풀숲으로 흘러내립니다. 시큼한 냄새가 탑신을 돌아 절터 위로 솟아오릅니다. 고추장물은 희수의 목으로도 넘어오고 코로도 넘어옵니다. 입술이 벌건 희수가 누나를 올려다봅니다. 누나는 희수가 쥐고 있는 죠리퐁 봉지를 뺏어듭니다. 죠리퐁 알갱이보다 흙 알갱이가 더 많이 들어 있습니다. 희수의 손톱 밑으로 흙때가 까맣게 끼어 있습니다. 고추장물 먹지 말랬지!

누나는 고추장물 위에 흙을 펴 덮고 신발로 비빕니다. 소매로 입을 훔친 희수가 따라서 신발을 비빕니다. 비비는 놀이에 점점 신이 난 희수가 발을 구르다 엉덩방아를 찧습니다. 희수의 바지는 금세 고추장물 흙투성이가 됩니다. 누나가 희수 머리를 후려칩니다. 고개가 홱 돌아가면서 탑신 모서리에 희수의 뺨이 긁힙니다. 화강암은 단단합니다. 울어. 누나가 희수의 반대편 뺨을 후려칩니다. 이 병신 같은 빌빌이. 울어! 희수는 울지 않습니다. 눈알 가득 눈물이 차오르는가 싶더니 이내 끄륵끄륵, 목으로 삼키며 딸꾹질을 시작합니다.

누나는 희수가 눈물을 뱃속으로 집어넣는 것을 봅니다. 누나는 갑자기 희수를 껴안습니다. 때린 만큼 세게 껴안습니다. 미안해, 미안해. 피가 맺힌 희수의 뺨에 누나는 미친 듯이 입술을 비빕니다. 그러고는 꺼이꺼이 웁니다. 실제로 '꺼이꺼이'라고 소리를 내면서 웁니다. 절터 가득 핀 개망초꽃이 한 방향으로 일렁입니다. 누나는 꺼이꺼이를 하느라고 보지 못하지만 군인들이 개망초꽃 아래에 쥐 죽은 듯이 엎드려 포복을 하고 있습니다. 그것은 절을 하는 것처럼도 보입니다.

누나는 잠이 든 희수의 새가슴팍에 손을 대봅니다. 희수가 죽었는지 안 죽었는지 확인해봅니다. 누나는 긴 숨을 천천히 내뱉으며 천장을 봅니다. 바닥을 굴러다니는 희수 배에서 찰랑찰랑 소리가 나는 밤입니다. 희수의 배 안에는 고추장물과 눈물이 가득합니다.

다음날 금줄을 두른 사람들이 절터의 달걀꽃을 순식간에 밀어버립니다. 삽으로 땅을 파기 시작합니다. 절터에 엎드려 있던 군인들이 연기처럼 야산으로 빠져나갑니다. 희수가 하루 종일 절터 옆에 붙어서서 달걀꽃을 부르며 웁니다.

땅속에서는 그릇이 나옵니다. 맷돌이 나옵니다. 여러 무늬가 새겨진 돌들이 나오고, 셀 수 없을 만큼 많은 기왓조각이 나옵니다. 누나는 부대의 기상나팔 소리 대신 몇백 년 만에 햇빛을 보는 돌들의 하품소리를 들으며 잠에서 깹니다. 친구네 엄마가 할머니한테 소곤거립니다. 기왓조각보다 더 많이 나온 것이 사람 어금니일 거라고. 할머니가 고개를 끄덕입니다.

마을에 절이 있었을 때, 탑 앞의 배례석에 항상 향불이 피어올랐을 때, 마을은 전체가 거대한 사원이었습니다. 할머니는 할머니의 할머니한테 들은 얘기를 들려줍니다. 사원에 속한 수천 명의 권속들이 한꺼번에 식사를 할 때는 아침저녁으로 쌀 씻은 물이 계곡 가득 흘러

넘쳤습니다. 승려들의 빨래가 널릴 때는 수천의 기러기가 날아오르는 듯 제방이 온통 하얬습니다. 사람들은 절에서 울려오는 법고 소리에 잠을 깨고 저녁 범종 소리를 들으며 들에서 돌아왔습니다. 초하루면 석등마다 전각마다 불을 밝혀 그 빛이 등성이와 고개를 몇 굽이나 넘었습니다. 할머니의 할머니의 할머니가 얘기합니다. 저물 무렵이면 말이다, 하루 시주를 마친 승려들이 석양을 등에 지고 돌아오는 행렬이 그렇게 장관이었단다. 누나는 물어봅니다. 할머니, 그 크던 절은 왜 없어졌어요? 그 많던 스님들은 다 어디로 갔어요? 할머니가 누나의 머리타래를 쓸어줍니다. 어느 하룻밤, 모두 불에 타버렸단다.

절터 위로 마른바람이 붑니다. 흙이 뒤집힌 절터 위를 피터팬 아저씨가 걸어다닙니다. 새까맣게 탄 얼굴로 걸어다닙니다. 아저씨는 왜 아직도 혼자 다녀요? 피터팬 아저씨가 누나 옆에 와 앉습니다. 장난꾸러기 같던 모습은 간데없고 눈에 핏발이 촘촘히 서 있습니다. 그날이 다가오는구나. 피터팬 아저씨가 허깨비에 사로잡힌 사람처럼 중얼거립니다. 아저씨 관심사병이에요? 그런 말은 어떻게 아니? 아저씨 치약 주워서 그래요? 그런 말 하면 못쓴다. 누나는 주머니에서 공깃돌을 꺼냅니다. 걱정 마세요. 아저씨 얘긴 아무한테도 안 했어요.

아저씨가 절터에서 주운 기와를 만지작거립니다. 누나는 절터에서 주운 돌멩이로 공기를 합니다. 돌멩이는 가볍고 달그락거리는 소리가 나서 손에 쥐고 놀기에 아주 좋습니다. 너는 좋겠구나, 공기도 잘하고. 피터팬 아저씨가 퀭한 얼굴로 산등성이를 쳐다봅니다. 나는 소중한 사람을 잃었다. 아저씨의 소중한 사람이 고무신을 거꾸로 신었어요? 그럼 매달려야죠. 아저씨는 불안한 사람처럼 손을 한시도 가만히 두지 못합니다. 매달렸지만, 안 되더구나. 맨발로 가버렸단다. 나는 화가 나서 목이 탈 지경이다. 피터팬 아저씨가 건빵을 꺼내 화풀이를 하듯 던져올립니다. 누나는 건빵을 보자마자 공깃돌을 내던지고 하늘로 튀어오릅니다. 건빵을 낚아챈 누나는 단숨에 봉투를 뜯어버립니다. 누나는 사탕들을 한꺼번에 입에 쏟아넣고 우적우적 씹어먹습니다. 아저씨, 건빵 열 봉지 중에 한 봉지는요, 건빵 말고 별사탕만 들어 있었으면 좋겠어요. 사탕이 가득한 누나 볼이 울퉁불퉁 미어집니다. 별사탕만 들어 있는 건빵이 있다면요, 저는 머리카락을 팔아서라도 사먹겠어요.

아빠는 옷을 입습니다. 옷을 입은 아빠는 이상합니다. 사이즈가 맞는 바지도 엉거주춤해 보이고 어떤 외투를 입어도 어색합니다. 아빠는 팔 짧은 점퍼와 껑충한 바지를 입고 일을 찾아다닙니다. 도반 몇이 큰스님 몰래 일거리를 줍니다. 아빠는 율장 원전에 현토를 답니다. 산스크리트어를 번역합니다. 엄마가 희수를 임신한 뒤에는 승복 업체에서 시간제 일을 합니다. 택시회사에 면접을 보러 갑니다.

엄마는 일찍 알아버립니다. 엄마가 사랑한 것은 싱크대 옆에 수그리고 앉아 학인들 교재에 토를 다는 아빠가 아니라 스리랑카 켈라니야대에서 사분율 특강을 하던 율사입니다. 엄마가 사랑한 것은 단칸방의 문고리를 돌리는 손이 아니라 온갖 장서와 대장경을 펼치던 손입니다. 엄마가 사랑한 것은 날카롭게 다려진 승복 깃 위로 파랗게 올라와 있던 젊은 승려의 목선입니다. 회색 장삼 속에서만 빛을 내는, 멸치육수도 꿀도 입에 대지 않고 살아온 율사의 칼끝 같은 몸입니다.

사원을 나와 승복을 벗고 바보 같은 점퍼를 걸친 아빠는 뿔이 잘린 무소처럼 아무런 빛도 향도 없다는 걸, 엄마는 알아버립니다.

엄마는 아빠를 점점 견뎌내지 못합니다. 희수를 낳고 나서는 절정에 달합니다. 아빠와 살기 전에는 탑이 있는 고대도시들을 돌아다니며 공부를 하던 엄마는 아빠와 살고부터는 경전 한 구절도 읽지 않습니다. 아빠가 절집 일을 받아 하는 것도 마음에 들어하지 않습니다. 아빠가 여전히 새벽마다 기도를 올리고 여전히 마늘도 파도 입에 대지 않는 것을 마음에 들어하지 않습니다.

엄마는 아빠가 사원을 떠난 것을 후회한다고 생각합니다. 아빠가 잠시만 넋을 놓고 생각에 잠겨도 소리를 지릅니다. 엄마는 아빠가 다시 사원으로 돌아갈 거라고 생각합니다. 누나한테 동화책을 읽어주고 희수를 그네에 태워줘도 소리를 지릅니다. 떠날 것이기 때문에 잘해주는 거라고 악을 씁니다.

학인승 하나가 집 앞으로 아빠를 찾아옵니다. 학인승은 끈질기게 찾아옵니다. 엄마는 화분을 텔레비전에 집어던집니다. 파편을 밟은 다섯 살 희수의 발에서 피가 납니다. 그 새끼 따라서 가라고 엄마가 고함을 칩니다. 그날 아빠는 처음으로 술을 먹고 들어옵니다. 생각해보면 오래전 일 같지만 그것은 누나와 희수가 할머니네에 오기 얼마 전에 일어난 일입니다. 말다툼 끝에 나간 아빠를 기다리며 엄마도 술을 마십니다. 누나는 희수 발에 붕대를 감아주고 잠든 희수 옆에서 침을 삼키며 누워 있습니다. 엄마는 모르지만 누나는 압니다. 승복을 입던 아빠는 지금처럼 겨드랑이가 따뜻하지는 않았을 거라는 걸 압니다. 하하, 하고 큰 소리로 웃어본 적도 없고 누군가를 한 품에 쏙 감싸안아본 적도 없다는 걸 압니다.

계단참에서 아빠가 우는 소리가 들린다고 누나는 생각합니다. 구름이 별을 감추어준 하늘 아래에서 아빠가 울고 있습니다. 누나는 '꺼이꺼이'라고 쓴 말풍선을 창문 밖으로 띄워보냅니다. 학인승이 다시는 아빠를 흔들지 않게 해달라고 빌어봅니다.

산 너머에서 고온건조한 바람이 불어옵니다. 마을의 물고랑이 마르고 초여름의 초목 끝이 타들어갑니다. 볏잎이 오그라들고 불씨들이 떠다닙니다. 마을의 길마다 송수 호스가 구불거리고 지렁이들이 그 사이로 기어나와 죽어갑니다. 할머니, 바람이 왜 이렇게 뜨거운가요. 누나가 땀을 뚝뚝 흘리며 들어옵니다. 바람이 산을 넘어 불어오기 때문이란다. 높새바람이 불 때는 말이다. 할머니가 빨래를 널며 누나를 돌아봅니다. 절대 불장난을 하면 안 된다. 누나는 절터를 바라봅니다. 네, 할머니.

피터팬 아저씨가 뜨거운 바람을 헤치고 날아옵니다. 곧 전쟁이 일어날 거다. 말라서 오그라든 얼굴로 피터팬 아저씨가 얘기합니다. 지금은 휴전중이에요, 아저씨. 아저씨의 머리 위 풀잎도 부서질 듯 말라 있습니다. 오늘이 너를 만나는 마지막이 될 거다. 아저씨는 폭탄을 메고 탱크로 뛰어들 특공대처럼 얘기합니다. 전쟁이 나면 적이 부대를 불태우게 될 거야. 하지만 적이 태우기 전에 내가 먼저 불을 낼 작정이다. 피터팬 아저씨가 기왓조각에 무언가를 새깁니다. 거기에 낙서하면 금줄을 두른 사람들한테 혼나요. 아저씨는 아랑곳하지 않습니다.

누나는 달그락달그락 공기를 합니다. 왜 불을 낼 건데요? 누나가 공기를 하면서 물어봅니다. 넌 어려서 아직 모를 거다. 살다보면 말이야, 마음에 맹렬한 불길이 일어서 산 채로 지옥에 들어가는 때가 있어. 그런 때가 꼭 온다. 그러면 가만히 있어도 불길이 솟아. 가만히 있어도 솟는데 불태우겠다는 마음을 먹으면 정말로 산 하나도 태울 수가 있다. 누나가 공깃돌을 모두 손등 위에 올립니다. 근사해요, 아저씨.

피터팬 아저씨가 기와 표면을 쓸어내립니다. 아저씨가 새긴 글자는 '六月九日'입니다. 그것은 내일 날짜입니다. 그 사람은 내 전부다. 내가 여기 들어온 건 그 사람 때문이야. 그 사람처럼 공부했고 그 사람처럼 단련했어. 그런 사람이 무명 속을 헤매는 걸 나는 보고 있을 수가 없다. 도저히 견딜 수가 없어. 피터팬 아저씨가 기왓조각을 가슴에 품고 단숨에 야산으로 날아갑니다.

누나는 희수가 언제 벌을 받게 될까 생각합니다. 희수가 벌을 받게 되는 것은 엄마의 예언입니다. 술에 취한 아빠가 술에 취한 엄마 앞에 앉습니다. 둘은 다시 술을 마십니다. 도란도란 얘기를 하기도 하고 큰 소리를 내기도 합니다. 술이 익숙지 않은 아빠가 엄마보다 먼저 밥상 위에 폭 엎어집니다. 그 소리에 누나는 이불 밖으로 고개를 내밉니다. 엄마가 엎어진 아빠를 내려다봅니다. 엄마가 상 위에 있던 과도를 조용히 집어듭니다. 아빠 등을 찌릅니다.

잠이 들었던 아빠는 칼 때문에 일어납니다. 상체를 일으킨 아빠의 가슴을 엄마가 두번째로 찌릅니다. 엄마가 울부짖으며 연이어 휘두른 칼은 세번째로 아빠의 배를 찌르고 마지막으로 아빠의 허벅지를 찌릅니다. 스펀지처럼 아빠의 몸이 순식간에 젖어갑니다. 언제부터 깼는지 모를 희수가 누나의 팔을 붙잡고 딸꾹질을 시작합니다. 아빠가 꺾어지는 고개를 들어 바라본 것은 누나입니다. 아빠가 말합니다. 구급차를 불러. 어서.

엄마가 아빠를 찌른 칼로 스스로를 찌르기 시작했을 때 구급차가 도착합니다. 구급차에게 제지당한 엄마가 괴성을 지르며 몸부림을 칩니다. 구급차는 엄마와 아빠를 싣고 삐뽀삐뽀 소리를 내며 달려갑니다. 누나는 쓰레받기로 아빠의 피를 모아 양동이에 담습니다. 수술실로 들어가면서 아빠는 이생에서의 마지막 말을 합니다. 죽으려고 그랬다고. 그러나 아빠가 소림사 출신이 아닌 이상 죽으려고 자기 등을 찌르는 건 아주 힘든 일입니다. 형사가 남매를 찾아옵니다.

네가 본 것을 얘기해보렴. 누나는 아무 말도 하지 않습니다. 형사는 다음날에도 찾아옵니다. 누나는 아무 말도 하지 않습니다. 본 것이 아무것도 없기 때문입니다. 누나는 보지 말아야 할 것은 안 보는 아이이기 때문입니다. 다음날부터 형사는 희수한테 소라빵과 새우깡을 사다 줍니다. 그림을 잘 그린다고 희수를 칭찬해줍니다. 희수는 형사가 준 캐러멜과 초콜릿으로 온몸이 찐득찐득해진 채로 방 안을 굴러다닙니다. 형사가 희수한테 귀를 갖다댑니다. 희수가 형사한테 속삭입니다.

엄마가요 아빠를요 콕, 콕, 콕, 콕, 찔렀어요. 부검실에 누워 있는 아빠의 시신에 네 군데의 칼자국이 있다는 걸 형사는 압니다. 이제 희수는 벌을 받게 될 것입니다. 누나는 보지 않았지만 희수는 보았기 때문입니다. 아빠한테 양동이 가득 냉국을 해준 엄마가 머리를 단정히 묶고 형사를 따라갑니다.

누나는 아침부터 가슴이 두근거립니다. 친구와 함께 드디어 읍내에 가기로 한 날입니다. 누나는 죠리퐁을 많이 준비합니다. 물과 밥과 고추장도 밥상에 꺼내 올려놓습니다. 텔레비전 앞에 붙어 있는 희수를 확인하고 누나는 집을 빠져나옵니다. 누나와 친구는 해가 지기 전에 돌아와야 합니다. 군인과 군인의 여자들만 구경하고 서둘러 와야 합니다. 일기예보에서 최대치의 높새바람이 분다고 한 날입니다. 누나와 친구는 버스를 기다립니다. 기다리다가 하드를 사먹습니다. 하드에 서린 김 위에 누나는 엄마, 라고 씁니다. 누나는 엄마, 라는 글씨를 한입에 베어먹어버립니다. 이가 시린 누나 얼굴이 괴물처럼 일그러집니다.

버스는 오지 않습니다. 세 대도 더 지나갔을 시간인데 오지 않습니다. 누나와 친구는 도란거리며 조금씩 걸어갑니다. 걷다보니 어느새 고갯마루입니다. 뜨거운 바람이 마을로 불어가는 것이 보입니다. 누나는 눈을 비빕니다. 비비고 다시 보아도 불길입니다. 부대가 불에 타고 있습니다. 어제 말한 대로 피터팬 아저씨가 불을 지른 것이 분명합니다. 세상에, 몽땅 타버리겠어. 뭐가? 친구가 누나를 쳐다봅니다. 저기 봐, 부대에 불길이 솟고 있잖아. 무슨 소리야, 부대는 읍내에 있어. 무슨 소리야, 난 저 부대에 있는 군인한테 건빵도 얻어먹었어. 무슨 소리야, 군인은 읍내에 가야 볼 수 있다고 했잖아.

누나는 한달음에 고갯마루를 내려옵니다. 뜨거운 화기가 마을 어귀까지 번져옵니다. 타닥타닥, 나무 타는 소리를 따라서 누나는 뛰어갑니다. 뛰어간 곳에서 누나는 봅니다. 나무로 지은 모든 전각이 불타는 것을 봅니다. 기와가 한꺼번에 무너져내리는 것을 봅니다. 수천의 승려가 불길을 피해 하늘로 날아오르는 것을 봅니다. 풀잎을 꽂은 승려

1과 2와 3이 불씨를 안고 새까맣게 타들어가는 것을 봅니다. 화마로 뒤덮인 아비규환 속에서 금줄을 두른 사람들만이 쪼그리고 앉아 돌을 파내고 있습니다.

누나아앙아아아. 누나는 희수를 찾습니다. 누나아아앙아아아아. 죠리퐁도 그대로고 고추장도 그대로입니다. 희수만 보이지 않습니다. 불씨가 사그라지고 연기가 가라앉은 뒤에도 희수는 돌아오지 않습니다. 누나는 이웃집 마당으로 가 농기구 선반을 들여다봅니다. 느티나무 아래로 가 쉬어 가는 의자를 두드려봅니다. 냇가의 소꿉놀이 밥상을 살펴봅니다. 어디에도 희수는 없습니다. 누나는 진이 빠진 채로 학교 운동장으로 가 당간지주 위에 엎드립니다. 돌처럼 길게 엎드려 희수를 부릅니다.

절터 위로 낙엽이 지고 눈이 오고 또 봄이 옵니다. 금줄을 두른 사람들이 드디어 무릎을 펴고 절터에서 캐낸 것들을 정리합니다. 카메라를 든 사람들이 들어옵니다. 금줄을 두른 사람들이 카메라에 대고 얘기합니다. 출토된 기와편이나 석탑의 양식으로 미루어 절이 10세기경에 세워졌다고 얘기합니다. 발굴된 유물이 모두 13세기 중반의 것이고 그 이후의 유물은 단 한 점도 발견되지 않은 것으로 미루어 절은 그즈음에 폐사된 뒤 한 번도 복원된 적이 없다고 얘기합니다. 금당지와 강당지의 흙이 모두 불에 탔고 퇴적물에 목탄의 흔적이 있으며 마을이 몽고군과의 접전지역이었다고 얘기합니다. 그들은 절이 몽고 침입시 몽고군에 의해 전소되었다고 정리합니다.

카메라가 절터에서 캐낸 것들을 훑어내립니다. 주춧돌과 석등조각,

깨진 대석과 기와 편들이 수도 없이 늘어섭니다. 조각들에는 당시의 연호와 절 이름과 연꽃무늬 같은 것들이 새겨져 있습니다. 금줄을 두른 사람이 옥등을 손에 듭니다. 거기엔 '己亥年三月丙戌朔五日壬辰'이라고 새겨져 있습니다. 그는 三月五日이 시주 날짜라고 덧붙입니다. 금줄을 두른 사람이 기왓조각 하나를 손에 듭니다. 거기엔 '六月辛卯朔九日戊申'이라는 글자가 남아 있습니다. 그는 六月九日이 기와가 올라간 날이라고 덧붙입니다.

출토물들 뒤로 달갈꽃이 배경처럼 피어 있지만 그것을 따 먹던 희수는 없습니다. 할아버지도 할머니도 누나도 계속 희수를 찾아다닙니다. 희수가 사라지던 날 탑에 앉아 있는 희수를 봤다는 사람도 있고 정글짐 위에서 노는 걸 봤다는 사람도 있습니다. 누구는 백엽상에 들어가 잠을 자는 걸 봤다고도 하고 누구는 이순신 장군 옆에서 우유를 먹는 걸 봤다고도 합니다. 읍내에 있는 소대 하나가 실제로 현거산을 뒤지지만 희수는 어디에도 없습니다. 친구네 엄마가 속닥댑니다. 벌을 받은 거지, 쯧쯧. 스님 귀신이 잡아간 거야.

금줄을 두른 사람들이 초췌한 얼굴로 철수준비를 합니다. 누나는 그중 한 명을 탑 아래로 잡아끕니다. 혹시요, 키 요만한 다섯 살짜리 남자애 못 보셨어요? 누나가 그동안 금줄을 두른 사람들한테 아침인사처럼 물어왔던 말입니다. 못 봤단다. 금줄이 건성으로 대답합니다. 가시게요? 누나가 금줄을 노려봅니다. 정말 가시게요? 당간지주 한 짝도 못 찾았으면서 어딜 가시게요? 눈을 한껏 치떴던 누나는 금줄이 아무 말도 하지 않자 자세를 바꾸고 금줄의 팔을 더 잡아끕니다. 저기요, 꼭 드릴 말씀이 있어요. 누나는 중요한 비밀을 얘기하듯 목소리를 낮춥니다.

저는 절이 불에 탄 날짜를 알아요. 유월 구일은 기와가 올라간 날이 아니라 절이 불에 탄 날이에요. 모르셨죠? 누나는 더욱 작게 소곤거립니다. 절은 몽고군이 태운 게 아니에요. 절에 살던 스님이 태웠어요. 제가 그 스님 알아요. 스님이 마음에서 일어나는 맹렬한 불길을 잡지 못해서 절이 탄 거예요.

꼬마야, 우린 네 동생을 보지 못했단다. 꼭 찾길 바랄게. 금줄이 일행한테로 몸을 돌립니다. 잠깐만요. 누나가 앞을 막아섭니다. 그동안 고생하셨는데 이거 드릴게요. 누나는 공깃돌을 내밉니다. 저한테는 이런 공깃돌이 아주 많거든요. 아저씨들이 돌을 캐는 동안 저는 이걸 주웠어요. 가지세요. 사람들이 재촉하는 소리가 들립니다. 금줄을 두른 사람이 엉겁결에 공깃돌을 받아들고 일행한테로 뛰어갑니다. 누나는 그게 사람 어금니라는 얘기는 하지 않습니다.

높새바람이 전언을 실어옵니다. 누나는 돌축대에 혼자 앉아 귀를 기울입니다. 바람이 산을 넘어 불어와 절이 불에 타던 날, 큰스님들은 담담하게 열반에 들어 사리로 남았습니다. 그러나 깨달음의 '깨'자에도 못 간 젊은 승려들은 새까맣게 탄 몸 그대로 절에 남았습니다. 그들은 여전히 절에 살면서 예불을 드리고 향을 피우고 마을을 돌며 탁발을 합니다. 돌축대에 나란히 서서 마을을 바라보고 느티나무 아래에서 물을 마십니다. 두 손을 앞으로 가지런히 모으고 소리없이 걸어가며 저물 무렵이면 줄을 지어 지붕 없는 절터로 돌아옵니다. 한데에서 오래 살아 머리 위에선 풀이 자랍니다. 그날의 화마로 검댕투성이가 된 몸은 바람이 불 때마다 마을의 허공을 날아다닙니다.

마을 사람들은 들에서 허리를 펴다가 한밤에 마실을 가다가 그들을 자주 봅니다. 누구도 그들에게 함부로 말을 걸지 않고 누구도 그들을 방해하지 않습니다. 군부대가 이웃마을과 읍내에는 들어서면서 유독 이 마을에만 들어서지 못하는 건 여전히 절터를 지키는 승려들의 법력 때문이라고 마을 사람들은 생각합니다.

금줄을 두른 사람들이 몇 번 더 절터를 다녀가지만 그들은 끝내 사라진 당간지주 한 짝을 찾지 못합니다. 누나는 야산 밑에서 시작해 절터를 돌아 학교 앞으로 흘러가는 냇물을 따라 뜁니다. 달걀꽃 하나를 물 위에 띄워놓으면 꽃은 제자리에서 맴을 돌기도 하고 도랑의 폭포 밑으로 떨어지기도 하면서 냇가로 흘러갑니다. 누나는 그 꽃의 속도에 맞추어 매일같이 뜁니다.

세월은 흐릅니다. 마을 하늘 위로 온난전선이 수십 번 통과하고 마을 들판 위로 높새바람이 수십 번 지나간 뒤입니다. 누나는 고속도로를 타고 다시 마을을 찾아옵니다. 마을에 들어오면서 누나는 탑을 봅니다. 산과 강을 봅니다. 느티나무 아래에 쪼그리고 앉아 있는 노파를 봅니다. 노파는 누나를 보고 입술을 달싹이지만 중풍으로 쪼그라든 몸은 얼굴에 앉은 파리조차 쫓지 못합니다. 자세히 보니 노파는 친구 엄마입니다. 누나는 예의바르게 인사를 하고 학교로 향합니다. 학교로 들어가다 누나는 군인을 봅니다. 그들은 여전히 머리에 풀잎을 꽂고 얼굴에 검댕을 칠하고 있습니다. 절터가 발굴된 뒤 마을에는 실제로 군부대가 들어섰기 때문에 누나는 그들이 군인인지 아닌지 더욱더

분간할 수가 없습니다.

오래전에 폐교가 된 학교 운동장은 풀들이 뒤덮고 있습니다. 정글짐에는 농기구가 걸려 있고 이순신 장군 옆에는 색 바랜 건빵 봉지가 뒹굽니다. 백엽상의 온도계 눈금만이 변함없이 자리를 지키고 있습니다. 누나는 긴 돌 위에 앉습니다. 돌을 쓸어보던 누나는 품에서 종이 두 장을 꺼냅니다. 하나는 다섯 살 희수가 웃고 있는 이십여 년 전의 미아 찾기 전단지입니다. 하나는 빛이 바랜 사진입니다. 사진 속에는 긴 돌이 누워 있습니다. 돌 위에 아이들이 일렬로 쪼르르 앉아 있습니다. 맨 끝에 누나가 있습니다. 누나의 옆구리에는 막 울음을 그친 희수가 콧물범벅이 된 얼굴로 매달려 있습니다. 한 손에는 죠리퐁 봉지를 들고 한 손으로는 누나의 팔을 꼭 잡고 있습니다. 누나는 손톱보다 작은 희수 얼굴을 쓸어봅니다. 누나아앙아아. 누나아아앙아아아아. 희수의 콧소리가 탑과 느티나무를 돌아 누나의 얼굴 위로 내려옵니다.

누나는 눈을 감고 팔을 벌립니다. 탑 위로 해가 집니다. 긴 돌이 일어납니다. 어디 있는지 아무도 모른다는 돌 한 짝도 날아와 옆에 섭니다. 당간에 크나큰 깃발이 내걸립니다. 전각마다 석등마다 불이 밝혀집니다. 하늘 가득 연등이 떠오릅니다. 사람들이 탑돌이를 합니다. 탑을 도는 원이 점점 넓어집니다. 누나는 원 속으로 들어갑니다. 그 속에서 엄마와 아빠와 희수를 찾아봅니다. 머리가 어질어질하도록 찾아봅니다. 아빠가 할머니 할아버지에게 무릎을 꿇던 탑, 희수가 고추장물을 게우던 탑, 어떤 불에도 타지 않고 남은 단단한 화강암 탑을 누나는 두 팔을 벌리고 빙빙 돕니다. 높새바람이 산을 넘어 불어옵니다.

천년 전에도 불었고 이십 년 전에도 불었던 바람, 그 바람이 산을 넘어 불어옵니다.

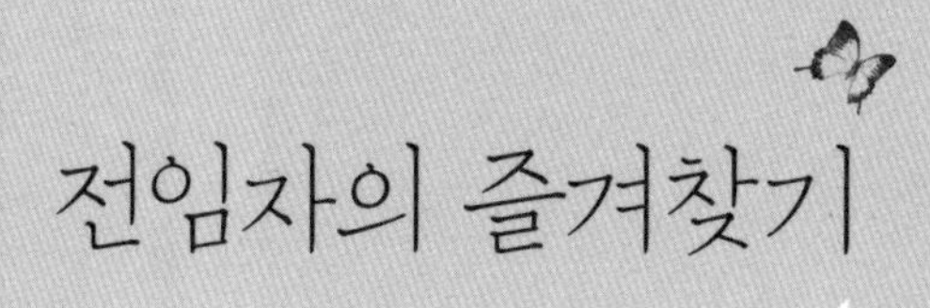

전임자의 즐겨찾기

전임자의 책상은 그대로였다.
그만두었다기보다
잠깐 화장실에 간 사람의 책상에 가까웠다.

그해 여름엔 사건 사고가 많았다.

인천발 멜버른행 여객기가 남태평양 상공에서 실종되었고 무기를 들고 탈영한 병사들이 곳곳으로 숨어들었다. 해안에서는 난류를 타고 온 밍크고래가 연이어 그물에 걸려나왔다. 아침에 지하계단을 내려가 사무실 문을 열면 날개 달린 개미 수천 마리가 바닥에 엎드려 퍼덕거리고 있었다. 하루 업무는 진공청소기로 빨아들인 개미 더미를 쓰레기봉투에 털어넣는 일로 시작되었다.

전임자의 책상은 그대로였다. 보던 문서는 서너 쪽이 넘어간 채로 펼쳐져 있었고 다이어리의 페이지를 가른 플러스펜은 뚜껑이 열려 있었다. 그만두었다기보다 잠깐 화장실에 간 사람의 책상에 가까웠다. 전임자의 것일 휴대폰 배터리는 충전이 완료된 채 여전히 꽂혀 있었고 반쯤 남은 핸드크림, 전임자가 마지막으로 뽑은 형태 그대로 멈추었을 티슈의 선까지 고스란했다. 전임자의 책상을 이대로 놓아둔 건

후임자에 대한 예의는 아닌 듯했다. 전임자의 손자국이 남아 있는 컵에는 녹차 티백이 노랗게 말라붙어 있었다.

"오셨네. 여긴 한여름에도 좀 추운데."

그때까지도 송은 모니터에 얼굴을 고정시키고 돌아보지 않았다. 슬금슬금 웃으며 다가온 사람은 연구사 김이었다. 김은 뭔가가 재미있게 돌아간다는 표정으로 이쪽을 기웃대며 전임자의 책상과 나를 번갈아 훑어내렸다. 나는 티슈 한 장을 재빨리 뽑아올렸다. 엄청난 먼지가 공중으로 솟구쳤다. 송이 신경질적으로 고개를 돌렸다. 건들지 마. 송의 시선이 말하고 있었다. 전임자의 물건 하나도 마음대로 건드리지 마.

송의 머리 위에 내려앉는 먼지의 양으로 보아 전임자가 그만둔 것이 한 시간 전이나 하루 전이 아닌 것은 분명했다. 책상 위에는 먼지만큼의 시간이 고여 있었고 그 끝엔 전임자의 마지막 동선이 절단면처럼 선명히 남아 있었다.

나는 전임자의 책상에 얼굴을 바짝 붙이고 엎드려 먼지입자를 들이켰다. 모니터에 매달린 포스트잇들은 눅눅했고 지하의 습기 때문인지 글씨들은 물기가 번져 형체가 뭉그러져 있었다. 포스트잇 하나를 떼어내자 신호처럼 모니터가 화들짝 밝아졌다. 바탕화면 위로 고래 한 마리가 천천히 떠오르기 시작했다. 여름의 시작을 알리는 축포이자 전임자의 환영인사였다.

*

실종 여객기의 탑승자 명단이 공개되었다. 1997년 괌 여객기 추락

사고 이래 최대의 참사라고들 했다. 송신이 끊긴 것은 도착을 한 시간여 앞둔 새벽녘이었다. 실종 전 어떠한 교신도 없었다. 탑승객은 전원 사망한 것으로 추정되었다. 이른 폭염과 함께 찾아온 그해 여름의 첫 번째 사건이었다.

탑승객들의 사연이 하나둘 공개되었다. 남태평양의 섬으로 신혼여행을 가는 길에 변을 당한 신혼부부의 웨딩사진 아래로 수많은 추모 댓글이 이어졌다. 삼 년 만에 가족을 만나러 가던 기러기 아빠의 사연도 공개되었다. 아내의 조산으로 갑자기 직장 연수에서 빠지게 돼 살아남은 사람도 있었고 동생의 유골함을 품고 가다 유골과 함께 바다로 추락한 사람도 있었다. 사람들은 메신저에 근조 리본을 달고 실종자들을 추모했다. 그러나 탑승객들의 사연이 줄을 잇는 동안에도 시신은 물론 기체의 잔해 하나 발견되지 않았다. 블랙박스의 수신음도 없었다.

여객기는 멜버른 아래의 태즈메이니아 섬에서 삼백여 킬로미터 떨어진 바다 위에서 갑자기 사라졌다. 엄연한 항로 이탈이었다. 당시 그곳은 난기류가 있지도 않았고 안전점검 결과로 보면 기체 결함일 가능성도 낮았다. 미명이 밝아오던 심해의 한가운데, 빛처럼 사라져버린 여객기는 아무런 단서도 남기지 않았다.

점심시간이면 갈치조림을 앞에 두고 김과 마주 앉아 실종 여객기에 타고 있었다던 김의 부인의 직장동료 얘기를 들었다. 김은 심술난 황복처럼 배가 튀어나와서 말을 할 때마다 가슴팍 아래가 불룩거렸다. 송은 함께 점심을 먹는 일이 드물었다. 사람들이 둘 이상 모인 곳은 어디에서나 실종 여객기가 화제였다. 기체 잔해가 열흘이 넘도록 발견되지 않자 사람들은 다른 가능성을 제기했다. 테러설과 외계인 납치설, 지구 자기장에 의한 공간이동설이 흘러다녔고 사고지점이 앞으로 제2의 버뮤다 삼각지대가 될 거라고도 했다. 유족들은 알게 모르게 실종자의 사진을 들고 생사를 판별하러 무속인을 찾았다. 조금 더 시간이 지나자 케이블 채널의 한 심령 프로그램에서 대대적으로 실종자의 생사를 수소문하기도 했다. 각 종교계가 참여한 추도의식은 유족들의 거센 항의를 받았고 인천공항의 합동분향소는 철거되었다. 그러는 와중에도 전임자의 물건은 도처에서 나왔다. 나는 송이 잠깐씩 자리를 비우는 틈을 타 전임자의 물건들을 상자에 집어넣었다.

물건은 업무에 필요한 것과 필요하지 않은 것으로 나누어졌다. 도감과 결재판, 통계자료 시디와 쓸 만한 문구류 들은 서랍으로, 전임자의 치실 케이스와 기한이 지난 각종 시음권, 썼는지 안 썼는지 구별이 안 되는 면봉 따위들은 상자 속으로 들어갔다. 의자 밑에 있던 전임자의 실내화는 물티슈로 닦아 특별히 지퍼백에 넣었다. 다만 서랍 안에서 구불거리던 전임자의 머리카락은 어쩌지 못하고 이면지로 덮어버렸다.

업무를 위한 최소한의 공간만 확보하자고 시작했지만 막상 하다보니 전임자의 물건 정리는 꼬리에 꼬리를 물고 이어졌다. 그냥 쓸 수도, 그렇다고 버릴 수도 없는 전임자의 명함과 결재도장을 만지작거리다보면 송의 시선이 건너왔다. 그즈음 나는 물론 김에게도 업무 외에는 사적인 말 한마디 안 건네던 송은 유독 전임자의 물건들에 반응을 보이며 나를 밀어냈다. 그러든 말든 김은 수서곤충을 훑고 다니는 미꾸리처럼 지하연구소 여기저기를 어슬렁거렸다. 다실에 가져다놓은 내 개인 컵으로 아무렇게나 차를 타 마셨고 담배를 끊는다는 핑계로 쉬지 않고 캐러멜을 까 입안으로 집어넣었다. 정기적으로 전임자의 책상과 나를 주시하며 이죽거리는 것도 잊지 않았다. 일주일에 한 번은 도청의 수산과와 점심 회식이 있었다. 작년 사업이나 워크숍 등의 화제 속에서 어쩌다 전임자의 이름이 나오면 사람들은 어색하게 말을 멈추고 화제를 돌렸다. 석연치 않은 게 많았다.

"전임자요, 국립에 특채라도 돼서 갔나요?"

김을 떠보느라 며칠 동안 갈치조림만 먹기도 했다.

"송하고 장이 말이지, 나를 은근히 따돌렸어요. 그러니 장이 왜 그만뒀는지는 송이 알지, 내가 아나?"

"저 같으면 말이죠, 그렇게 머리부터 발끝까지 다 남기고 가면 어디 가더라도 마음 불편해서 다른 일 못 할 것 같거든요. 물건 가지러라도 한번 들러야 하는 게 맞죠."

김은 후식으로 나온 수박을 씨부터 하나하나 파내 먹었다.

"언제 한번, 들를 거야."

전임자는 양식어가에 보급하는 물고기 사료의 영양소를 분석하고 있었다. 지난 몇 년 사이 도내 하천 어류의 면역력이 크게 약해지면서 새로운 단백질원을 추가한 사료 개발 또한 올 초부터 전임자 담당으로 시작된 사업이었다. 전임자가 남기고 간 사료 실험장비들은 전임자의 물건 중에 먼지가 쌓이지 않은 유일한 것이었다. 책상은 각종 자료와 개인 물품으로 너저분해도 사료 개발장비만은 철저하게 관리해왔다는 걸 알 수 있었다.

주요 강에 보가 세워지면서 민물고기의 서식 생태는 눈에 띄게 달라졌다. 몇 년에 한 번씩 조사해도 서식 어류에 큰 변화가 없던 하천들은 그동안의 생태지도를 무용지물로 만들었다. 도는 형식적인 연례 답사 정도이던 하천 생태조사를 주요사업으로 분류했다. 소속 사업소인 내수면연구소는 업무에 착수했다. 이전부터 신종 기록 경쟁에 불타 전국의 하천을 헤매고 다니던 송과 김을 주축으로 생태조사를 전담하는 산하연구소가 꾸려졌고, 사료 관련 업무 또한 비슷한 시기에 산하연구소로 이전되었다.

동자개 산란시기를 앞두고 송과 김은 전임자의 사직을 통보해왔다. 사료 담당 얘기가 오가는 틈을 타 나는 산하연구소 업무 지원을 희망했다. 팀장을 설득하기 위한 이유는 내수면연구소에서 어류영양학을 전공한 사람은 전임자 외에는 나뿐이라는 것이었고, 나를 위한 이유는 동자개 산란시기를 피해 잠시 쉬자는 것이었다. 한여름이 통과하는 6월에서 8월, 내수면연구소에 있었다면 치어생산동에서 내내 동자개의 배를 갈라야 하는 시기, 나는 산하연구소로 내려왔다. 그러나 내려오기 하루 전까지도 산하연구소가 하천이나 계곡을 낀 현장이 아니라 도심 한가운데의 지하에 있을 거라고는 전혀 짐작하지 못했다.

연구소가 있는 곳은 도청 별관 지하였다. 반지하도 아닌 완벽한 통지하라 바람도 햇빛도 없었다. 나선형 계단을 돌아내려와 출입문을 열면 사무공간이 있었고, 사무공간의 뒷문으로는 깊이를 알 수 없는 빈 공간이 켜켜이 이어졌다. 예전에 회의실로 썼다는 창고에는 도청의 철 지난 행정자료들이 상자째 쌓여 있었고 먼지 덮인 통발과 족대, 물때 낀 가슴장화와 각종 부자재 들이 구석을 채웠다. 창고 문을 열고 나가면 다시 지상으로 향하는 계단이 이어졌고 계단 끝의 철문을 열면 주택가의 뒷골목이었다. 계단엔 비닐봉지와 머리카락 같은 것들이 뒹굴었다. 나는 하루에 두 번 정도 계단을 올라 철문을 열고 하수구에 마시다 만 커피를 버렸다. 그때마다 목이 쉰 개가 짖었고 그때마다 나는 놀랐다.

계단은 어두웠고 계단을 인 허공은 더 어두웠다. 그 밑에 어떤 장비들이 있고 어떤 것들이 사는지는 아무도 몰랐다. 계단 중간참에서 몸을 늘여 한참을 들여다보면 계단 뒤편의 허공은 심해에 피어오르는 블랙스모커 같기도 했다. 숨을 쉬기 위해 수면 위로 올라가는 고래처럼 나는 하루에 두 번 이상은 철문을 열고 태양에너지를 들이켜야 정상적인 업무를 할 수 있었다.

송과 김이 하천조사를 나간 동안 전임자는 이 지하에 거의 혼자 머물렀을 것이다. 송과 김은 언제나 얘깃거리를 몰고 다니는 콤비였고 공저를 낸 적도 있어 어느 정도 정보가 있었지만 전임자에 대해서는 기이할 정도로 그동안 들은 바가 없었다. 한 지자체 소속의 해양수산연구사. 이 한 줄짜리 공식 직함 외에 내가 아는 것은 전임자가 치실을 사용했다는 것과 모발이 가늘고 끝이 갈라졌다는 것, 바탕화면에 고래가 산다는 것과 자동접속된 메신저의 대화명이 '양지바른 곳에 묻어줘'라는 것 정도였다. 전임자의 즐겨찾기를 열어보기 전이었다.

*

군함도 공군기도 여객기의 잔해를 찾지 못하고 시간을 보내는 동안 해안의 어부들 눈에서는 광채가 나기 시작했다. 밍크고래는 이제 삼

면의 바다 어디에서나 모습을 나타냈다. 같은 자리에서 수마리씩 그물에 걸려들었고 해안에 좌초한 모습이 심심치 않게 목격되었다. 그해 여름에 해수욕장에 다녀온 아이들은 누구나 일기장에 밍크고래를 그려넣었고, 자고 일어나보니 그물에 고래가 걸려 있었다는 어민들은 하루아침에 수천만원을 손에 쥐었다.

어민 가씨는 문어통발에 주둥이가 걸려 죽은 밍크고래 한 쌍을 오천육백이십만원에 경매에 넘겼다. 기름 유출사고 이래 적자를 면치 못하던 서해 어민 나씨는 까나리 안강망에 걸려 죽은 밍크고래로 모든 빚을 청산했다. 사람들은 다시 고래의 시대가 왔다고 했다. 밍크고래 두어 마리만 그물에 걸려주면 자식들 대학 등록금은 걱정이 없었다. 문어의 수도 까나리의 수도 그대로였지만 그물의 수는 몇 배로 늘어났다. 고래를 위탁판매하는 수협은 바빠졌고 불법포획 여부를 검사하는 해경은 더 바빠졌다.

포항과 울산 부근에서나 종종 열리던 고래고기 정모는 조용하게 전국적으로 퍼져나갔다. 일부 미식가의 블로그에만 오르내리던 고래고기는 여전히 가격이 한우의 열 배가 됨에도 사람들의 입맛을 빠르게 장악해갔고, 바다 생선의 부드러움과 포유류의 탄탄한 육질을 모두 갖춘 고래고기 맛에 한번 빠지면 사람들은 집도 팔고 땅도 팔았다. 사람이 먹을 수 있는 고기 중 철분이 가장 많다는 것이 알려지면서 임산부들은 철분제 대신 고래 모둠 한 접시를 안고 돌아앉아 허파부터 지느러미까지 소리없이 집어먹었다.

장마가 끝나가는 주말이었고, 침대에 누워 고래고기를 소개하는 맛집 탐방 프로그램을 보던 중이었다.

"원인을 전혀 찾을 수 없습니다. 지금 내려오셔야겠어요."

내수면연구소였다. 동료 연구사는 발을 굴렀다. 양식장에 보급한 동자개 치어들이 집단 폐사를 하고 있다고 했다. 바이러스도 세균도 검출되지 않아 폐사 원인을 전혀 찾을 수 없다는 것이었다. 수질과 시료 분석을 할 수 있는 것은 현장에 있는 그들이지 도심 지하에 파견된 내가 아니었다. 그런데도 동료 연구사는 내가 동자개를 낳기라도 한 것처럼 다그쳤다. 그 와중에 정은 계속 전화를 걸어왔다.

"고래가 잘 다니는 길이 어디냐."

연구소 전화를 대기시키고 돌려받자 정은 앞뒤 없이 물었다.

"너 한번 내려와야겠다. 고래가 잘 다니는 길이 따로 있다면서. 거기가 어디냐, 응?"

업무중이든 화장실에 있든 정은 원하는 대답을 얻을 때까진 전화를 끊지 않았다.

"어디냐니까?"

"내가 그걸 어떻게 알아!"

나는 양쪽 전화를 동시에 끊어버렸다. 끊자마자 다리에서 힘이 풀려나갔다. 생명이란 것이 얼마나 어이없이 생기고 어이없이 죽는지, 생물을 다루는 사람이라면 누구나 알았다. 그 생물들은 자신을 쫓아다니는 연구자를 골탕 먹이기라도 하듯 늘 마음대로 몰려다니고 마음대로 죽어버렸다. 거기에 가설을 세우는 일은 피로했고 많은 에너지를 요구했다.

예상과는 달리 전화는 정이 아니라 내수면연구소에서 먼저 걸려왔다.

"사료는 어떻습니까?"

동료 연구사는 일 퍼센트의 가능성이라도 의심해보고 싶은 듯했다.

"아시다시피 전임자는 전혀 연락이 안 됩니다. 비밀번호에 머리카락까지 남기고 갔지만 사료 관련 자료는 깨끗이 닦아놓은 장비밖에 없어요. 팀장님 휴가에서 돌아오시면 사료 관련 건은 업무평가를 전혀 할 수 없을 거라고 중간보고나 해주십시오."

전임자가 개발중인 사료는 아직 시험단계였다. 품질검사도 판매허가도 받기 전이기 때문에 양식어가에 유통되었을 리는 없었다. 전임자가 각 양식장에 숨어들어 물고기들에게 일부러, 그것도 이상한 사료를 먹이지 않은 이상 사료 때문에 폐사했을 가능성은 희박했다.

한창 동자개의 산란시기였다. 그동안 이 시기에 내수면연구소를 벗어난 적이 없었다. 암컷에게 산란촉진주사를 놓고 하루 정도면 되었다. 호르몬을 흡입한 어미의 배는 금세 알로 가득 차서 탱탱하게 부풀어올랐다. 치어생산동 작업대에 몸을 밀착하고 서서 나는 동자개 어미의 배를 눌러 그 알들을 짜냈다. 동자개는 가슴지느러미를 뒤로 젖히며 소리를 낸다고 해서 빠가사리라고도 불리는 물고기였다. 그 가슴지느러미에 가시가 있어 채란 전엔 항상 마취를 했다. 늘어져 있는 어미의 몸을 머리에서부터 훑어누르면 배 밑으로 노란 알들이 끝도 없이 쏟아져나왔다. 한 알도 남지 않게 알뜰히 짜내야 했다. 알을 짜낸 어미의 몸은 물기가 마르며 뒤틀렸다. 수컷의 배를 가르고 꺼낸 정소와 섞어 병부화기에 넣고 이틀이 지나면 알들은 손톱만한 치어로 부화되어 금세 퍼덕거렸다. 부화과정이 한 차례씩 끝날 때마다 체력은 바닥을 쳤다.

난황을 떼어내고 본격적으로 자라기 시작하는 치어들의 먹성은 무시무시했다. 사료봉투만 집어들어도 어린 물고기들은 순식간에 떼로 몰려와 입을 벌렸다. 올챙이만한 동자개 치어 수만 마리가 몸을 비비대며 수조 위로 튀어오르면 나는 자포자기 심정으로 휘적휘적, 사료를 뿌렸다. 징글징글하다는 말의 의미를 나는 사료를 뿌리며 배웠다. 치어들은 하천에 방류되기도 했고 양식장으로 판매돼 그대로 도의 세입금이 되기도 했다. 폐사의 원인이 무엇이든, 그들 어미의 배를 비틀고 인공으로 빛과 수온을 제공한 건 나였다.

"민물고기랑 고래는 다른 분야라고."

"물 밑에서 사는 게 다 그게 그거지."

정은 그다지 수긍하지 않았다. 동자개 소식만으로도 녹초가 된 기분이었다.

"시골구석에서 물고기 알이나 까려고 그 난리를 쳤냐. 자식 하나를 낳아도 업이 구만리를 가는데 그 숱한 알을 까서 뒷감당을 어떻게 하려고. 사람이 한번 태어나 사는 거 대양으로 나가야지, 대양으로."

대양의 포부를 가졌다는 정은 이웃에게 사기를 쳐 사기전과범이 되고, 세월이 지나 다시 그 이웃들 틈에서 다음 사기를 도모하며 살고 있었다.

"박씨랑 쇼부 봤다."

"헛소문 퍼뜨리고 다니지 마."

바다의 로또라는 밍크고래는 몇 년 이래 정을 사로잡았던 것 중 최고의 대상일 게 틀림없었다. 정은 평생 문어만 건지며 살아온 이웃 그물주 몇에게 고래의 길을 장담하고 다니면서 그 길에서 고래가 걸리면 수익금을 배분하자고 했을 것이다. 정에게 크고 작은 속임수를 겪고 욕을 했던 이웃들은 다시 정에게 말려들어 정의 말에 귀를 기울였다. 정의 유일한 능력이었다.

정이 정말 내 도움이 필요해서 전화를 한 것은 아닐 것이다. 해안엔 고래에 정통한 선장과 선주가 얼마든지 있었다. 고래의 수요가 늘어나면서 불법포획과 고의혼획은 비일비재한 일이 되었고 정이 그쪽으로 줄을 대는 것은 일도 아니었다. 해안은 고래와 접신을 한 뒤 고래의 길을 꿰고 있다는 무속인부터 대형 선주들에게 넘어간 해경 관계자, 갓 해체된 어린 밍크의 맛을 잊지 못해 손을 떨고 있는 중독자와 고래의 DNA 채취를 위해 눈에 불을 켠 국제감시단이 온갖 환경단체의 피켓과 엉켜서 아수라장이었다.

장마는 끝을 보였지만 하늘은 어두웠다. 날이 저무는 속도에 맞추어 몸이 점점 가라앉았다. 정은 나를 낳지만 않았으면 천하를 얻었을 거라고 했다. 어려서 들은 말이었지만 시간이 한참 흐른 뒤에도 그 말은 정기적으로 나를 찾아왔다. 몸과 마음이 침잠하는 날은 더 그랬다. 나는 내수면연구소가 있는 흑천으로도 정이 있는 해안으로도 가지 않았다. 식사 때를 두 번 지나치면서 잠을 잤고, 일어나보니 다시 날이 저물고 있었다. 세번째 전화가 온 건 밖이 완전히 어두워진 뒤였다. 흑천도 해안도 아닌 송의 번호였다.

"여보세요?"

전화를 받았지만 저쪽에선 아무 말이 없었다. 종종 있는 일이었다. 동료 연구사들의 아이들은 엄마나 아빠의 휴대폰을 들고 아무 단축번호나 누르다 내게 가끔 전화를 했고 막상 '여보세요'라고 하면 아무 말도 하지 않았다. 송에게 아이가 있는지는 알 수 없었다. 결혼조차 하지 않았다는 얘기가 떠도니 어쩌면 이 전화는 아이가 아닐 것이다. 옆에서 보면 절벽 같아서 전체적으로 입체감이 없는 송의 얼굴을 나는 애써 떠올렸다. 산하연구소로 내려온 지 한 달이 다 되었지만 주말에 집에 있으면 이상하게 송의 얼굴이 잘 떠오르지 않았다. 예정대로라면 송은 지금쯤 하천으로 떠날 짐을 꾸리고 있을 것이다.

나는 컴컴한 방에 앉아서 한참 동안 여보세요를 외쳤다. 송과 김의 하반기 생태조사는 내일부터 시작되었다. 적어도 이 주 이상은 걸리는 일정이었다. 이제 나는 전임자처럼 지하에 혼자 남게 되는 것이었다.

*

여객기 실종 한 달 뒤, 장마가 끝나고 무더위가 시작되었지만 어디선가 다시 태풍이 올라오던 한여름, 각기 다른 세 부대에서 동시에 탈영사건이 일어났다. 탈영 사흘 뒤 셋 중 한 명이 동물원에서 홍학 우리에 총기를 난사하고 그 자리에서 검거되었다. 홍학 대부분이 즉사했다. 사람들이 제일 이상해한 것은 탈영병이 왜 사람을 쏘지 않았는가였다. 사람을 쏘았다면 자연스럽게 진행되었을 일련의 절차들, 탈영병의 트라우마 분석에서 시작해 징병제 폐지론으로 마무리되는 사건 종료과정은 일어나지 않았다. 탈영병은 다른 어떤 것도 아닌, 오로지 홍학을 몰살했다는 기이하고 변태적인 살상행위 자체로 사람들 입에 오르내렸다. 동물보호협회에서 성명을 냈고 범죄심리학계에서는 새로운 범죄형태에 대해 분석을 시작했다. 탈영병이 홍학이 아니라 악어나 뱀을 쏘았다면 욕을 덜 먹었을 거라는 사람도 있었고 노을이 깔리던 어스름, 피를 튀기며 하늘로 솟아오르던 홍학의 붉은 날개가 아름다웠다는 사람도 있었다. 탈영병이 군대에 가기 전 동물원에서 아르바이트를 하며 하루 종일 홍학의 똥을 치웠다는 얘기도 나왔다. 탈영병은 입을 열지 않았다.

홍학 총기난사사건이 일어난 이틀 뒤, 두번째 탈영병이 검거되었다. 그는 탈영 뒤 줄곧 피시방에서 카트라이더를 했다. 사람들이 피시방 탈영병에게 가장 궁금해한 것은 어떻게 홍학 탈영병과 같은 날 탈영을 했는가였다. 피시방 탈영병은 자신이 그것을 어떻게 아느냐며 그 자리에서 탈진했다. 취사병인 피시방 탈영병이 취사반장이던 한 선임 때문에 유독 힘들어했다는 증언이 그의 동창한테서 나왔다. 취사반장은 자신이 아끼던 개를 부사관이 죽인 뒤 부대 내 최고의 사이코가 되어 전역하는 날까지 탈영병을 학대했다는 것이었다. 군필자들은, 자신은 그것보다 더한 것도 견뎠다면서 일제히 피시방 탈영병의 나약함을 비난했다.

이로써 탈영 닷새 만에 셋 중 두 명이 검거되었다. 피시방 탈영병이 잡히던 날, 남은 탈영병 한 명은 도청 별관 지하에 있는 한 연구소 창고로 숨어들었다. 그날도 나는 철문을 열고 하수구에 마시다 만 커피를 버렸다. 목이 쉰 개가 짖었고, 어두컴컴한 허공으로 발을 헛딛지 않으려고 조심하면서 계단을 내려오는 중이었다.

"누나, 수영이 누나!"

냄새와 목소리, 대충의 몰골만으로도 나는 그가 뉴스에서 연일 찾고 있는 나머지 탈영병이라는 것을 알았다.

"전임자를 찾고 있나요?"

탈영병은 어둠 속에서 놀란 눈으로 이쪽을 쳐다봤다.

"전임자의 동생인가요?"

그제야 내 얼굴을 확인했는지 탈영병은 머뭇거리며 고개를 숙였다.

"아는…… 동생입니다."

나는 야근 때문에 사두었던 삼각김밥과 생수를 일단 탈영병에게 갖다주었다. 탈영병은 전임자가 어디로 갔는지, 전임자 대신 내가 온 게 언제부터인지 몇 번을 반복해 물었다. 나는 화장실과 다실 위치를 알려주고 출입문을 잠근 뒤 나선형 계단을 올라와 퇴근했다. 지하에 있는 동안은 알 수 없었지만 밖에서는 엄청난 비가 쏟아붓고 있었다. 태풍은 이미 상륙했고 동쪽에서부터 여러 하천이 범람하고 있었다.

지하연구소는 점점 축축해졌다. 제습기가 세 대나 있었지만 정오만 되어도 물이 모두 들어차 하루에도 서너 번은 비워줘야 했다. 날개 달린 개미뿐만 아니라 정체가 모호한 각종 벌레와 미생물이 들끓으면서 지하는 점차 습기를 좋아하는 생물들의 서식터가 되어갔다. 해감이 깔린 것처럼 실내화에는 썩은 내 나는 찌끼들이 묻어났다. 아무리 청소를 해도 소용이 없었다.

김은 하천조사를 나간 지 이틀 만에 되돌아왔다. 태풍 때문이었다. 장비를 내려놓은 김은 괜히 코를 킁킁거리며 창고 쪽을 기웃댔다.

"송연구사님은요?"

"단골 민박에 처박혀 어류도감이나 들추고 있겠지. 비 온다고 철수할 놈인가. 알잖아, 그 유난."

김이 파티션에 붙은 사진을 튕기고 지나갔다. 전임자의 파티션에는 진갈색 가로무늬가 있는 미꾸리과의 물고기 사진이 붙어 있었다. 송이 몇 년 전 간성 북천에서 기록한 신종이었다. 한반도에만 서식하는 고유종이라 기록 당시 화제가 되었다. 전임자는 사진을 고개만 돌리면 볼 수 있게 붙여놓았기 때문에 나는 하루에도 여러 번 송이 기록한 물고기 사진을 들여다볼 수 있었다. 사진을 보고 있으면 어느 맑고 찬 계류에서 가슴장화를 입고 반두를 든 채 허리를 구부리고 있는 송의 모습이 떠올랐다. 온갖 여름벌레들의 울음소리가 가득 들어찬 계곡, 돌을 들추면 하루살이 애벌레가 가득했다는 전설의 일급수, 그 아래로 몸을 기울여 물고기와 조우하는 시간. 그것은 사육수조와 인공부화동과 행정문서를 오가며 업무에 휘둘리는 연구사들에게는 최고의 꿈이었다.

김이 하천조사를 나가서 온갖 민물고기를 회쳐먹고 다닌다는 전설만큼이나 송에겐 그가 전국의 도랑과 여울과 협곡을 떠돌 때의 일화들이 있었다. 연구소에서 부화시켜 하천에 방류한 동자개들이 그 일화에 등장하는 상상을 나는 가끔 했다. 어미로 자란 물고기들은 가슴지느러미 가시를 뒤로 젖히고 '빠가빠가' 소리를 내면서 그중 어디쯤을 헤엄쳐다닐지도 몰랐다.

나는 하반기 하천조사 일정표와 지도를 들여다보며 지금쯤 송이 있을 곳을 손가락으로 더듬었다. 송이 조사를 나간 다음날 그곳 하천은 범람했고 탈영병이 숨어들었다. 김의 짐작대로라면 송은 항상 그래왔던 것처럼 그날부터 휴대폰을 꺼놓고 단골 민박에서 조용히 숨죽이고 있는 것이었다. 비가 그치기를 기다리면서.

탈영병은 생각보다 조용하고 민첩했다. 발소리는 물론 숨소리조차 내지 않았다. 주는 것을 남김없이 먹었고 뒤처리도 깔끔하게 했다. 가끔 아주 집요한 질문을 할 때가 있었지만 위협적인 행동은 하지 않았다. 김이 여름휴가를 떠난 뒤부터는 창고를 벗어나 사무공간으로 나와 있는 시간이 많았다.

전임자의 행방을 묻고 찾을 때만 빼면 탈영병은 대부분 송의 자리에 앉아 토익공부를 했다. 날개 달린 개미들도 알아서 치웠고 제습기의 물도 제때 비웠기 때문에 나는 큰 불편을 느끼지 못했다. 점심때가 되면 유부초밥이나 김치우동 같은 것을 시켜 나누어 먹었고 배달음식이 싫어지면 와사비를 간장에 개어 햇반에 비벼 먹었다. 잠은 김이 쓰던 라꾸라꾸 침대를 내주고 거기서 자게 했다. 무기가 있는지는 묻지 못했지만 나는 탈영병이 23사단 소속의 해안경계병이라는 걸 알게 되었다. 탈영병은 대부분의 시간을 해안가 초소에 서서 바다를 보며 지냈다고 했다. 그리고 뜻밖에 나보다 더 지하 구석구석을 잘 알고 있었다.

"이건 수영이 누나가 만든 거예요."

구석 쪽 책장에서 탈영병이 먼지 쌓인 스크랩철을 꺼냈다. 몇몇 민물고기가 박제되어 있었다. 일하면서 수도 없이 보아온 참종개와 버들붕어와 송사리를 나는 하나하나 넘겼다.

"누나, 송박사 어렸을 때 별명이 뭐였는지 알아요? 송사리였대요, 크크."

"어떻게 알아, 그걸?"

"수영이 누나가 말해줬어요. 송박사는요, 송사리라고 불릴 때부터 민물고기랑 인연이 있었던 걸까요?"

나는 송사리 박제를 보는 탈영병의 옆모습을 바라보았다. 눈은 직선으로 찢어지고 얼굴의 모든 선은 깎아지른 듯해 얼핏 봐도 호감 가는 인상이 아니었다. 바친 만큼 이루고 살면 담백하고 군더더기 없어 보일 인상이었고 열망한 것을 갖지 못하고 마음의 불을 키우면 스스로 돌이 되어 굳어버릴 얼굴이었다.

"저기 말이야, 첫날부터 정말 궁금했던 건데, 혹시 송연구사랑 전임자랑 그렇고 그런?"

말을 건네기 무섭게 탈영병의 작은 눈에 눈물이 들어찼다. 산하연구소로 온 이래 제일 당황스러운 순간이었다. 미안하기도 하고 무안하기도 해서 나는 박제철을 서둘러 넘겼다. 맨 마지막 장에 이르자 민물고기 대신 손톱처럼 투명한 재질의 부챗살 같은 줄이 하나 있었다.

"어머, 이게 뭐야?"

울음 끝의 아이를 달래듯 나는 좀 과장되게 물었다.

"고래수염이에요."

고래수염을 보자 탈영병의 눈이 반짝 빛났다.

"누나가 갖고 있는 고래수염의 일부예요. 실제로는 진짜 길어요. 여기 지하 어디에 누나만 아는 장소가 있어요. 거기에 고래수염하고 누나의 다른 것들이 있을 거예요. 여기 있는 동안, 전 거기를 찾을 거예요."

"보물 탐사라도 할 태세군."

"누나가 고등학교 일학년 때요, 커다란 혹등고래가 누나네 동네로 찾아왔대요. 누나는 그 고래한테 소중한 것을 주었다고 했어요. 그 징표로 혹등고래의 수염 하나를 가져왔고요. 꼭 동화 같죠. 하지만 이건 누나한테 실제로 일어난 일이에요. 제가 입대 전에 마지막으로 만났을 때도 누나는 여전히 그 고래를 찾고 있었어요."

"뭐야, 모비딕을 찾아다니는 에이허브 선장도 아니고. 그러려면 바다로 가야지, 이런 지하에서 사료분석이나 하면서 어떻게 고래를 찾지?"

탈영병의 표정이 조금 어두워졌다. 말은 그렇게 했지만 나는 전임자가 민물고기 사료를 들고 앉아서도 바다 생각만 했다는 걸 알고 있었다. 전임자의 즐겨찾기는 전임자가 이용하는 은행과 서점, 즐겨 먹는 음식과 자주 앓는 질환뿐 아니라 그런 것까지 마구 가르쳐주었다. 나는 전임자가 작년 봄에 마지막으로 헌혈을 했다는 것과 메신저로 어딘가의 약도를 끊임없이 받았다는 것, KTX 우수회원이며 해안 쪽의 펜션을 모조리 돌아다닌 것까지 파악한 뒤였다. 전임자가 적금을 들고 책을 사고 해안을 뒤진 모든 행동, 즉 즐겨찾기에 남겨진 전임자의 자취는 모두 하나의 대상을 향해 있다는 느낌을 지울 수 없었는데, 그것이 고래였다. 전임자의 고래 자료는 방대했다. 해안별 고래 좌초 빈도수를 보고한 국제포경위원회의 통계자료부터 고래의 회유경로를 다룬 논문, 고래를 연구해온 사람들의 짧은 인터뷰 하나하나까지. 좌초한 고래떼를 구조하는 자원봉사자들의 활동도 지부와 시기별로 정리되어 있었다. 나는 탈영병이 전임자의 즐겨찾기 목록을 열어본 일이 있을까 궁금했다.

"누나, 수영이 누나는 죽었나요?"

탈영병이 물었다.

"죽었을까요, 도 아니고 죽었냐니? 왜 나한테 그렇게 묻지? 그것도 매일같이?"

"미안해요. 그냥, 너무 답답해서요."

탈영병은 금세 풀이 죽었다. 그리고 눈에 띄게 불안해했다. 전임자의 행방을 얘기할 때마다 탈영병에겐 집요함과 횡설수설이 순서 없이 드러났다.

"수영이 누나는 실종 여객기에 타고 있었어요."

"탑승수속은 했지만 탑승을 하진 않았어."

처음 탑승객 명단이 공개되었을 때 송이 눈에 불을 켜고 확인하는 과정을 김과 나는 지켜보았다. 장수영이라는 이름은 둘이었다. 탑승을 한 사람은 오십대 남자 장수영이었고 안 한 사람은 삼십대 여자 장수영이었다. 전임자는 탑승을 안 한 걸로 최종 확인되었지만 출발 한 시간 전에 분명 탑승수속을 했다는 것과 탑승을 안 했는데도 수화물이 내려지지 않은 점, 여객기 실종 이후 전혀 연락이 되지 않는 점은 모든 걸 불확실하게 만들었다. 여객기의 행방조차 확인되지 않는 마당에 확실한 것은 아무것도 없었다. 분명한 것은 전임자가 비로소 지하생활을 정리하고 멜버른행 티켓을 끊었다는 것이었다. 멜버른 아래의 태즈메이니아 섬은 한 달에도 몇 차례씩 고래 수백 마리가 떼로 몰려와 죽어가는 곳이었다.

"내무반에서 뉴스를 봤어요. 탑승객 명단에서 누나 이름을 보고 돌아버리는 줄 알았어요. 송박사는 의도적으로 내 연락을 무시했고 누나 고향 집도 연락이 안 됐어요. 누나한테 꼭 해줄 얘기가 있었거든요. 누나가 꼭 들어야 하는 얘긴데, 부대 안에서 할 수 있는 게 아무것도 없었어요."

"이상해. 항공사를 통해 분명히 확인을 했는데도 송박사는 전임자가 실종 여객기에 탔다고 확신을 하는 것 같았어. 너도 다르지 않아. 왜지?"

"제가 봤어요. 두 눈으로 똑똑히요. 아니…… 감시카메라로요. 우리 소초는…… 사단과 군단에서 지정한 적 침투 예상지역이었어요. 경계장비가 좋았어요. 수백 배, 맞아요, 수백 배의 줌과 패닝이 가능한 카메라로, 제가 봤어요."

"뭘?"

탈영병은 잠시 망설였다.

"혹등고래요."

이상한 안도감에 나는 멈췄던 숨을 내뱉었다.

"적의 반잠수정도 아니고, 오징어배도 아니고, 고래를?"

"그냥 고래도 아니고 누나가 찾던 바로 그 고래였어요. 가슴지느러미에 누나가 말하던 표식이 있었거든요. 저한테는 수백 배의 줌과 패닝이 가능한 고성능 장비가 있고, 보기 싫어도 항상 그걸로 바다를 봐야 하니까, 봤어요. 고래가 수평선 멀리에서 분기를 뿜어도 전 고래 살갗에 붙은 따개비까지 다 볼 수 있어요. 몇 미터 앞에 어떤 물고기가 살고 몇 시 방향에서 어떤 생명체가 출몰하는지, 전 다 보고 있어야 해요. 언제 적이 나타날지 모르니까요. 혹등고래가, 가슴지느러미가 정말 길었어요. 고래가 옆으로 누워서 가슴지느러미를 물 위에 내놓고 위아래로 계속 움직이는 거예요. 저는 저한테 신호를 보내는 줄 알고 깜짝 놀랐어요. 나중에야 그게 혹등고래가 잘 하는 행동이라는 걸 알았어요. 그러다가 그 가슴지느러미 안쪽에, 어딘가에 긁힌 자국 같은 게 갈지자 형태로 나 있는 걸 봤어요. 그래서 누나가 말하던 고래라는 걸 알았어요. 누나가 고등학교 일학년 때 만났다는 고래가, 이제껏 찾던 그 고래가 십칠 년 만에 동해 앞바다에 나타난 거예요."

"저런, 찾던 고래가 고향 앞바다에 나타났는데 전임자는 엉뚱한 곳을 찾아가다 실종이 되고. 내가 너라도 탈영을 했겠어."

탈영병은 피곤한지 라꾸라꾸 침대에 몸을 뉘였다. 담요를 덮어주자 새우처럼 등을 구부리고 움직이지 않았다. 나는 송의 책상 앞에 섰다. 마우스에 온기가 남아 있었다. 한여름이라도 계곡 물은 찰 거라는 생각이 들었다. 나는 손으로 마우스를 감싸고 탈영병의 웅크린 몸을 바라보았다. 그리고 오랫동안 마우스를 어루만졌다. 몸을 완전히 구부린 탈영병이 꿈결처럼 중얼거렸다.

"누나는 고래가 세상에서 제일 큰 아기를 낳는다고 했어요. 따뜻한 바다로 가서, 혼자요."

*

몇천 미터 깊이의 심해에는 마그마가 굳어지면서 생긴 뜨거운 물이 바닷물과 반응해 검은 연기처럼 솟아오르는 블랙스모커가 있다. 블랙스모커 근처에 사는 생물들은 태양에너지의 영향을 전혀 받지 않고 지구 내부에서 솟아오르는 기체만을 먹고 산다. 지구에서 햇빛이 없이 생명체가 살아가는 곳은 단 두 곳, 심해의 블랙스모커와 도청 밑 지하연구소뿐이었다.

나는 퇴근도 했고 가끔 철문 밖 뒷골목을 산책하기도 했지만 탈영병은 스물네 시간 내내 지하를 벗어나지 않으면서도 수압을 견디고 있었다. 햇빛을 보지 못해 피부는 희어지고 영양 불균형으로 점점 수척해지면서도 관벌레처럼 빈 공간을 누비며 전임자의 비밀장소를 끈질기게 찾아다녔다. 맨밥이든 된장국이든 와사비를 풀어야만 밥을 먹는 내 식성에 탈영병은 어느새 적응했고 내가 일을 놓고 전임자의 물건 정리만 해도 군말 없이 나를 거들었다.

정은 한번 다녀가라고 하루에 열두 번 정도 전화를 했다. 턱뼈가 부서져 병원에 입원을 했다고도 했고 코가 주저앉았다고도 했다. 나는 정이 이제 좀 적당히 살기를 바랐다. 정은 만나고 다니는 사람이 많아 들은 것도 많고, 들은 것이 많아 하고 싶은 것도 많은 사람이었다. 나이가 들면서 정은 몇몇 친구들이 미니홈피에 손녀 사진을 올리는 것까지 부러워했다. 그것은 수천만원짜리 밍크고래를 손에 넣고 싶은 것보다 더한 욕심이었다. 노년에 손녀 사진을 쓰다듬으며 살기 위해선 젊은 날 많은 걸 억제해야 된다는 걸 정은 몰랐다. 남편을 잡아먹고 싶어도 참고, 한탕 크게 하고 싶어도 참고, 자식이 발목을 잡으면 잡힌 채 산 자만이 나중에 그런 소소한 행복을 누릴 수 있었다.

탈영병을 숨겨놓고 사무실을 비우는 건 곤란한 일이었지만 나는 멀지 않은 시일 내에 정에게 들러야 한다는 걸 알고 있었다. 그 시간이 조금씩 다가오는 것도 느껴졌다.

"누나, 어디 가요?"

정과 통화를 할 때마다 탈영병은 불안한 듯 물었다. 그럴 때마다 나는 탈영병을 앉혀놓고 석사논문 준비할 때 얘기를 해주었다.

"각시붕어 한 마리를 바다에 풀어놔봤어. 민물고기가 바다에 가면 죽는다는 건 알았지만 어떻게 죽는지 정말 궁금했거든."

똑같은 얘기였지만 탈영병은 항상 같은 대목에서 침을 삼키는 아이처럼 귀 기울여 얘기를 들었다.

"몇 초도 안 걸려. 삼투압 때문에 온몸의 수분이 동시에 쫙 빠져나가는 거야. 비닐을 불에 올려놨을 때처럼 몸이 순식간에 쪼그라들지."

"누나."

"응?"

문득 제습기의 물이 넘치고 있다는 생각이 들었다.

"여객기가 왜 항로를 이탈했는지 아세요?"

"그걸 내가 어떻게 알아."

갑자기 짜증이 나서 나는 휴대폰을 내던졌다.

"나한테 질문하지 마. 동자개가 왜 죽는지 내가 어떻게 알아. 고래에다, 이제 비행기까지?"

"미안해요."

"뭐가?"

"그냥, 다요."

시간이 지나면서 나는 탈영병한테 짜증을 내는 일이 잦아졌다. 전임자 타령만 하는 것도 그렇고 갈수록 아파 보이는 것도 부담스러웠다. 김과 송이 돌아올 날도 다가오고 있었다. 그러나 한번씩 내뱉고 나면 내가 생각해도 이상할 만큼 심한 죄책감이 들었다. 그 기이한 죄책감을 들여다보고 있으면 탈영병과의 사이에 뭔가 다른 막이 존재하는 것 같아 아주 찜찜했다.

“저는 그냥, 누나랑 얘기를 하고 싶어요. 누나랑 같이 밥 먹고, 누나 일할 때 옆에 앉아서 책 보고, 누나가 보는 데서 잠들고, 그러는 게 좋아요.”

대꾸할 말이 없었다.

“소초에 있으면서 한 번도 숙면을 취해본 적이 없어요. 이상하게 밤 근무가 없을 때 잠을 더 못 잤던 것 같아요. 잠을 못 자는 건 생각보다 힘든 일이에요.”

“그래? 고래도 그래. 니네 수영이 누나 자료가 그러더라. 고래는 폐로 호흡을 하기 때문에 깊은 잠에 빠지면 물속에서 질식할 수가 있다. 그래서 고래는 절대 깊은 잠을 자지 않는다.”

안쓰럽기도 하고 화제도 돌리고 싶어 한 말이었지만 탈영병의 표정은 이미 다른 곳에 가 있었다.

“초소에 서서 수평선만 보고 있으면 눈보다 귀가 예민해져요. 햇빛은 수면 위에서 자글자글 끓고 바다는 조용한데 그 밑은 말할 수 없이 소란스러워요. 몇천 미터 심해에서 찰랑거리는 수면까지, 밑에서 온갖 일들이 일어나는 게 들려요. 그러다 태풍이 오고 바다가 정말로 뒤집어지면 바다 밑은 말할 수 없이 고요해져요. 심해에서부터 수면까지, 모두가 숨을 죽이고 기다리는 게 들려요. 그런 게 들리기 시작하면, 잠을 잘 수가 없어요.”

나는 무언가에 넋이 나간 듯한 탈영병의 옆모습을 잠깐 멍하니 바라보았다. 손이 얼마나 예쁜지 만져보고, 몸의 모든 접힌 부분을 들추어 냄새를 맡아보고, 배도 한번 쓸어보고 싶다는 생각이 불현듯 들었다. 어쩌면 탈영병을 처음 본 날 나는 그런 생각을 했다.

"고래 숨소리가 들려요. 습기 찬 공기가 공중으로 흩어지는 소리, 고래가 분기를 뿜어요. 따뜻하고 축축한 공기 입자들이 해변까지 날아와요. 물 위로 솟구칠 땐요, 바다 한가운데서 섬 하나가 솟아오르는 것 같았어요. 머리를 내밀고 사과만한 눈으로, 아니, 거의 수박만했던 것도 같아요, 고래가 저를 봐요. 눈이 얼마나 호기심으로 반짝거리는지 몰라요. 저는 고래한테 단박에 빠져버렸어요. 왜 그렇게 많은 사람들이 고래 얘기를 해왔는지 저절로 알았어요. 이마엔 미열이 돌고, 심장은 시끄럽고, 다른 사람 말은 하나도 안 들려서 자꾸 문제 일으키고."

그건 열병과 비슷한 증상이었다. 스스로 의식하는지 모르겠지만 탈영병은 전임자 얘기가 빠진, 순수한 고래 얘기를 하고 있었다. 전임자 얘기를 할 때와는 다르게 표정에 흔들림이 없었다. 비커에 떨어뜨린 잉크 한 방울이 아무런 번짐 없이 또르륵, 바닥에 닿는 것을 나는 지켜보았다.

"누나가 믿어줄지 모르겠지만, 밤에는 고래 눈에서 빛이 나요. 오징어배 집어등과는 비교도 안 되는, 은은하고 밝은 빛이요. 한겨울에 초소로 불어오는 바닷바람에도 전혀 춥지 않았어요. 고래가 물속 수백 미터 아래에 있어도 그 빛이 수면 위로 번져왔으니까요. 근무교대하고 막사로 돌아가도 계속 따라왔어요. 문이 천천히, 삐걱거리면서 열리는 소리 같아요. 혹등고래 노랫소리요. 수천 킬로까지 간다는 그 소리가 들리던 날요, 얼마나 이상한 꿈을 꾸었는지 팔다리를 막 휘젓다 깨어났어요. 깨어나보니 바다였어요. 고래 체온이 사람하고 같다는 말은 사실이었어요. 근무지 이탈로 중징계까지 받았지만 상관없었어요."

나는 해안 철책선 위에서 하루 종일 고래를 기다리던 경계병을 떠올렸다. 철책선 위로 해가 지고 해안에는 곧 밤이 온다. 문이 삐걱거리면서 천천히 열리고 누군가 버둥거린다. 그것은 아주 선명한 풍경이었다.

"평범한 공대생인 학생이 군대에서 해안경계 임무를 맡게 돼. 학생은 바다에 매료되고 말아. 전역 후에 바로 전공을 바꾸지. 그리고 해양수산연구사가 돼. 고래가 아니라 민물고기에 인생을 바칠 예정이지만 말이야."

"그건, 송박사님 얘기예요."

"알아. 근데 너도 그럴 거잖아. 고래든 민물고기든 물속에서 사는 것들을 평생 바라보면서 살겠다고 생각하고 있잖아? 송박사를 의식할 필요는 없을 텐데."

"전…… 누나가 송박사를 못 떠나는 게 답답했어요. 누나가 그 사람한테 뭘 빚졌는지는 모르지만…… 누나는……"

나는 바닥에 무릎으로 서서 탈영병을 올려다보았다. 전임자 얘기가 나오자 탈영병은 다시 어깨를 떨었다.

"나를 잘 봐. 네 고래 얘기는 근사해. 근데 하나가 더 있어. 두 눈으로 똑똑히 봤든, 수백 배의 줌과 패닝으로 봤든, 아니면 귀를 통해서든, 네가 해안에서 본 건 고래만이 아니야. 그렇지?"

탈영병은 고개를 숙였다. 어깨를 들썩이는가 싶더니 금세 무릎 위로 눈물이 떨어져내렸다. 상체를 너무 수그려서인지 우는 소리가 삑삑거렸다. 나는 정이 있는 해안으로 내려갈 때가 왔다는 것을 알았다.

*

십칠 년 전, 동해안에 고속도로 확장공사가 진행되었다. 마을을 지나는 구간 어디쯤에 제법 큰 휴게소가 생길 예정이었다. 동해의 푸른 바다가 한눈에 내려다보이는 최고의 위치, 긴 고속도로를 달려온 사람들이 모두 들러 차 한 잔이라도 마실 것으로 예상되는 휴게소. 정은 휴게소 입점 로비 명목으로 이웃들의 돈을 거둬들이고 일 년 팔 개월의 실형을 받았다. 정이 형을 마치고 나왔을 때, 정의 표현을 빌리자면, 나는 교도소에서 본 어떤 여자들보다 이상한 냄새를 풍기며 빈집에 혼자 앉아 검정고시 준비를 하고 있었다고 했다. 나도 그때를 기억하고 있다. 정은 근 이 년 만에 집에 오자마자 식당 한쪽에 쌓인 식기더미를 헤치고 와사비분말부터 꺼냈다.

정에게 와사비는 자존심의 정점 같은 것이었다. 해안 변두리에서 자잘한 회나 뜨며 살지라도 그 회만은 최고로 정성스럽게 갠 와사비로 마무리되어야 했다. 정은 늘 청하를 팔팔 끓인 물에 와사비를 개었다. 그것을 손목이 시큰해질 때까지 개고 개어야 톡 쏘는 맛이 제대로 살아난다고 했다. 녹색 광택이 빛나던 솔표 와사비분말은 내 유년을 장악하는 거대한 징표 같은 것이었다. 시간이 지나 아무리 정과 멀리 떨어져 있어도 코끝을 치고 올라오는 와사비향은 어쩔 수 없었다. 주말에 연구소 관사에 남아 부화동 수온을 점검하던 수많은 여름마다 나는 컵라면에 와사비를 풀어 먹었다. 병실에 들어섰을 때 눈에 먼저 들어온 것도 솔표 분말이었다. 정은 앞니 하나가 나간 상태였다. 전화로 듣던 것처럼 심한 정도는 아니었다. 살갑게 지내던 이웃들에게 하루아침에 얻어맞는 일이 많았기 때문에 나는 이유도 대상도 묻지 않았다. 일이 틀어졌을 게 분명한데도 정의 머릿속은 여전히 밍크고래로 꽉 차 있었다.

"어떻게 걸리는 그물에만 걸리느냐고. 고래 새끼가 사람을 알아보는 거야, 사람이 고래 새끼를 알아보는 거야. 불법포획 찌르면 보상금이 얼만 줄 알아? 들어가면 최대 삼 년이야. 이것들이 진짜."

고의혼획을 계획하던 정은 이제 불법포획자들을 어설프게 협박하고 다니는 듯했다. 이쪽으론 눈길도 주지 않은 채 정은 혼자서 중얼거렸다. 앞니 하나가 빠진 채로 눈을 번득이는 정한테선 끊임없이 새로운 작전이 나왔다. 고래고기 유통이 합법이면서 고래 포획을 금지하는 건, 특히나 정 같은 사람에겐 가혹한 일이었다. 그것은 아무리 작은 틈이라도 비집고 들어가고 마는 인간의 욕망을 시험하는 장이나 다름없었다. 합법과 불법, 행운과 한탕의 틈에서 정은 스스로를 제어하지 못하고 최대치로 휘둘리는 중이었다. 그런 정의 얼굴은 미열에 들뜬 탈영병의 얼굴만큼이나 보고 있기가 쉽지 않았다.

출발 전 출입문을 잠그면서 나는 탈영병에게 몇 번이고 주의를 주었다. 금방 올 것이다, 누가 문을 두드리더라도 절대 열어주면 안 된다, 쓰레기봉투는 여기, 먹을 것은 저기. 탈영병은 혼자 남는 것을 극도로 두려워했다. 누나, 날개 달린 개미가 너무 많아요. 탈영병은 매달리듯이 말을 돌리며 계속 시간을 끌었다. 어딘가에서 자꾸 기어나와요. 치워도 치워도, 자꾸 나와요. 탈영병의 목소리를 바짓단에 매단 채 나는 작은 어진으로 나갔다.

모래도 바위도 바다도 그대로였다. 십칠 년 만이었다. 정에게 다녀가면서도 나는 그동안 작은 어진에 들른 적이 한 번도 없었다. 해안절벽이 양옆을 지켜서고 백사장 길이가 오십 미터 남짓이라 언제나 조용하고 작은 해변이었다. 내가 언젠가 한 번은 다녀가야 했던 곳, 나는 십칠 년 만에 다시 작은 어진에 섰다. 그곳엔 탈영병도 알고 나도 아는 어떤 이야기가 있었다. 이야기 속에서 그들은 모두 작은 어진에 있었고 같은 고래를 보고 있었다. 그중 한 명은 고등학교 일학년일 것이었다.

고1인 여자아이는 버스로 한 시간 거리에 있는 시에서 학교를 다녔다. 자타칭 도의 수재들이 모이는 곳이었다. 엄마가 수감될 때 고1은 임신 삼 개월이었다. 시의 하숙집 주변엔 각지에서 올라온 유학생들이 많았고 남자친구가 있고 운이 나쁜 아이들은 가끔 임신을 했다.

고1은 어이가 없었다. 호기심으로 단 한 번 스쳤을 뿐인데 수정이 되고, 어영부영하는 사이 수정란엔 팔다리와 갈비뼈와 콩팥이 생겨났다. 고1은 자퇴를 하고 집으로 돌아왔다. 엄마가 감옥에 간 것을 치매가 시작된 이웃 노인한테 들었다. 엄마가 없는 집과 식당은 폭풍우가 다녀간 해변처럼 고요했다. 검정고시 기출문제집을 풀 때와 밥 먹을 때를 빼고 고1은 외투를 뒤집어쓰고 작은 어진에 나가 하루 종일 바다를 봤다.

만삭으로 부풀어오르던 한겨울에, 고1은 고래를 보았다. 가끔 보이던 밍크고래나 참돌고래와는 비교도 안 되는, 커다란 고래였다. 고1은 비행기를 실제로 본 적이 없었지만 고래가 비행기만하다고 생각했다. 고1은 그 고래가 여름을 북극에서 나고 따뜻한 바다를 찾아가는 중이라는 걸 알고 있었다. 고래는 작은 어진으로 몸을 내밀고 가슴지느러미를 흔들다가 다시 수평선까지 나가 분기를 뿜었다. 고1이 한 일은 해변에 우두커니 앉아 고래를 쳐다본 일뿐이었다. 고래가 한 일도 그와 다르지 않았다. 고1이 만삭이던 내내, 고래는 작은 어진에 머물렀다.

어느 날 밤, 고1은 좀처럼 잠을 잘 수가 없었다. 꼬리지느러미가 해수면을 때리는 소리가 들렸다. 고래가 수면 아래로 내려갈 때마다 일어나는 밤바다의 흰 포말과 고래수염에 걸러지는 바다의 부유물들. 소리가 들렸다. 끼- 익- 끼- 익- 고1은 귀를 기울였다. 바다 깊은 곳에서 올라오는 건 고래의 노랫소리였다. 소리가 들린 순간 배 안에서 세찬 요동이 일었다.

양수가 터졌을 때 고1은 두 다리 밑에 양동이를 받치고 서서 양수를 받았다. 이웃 노인이 고1의 배를 눌렀고 고1은 대변과 아기를 동시에 밀어냈다. 아기는 빨갛고 동그랬다. 치매 노인은 태반을 훔쳐 집으로 돌아갔다.

고1은 사흘 동안 아기와 둘이 방에 누워 있었다. 젖은 한 방울도 나오지 않았다. 고1은 잠깐씩 정신을 놓았다가 아기 울음소리에 잠에서 깼다. 얼굴에 엉킨 머리카락 사이로 쳐다보면 아기는 버둥거리면서 울고 다시 버둥거리다가 잠들었다. 고1은 냉골인 방바닥을 더듬어 엄마의 메밀베개를 찾았다. 그리고 메밀베개의 껍데기를 벗겼다. 아기는 베개커버 안에 쏙 들어갔다. 고1은 베개커버의 지퍼를 끝까지 잠가 올렸다. 아기는, 베개 같았다. 베개에선 여전히 엄마 냄새가 났다. 해마다 수협에서 나누어주는 장바구니에 베개를 넣고 고1은 밤바다로 나갔다. 고래가 해변으로 올라와 있었다. 고래의 커다란 몸이 작은 어진에 가득 들어차 있었다. 고래가 눈을 수박만하게 뜨고 수협 장바구니를 내려다보았다. 고1은 고래의 기다란 가슴지느러미를 젖히고 그 안에 아기를 내려놓았다.

고래의 젖엔 다디단 지방이 많아서 한 모금만 먹어도 하루에 이 센티씩 큰다고 했다. 고래는 지느러미를 젖히고 가슴근육을 움직여 아기에게 젖을 뿜어줄 것이다. 아기는 고래의 아기가 먹는 반의 반의 반만 먹어도 배꼽이 볼록 튀어나와 금세 쌔근거릴 것이다. 고래는 아기를 등에 태우고 가슴지느러미로 노를 저어 따뜻한 바다로 데려다줄 것이다. 고1은 고래에게 '내 아기에게 젖을 줘'라고 말했다.

그날 밤 작은 어진에서 일어난 일을 본 것은 고1과 고래, 검은 바다와 아기, 해변의 모래들과 해안 초소 위의 경계병이었다. 경계병은 해안에서 움직이는 물체가 낚시꾼도 취객도 아니라는 것을 직감했다. 경계병은 해변으로 뛰어내려갔다. 여학생은 병원으로 이송되었다.

다음날도 그 다음날도 해안에 무언가가 떠올랐다는 소식은 들려오지 않았다. 좌초한 고래의 지느러미를 젖히고 신생아를 유기한 고등학생 얘기도 나오지 않았다. 혹등고래도 오랫동안 그 앞바다에 나타나지 않았다.

"하루만 더 있다 가. 오늘 저녁에 밍크 사시미 나온단다. 아니면 몇 시간 더 있다 육회라도 받아가든가."

정은 버스정류장까지 따라왔다. 전에 없던 일이었다. 정이 묵직한 비닐봉지를 가방 안으로 밀어넣었다. 이제 고기 판매 쪽으로 밍크고래에 대한 수위를 낮춘 모양이었다.

"이거 팔만원짜리 수육이야. 냉동한 거라도 맛이 기가 막히다. 가자마자 먹어. 또 냉동실에 몇 달 동안 처박아두지 말고."

여객기가 실종된 지 한 달하고도 십팔 일. 정은 한눈에도 수척했다. 습기를 머금은 바닷바람이 정의 머리 위에 내려앉았다.

"엄마."

"왜."

살아오면서 가끔은 정이 얻은 천하에서 밥을 먹고, 새옷을 입고, 잠을 자고 싶다는 생각을 하기도 했다. 이제는 일어날 수 없는 일이었다.

"고래고기는 뭐 찍어 먹어?"

정이 팔을 툭 치며 웃었다. 앓니가 마음에 걸렸지만 남은 시간이 얼마 없었다.

탈영병은 며칠 동안 제습기의 물을 전혀 비우지 않은 듯했다. 천장과 벽마다 물곰팡이가 두드러기처럼 번지고 물이 발목까지 올라와 철벅거렸다. 탈영병은 알비노처럼 하얗게 탈색된 채 몰라보게 말라 있었다. 그리고 설사를 했다. 상한 어묵을 먹은 듯했다. 정로환 몇 개를 던져주었지만 효과가 없었다.

"이게 다 개미들이라고?"

창고 입구에 백 리터짜리 쓰레기봉투 다섯 개가 묶여 있었다.

"누나, 개미가…… 이상해요."

탈영병이 쓰레기봉투를 풀었다. 나는 고개를 돌렸다. 그것은 날개 달린 개미가 아니라 동자개 치어였다. 미끈미끈한 동자개 새끼들이 쓰레기봉투마다 가득 들어차 구불거리고 있었다.

"찾았어요, 누나."

탈영병이 비틀거리면서 걸어간 곳은 창고 뒤였다. 하루에 두 번씩 오르내리던 계단 뒤편의 허공. 탈영병이 커튼을 열어젖히듯 열어버린 그곳에서 나는 눈을 찌푸렸다. 수조와 병부화기, 수온계와 HCG 호르몬제, 기포발생기와 첫 사료급이 전에 주는 알테미아까지. 내 이십대와 삼십대의 절반을 같이했던 그것들을 나는 하나하나 내려다보았다.

"누나는 끝도 없이 부화를 시켰어요. 그리고, 새끼들을 죽이기 위한 사료 개발도 같이 했어요."

"나가."

나는 병부화기를 탈영병 얼굴에 집어던졌다.

"당장 나가!"

옆구리를 걷어차자 탈영병은 힘없이 고꾸라졌다. 나는 탈영병의 목덜미와 등짝을 보이는 대로 내리쳤다. 탈영병은 젖은 종이처럼 흐무러지며 수조에 엎어져 나를 올려다봤다.

"그래서 어쩔 건데. 봤으니 어쩔 거냐고. 신고라도 할 거야? 세상에 소문이라도 낼 거야? 누가 보래? 누가 거기 있으래? 죽게 놔두지 왜 건졌어!"

고래수염을 집어들자 탈영병은 신음을 내뱉으며 몸을 피해 계단을 기어올라갔다. 그리고 왔을 때처럼 철문으로 빠져나갔다. 탈영병이 사라진 계단을 타고 물이 폭포처럼 쏟아져들어왔다. 나는 타일 바닥에 주저앉았다. 탈영병이 그동안 쓰던 비누와 수건, 칫솔이 보였다. 금세 후회가 됐다. 저벅거리는 소리에 뒤를 돌아보니 어느 결에 송이 서 있었다. 송은 가슴장화를 입은 채 온몸에서 물을 뚝뚝 흘리고 있었다.

"사직서도 처리했는데, 왜 또 왔니."

첫날 눈으로만 묻던 것을 송은 비로소 직접 물었다.

"그냥…… 정리를 못 하고 가서요. 다이어리랑 휴대폰 배터리도 그대로 두고, 차도 다 못 마시고, 마음이 불편했어요."

"너는, 죽었니?"

송이 물었다.

"모르겠어요. 그렇지만 송연구사님이 죽었다는 건 알아요."

"결재판에 찍힌 네 도장만 봐도 가슴이 아팠다."

송은 추워 보였다. 나는 무겁게 굳은 송의 가슴장화를 어깨에서부터 천천히 끌어내렸다. 송은 선 채로 몸을 내맡겼다.

"고마웠어요. 모두들 내가 아기를 버렸다고 수군거릴 때 연구사님은 내가 고래한테 아기를 준 걸 믿어주었잖아요."

"나는 내가 본 것을 믿었을 뿐이야."

나는 수건으로 송의 이마와 귀와 목을 꼼꼼히 닦았다.

"낳자마자 줬어야 했어요. 아기랑 사흘이나 같이 있는 게 아니었는데. 냄새랑, 쉬지 않고 꼬물거리던 거랑, 뭘 해도 그 사흘이 안 떨어져요. 세상 어딜 가도 다 꼬물거리는 것들뿐이고. 살아서 버둥대는 움직임이 어떻게 그렇게 다 똑같을 수가 있는지. 발끝에 지렁이만 채여도 기분이 아주 별로였어요. 그 사흘을 안고 내가 제정신으로 살 수 있는 곳은 세상 어디에도 없어요."

송의 가슴과 등엔 자갈과 나뭇가지에 찢긴 상처가 가득했다. 멍든 곳을 누르기만 해도 너덜너덜하게 벌어진 살갗으로 물이 배어나왔다.

"이렇게 돼서야 바다로 가는군요. 당신이 뛰어내려오지만 않았어도 나도 어쩌면 그때 고래를 따라갔을 텐데. 당신은 나를 본 죄밖에 없는데…… 이제 추운 계곡 말고 따뜻한 바다로 가서 쉬세요. 잡고 있던 건 저였어요. 당신은 아직도 고래 생각뿐인 걸 알면서도요."

송은 아무 말도 하지 않았다. 돌이 된 입술과 코와 눈을, 물이끼 낀 겨드랑이와 모래가 박힌 발을 나는 최선을 다해 닦았다.

송을 눕혀놓은 뒤 나는 쓰레기봉투에 기대앉았다. 몇 개의 시절들이 두서없이 스쳐갔다. 정이 처음으로 사준 원피스를 입고 어시장에서 놀다가 오징어를 밟고 미끄러졌었다. 연구소가 있던 흑천엔 늘 송이 던져놓은 투망이 있었다. 송홧가루가 내려앉아 애를 먹이던 야외 수조와 마취를 해도 눈을 뜨고 있던 동자개 어미들.

주마등의 끝엔 탈영병이 있었다. 박제철을 들여다보던 탈영병이 킥킥 웃는다. 나는 탈영병과 마주 앉아 와사비에 밥을 비벼 먹는다. 담요를 덮어주자 탈영병은 몸을 웅크린다. 탈영병은 미열이 있고, 탈영병은 고래 얘기를 한다. 탈영병의 얘기를 듣는 나는 그 시간들이 조금 고통스럽다. 쓰레기봉투 옆에 앉아 있는 나는 그 시간들이, 탈영병과 함께 보낸 짧은 여름이 어떤 선물 같은 거였다고 생각한다. 그 며칠의 시간 때문에, 물속이지만 이제 정말로 눈을 감을 수 있다고 생각한다.

앉은 채로 나는 꿈을 꾸었다. 블랙스모커가 피어오르는 심해, 지구상에서 햇빛 없이도 생명체가 살아가는 유일한 곳, 고래의 젖을 먹고 세상에서 제일 큰 아기가 된 사람의 아기가 기분이 좋은 날이면 블랙스모커까지 헤엄쳐 내려오는 꿈. 크릴새우를 훑어먹고 대왕오징어와 싸우며 심해를 떠돌던 아기가 잠깐씩 와서 쉬어가는 곳. 나는 그곳에 앉아 잠이 들었다.

*

그해 여름에 일어난 사건 사고들은 점차 다음 계절에 자리를 내주었다. 동자개 치어의 집단 폐사로 양식어가의 손해가 막대했기 때문에 도에서는 폐사 원인 규명을 내년도 주요사업으로 세웠다. 사업기간은 삼 년, 사업 예산은 삼천만원이었다. 송의 사체는 척추가 꺾인 채 북천 상류의 바위에 붙어 발견되었다. 하천 조사를 나간 다음날 바로 사고를 당한 것으로 알려졌다. 송의 사고 후 김은 수산대학의 정교수로 내려가 다시는 하천에 나가지 않았다.

대양의 수많은 고래들은 여전히 해변에 떼로 몰려와 죽었지만 아무도 그 이유를 알지 못했다. 실종 여객기의 잔해 또한 끝내 발견되지 않았다. 유족들은 실종자들이 외계인에게라도 납치되어 우주 어디에서라도 그들이 살아 있기를 바랐다.

홍학 탈영병과 피시방 탈영병이 사람들 머리에서 잊힐 때까지도 나머지 탈영병 한 명은 잡히지 않았다. 그즈음 실종 여객기를 찾는 모임에 글 하나가 올라왔다. 글에 따르면 여객기가 항로를 이탈한 것은 고래 때문이었다.

여객기가 사라진 날은 태즈메이니아 섬으로 혹등고래 백이십 마리가 좌초한 날이기도 했다. 글은 송신이 끊긴 지점과 고래가 좌초한 시각, 고래의 속도를 역추적해 여객기가 항로를 이탈할 무렵 혹등고래 위를 비행했다는 걸 밝히고 있었다. 새벽이 밝아오기 직전, 아직 고래의 눈에서 빛이 나는 시간, 백여 마리의 혹등고래는 그 빛들을 품고 육지를 향해 가고 있었다. 빛은 삼만 피트 상공에서도 볼 수 있는 밝기였다. 하늘에서 보면 고래의 행렬은 상공을 편대비행하는 백이십 개의 반딧불이와도 같았다. 등산객이 풀냄새에 취해 길을 잃는 것처럼, 여객기는 망망대해에 떠 있는 빛을 따라갔을 거라고 글은 말했다. 그즈음 여객기의 행방을 추리하는 글은 수백 편이 넘었고 그 글도 그중 하나였다. 몇몇은 골똘히 읽었고 대부분은 한번 훑고 페이지를 넘겼다.

여객기와 별도로 고래 연구자들에게 그날은 중요했다. 혹등고래는 홀로 이동하는 고래였기에 백여 마리가 집단으로 좌초한 건 이례적인 일이었다. 호주의 고래연구소는 이 이례적인 현상을 밝히는 데 필요한 시간과 예산과 인력을 연말까지는 산정할 예정이라고 발표했다.

혼획을 가장한 불법포획이 만연하면서 해안의 밍크고래 개체수는 크게 줄었다. 일부는 좌초한 고래를 위해 전국적인 구조체계를 갖추자고 주장했고 일부는 민족의 오랜 식단인 고래고기의 대중화를 위해 포경을 재개하자고 주장했다. 시간이 가면서 문어통발에는 문어와 밍크고래 외에도 다양한 것이 걸려나왔다. 모 항공사의 로고가 찍힌 기내 의자를 봤다는 어부도 있고 메밀베개 껍데기를 봤다는 어부도 있었지만 원래 바다는 쓰레기장이라고도 불릴 만큼 안 떠다니는 게 없었다.

정은 고래 육회도 팔기 시작했지만 한탕 크게 하지 않는 이상 장사는 늘 그만그만했다. 정 또한 다른 사람들처럼 딸이 테러범의 마을이든 고래 뱃속이든 어디서라도 살아 있기를 바랐다. 병원에서도 정류장에서도 헛소리를 지껄이는 정을 본 이웃들은 혀를 찼다. 정이 입원해 있던 그 무렵, 정의 이웃 무속인 최는 작은 어진의 해안절벽에 촛

불을 켜놓고 기도를 드리다 정의 딸을 본 적이 있었다. 해변에 우두커니 앉아 하염없이 바다를 바라보더라는 얘기를 듣고 정은 딸이 살아 있을지도 모른다는 무한대의 희망을 가지게 되었다. 최보살은 정의 딸이 어디에 있든 물에 흠뻑 젖어 떨고 있으니 양지바른 곳으로 인도하는 굿을 해야 된다고 말했다.

정은 작은 어진에 줄을 만들었다. 그 위에 딸의 배냇저고리와 원피스와 교복치마를 내다 걸었다. 따갑게 내리쬐는 태양빛이 그것들을 오래 소독하고 말렸다. 해안에 사는 물고기들이 가끔씩 튀어올라 그것들을 구경했다.

하천을 헤엄치는 동자개는 여전히 가슴지느러미 가시를 뒤로 젖히며 빠가빠가 울었고 가슴지느러미를 가진 모든 어미들이 그 소리를 들으며 같이 운다는 얘기도 그해 여름에 퍼져나간 소식들 중 하나가 되었다. 깊은 산 계류에서 시작된 물줄기는 여울이 되고 시내가 되어 바다로 흘러갔지만 민물고기는 바다의 염분을 견디지 못했다.

너무 아름다운 꿈

2013년 4월 1일, 나는 황토고원으로 갔다.
고원의 허공 위에 꽃이 피었다고 했다.
황토고원은 서쪽에 있었다.
나는 편서풍을 거슬러서 갔다.

2013년 4월 1일, 나는 황토고원으로 갔다.

고원의 허공 위에 꽃이 피었다고 했다.

꽃이 공중에 피다니, 그것은 비유입니까. 물었지만 답을 듣지 못했다. 짐을 꾸린 것은 꽃을 따기 위해 열기구를 띄운다는 소식 때문이었다. 황토고원은 서쪽에 있었다. 나는 편서풍을 거슬러서 갔다.

*

이른 봄부터 십 주기 행사들이 시작되었다. 2003년 봄에 무언가를 잃어버린 사람들이 십 년이라는 시간을 추모하는 행사였다. 마야 달력에 기록된 지구의 마지막 날에서 서너 달이 지났지만 세상은 끝나지 않았다. 오히려 2003년 봄과 유사한 사건들이 반복해서 일어났다. 십 년 주기설과 관련된 괴담들이 고개를 들었고 사람들은 불안해서라도 2003년 봄을 다시금 상기할 필요를 느꼈다. 그해 봄의 사건일지들이 올라왔다.

일지는 2003년 2월 18일, 지하철 화재사고로 시작되었다. 불이 난 시각은 오전 아홉시 오십삼분, 한 시간 동안 열두 량의 객차가 불타고 백구십이 명이 사망했다.

2003년 3월 12일, 세계보건기구는 비정형 폐렴 경계조치를 내리고 같은 달 17일, 이 병을 사스(SARS)라 명명했다.

2003년 3월 20일, 미·영 연합군이 이라크 공격을 개시했다.

2003년 3월 22일, 세계보건기구는 중국 일부와 홍콩, 베트남을 위험지역으로 지정했다.

2003년 3월 25일, 중국 간쑤성 허시회랑을 타고 거대한 모래폭풍이 일었다.

2003년 4월 1일, 홍콩 배우 리가 투신자살했다.

2003년 4월 2일, 한국 국회에서 이라크 파병 동의안이 가결되었다.

2003년 5월 8일, 전 세계 사스 감염자가 칠천여 명, 사망자가 오백 명을 넘어섰다.

2003년 5월 14일, 서희부대 제1진 2제대 오백 명이 대한항공 전세기를 타고 이라크로 출국했다.

2003년 6월 2일, 아시아 여덟 개 사찰에서 리의 천도재가 열렸다.

2003년 6월 13일, 이라크 나시리아에서 97km/h의 모래폭풍이 일었다.

2003년 6월 13일, 나시리아 알바라디병원 보수 공사를 나갔던 서희부대 제1진 2제대 야공중대원 열두 명과 그들의 경계 임무를 맡았던 특전사 세 명이 주둔지로 돌아오지 않았다.

*

새들도 알을 낳지 않는 곳이라고 했다. 자고 일어나면 건물 하나가 세워져서 일주일만 떠났다 돌아와도 그 도시에선 길을 잃는다고 했다. '문을 열면 바람과 모래뿐이오', 이 말이 그곳에선 밥 먹었느냐는 인사와 같다고 쥔은 말했다. 쥔에게 연락이 왔을 때 나는 결막염 예방을 위한 눈 보호용 캡과 한 번 쓰고 버릴 수 있는 방진마스크 7종 세트를 주문하던 중이었다. 십 년 이래 최악의 황사라고 했다. 어쩌면 최악의 전염병이 될 수도 있었다. 눈과 폐로 황사입자가 들어가지 않게 하는 것만이 최선의 예방책이었다. 현관과 창문 틈새마다 밀폐형 고무패킹을 두르고 이십사 시간 내내 공기청정기를 돌려도 변기에 앉으면 엉덩이에 붉은 먼지가 묻어났다. '십 년 전에도 이렇게 지독했었나?' 사람들은 서로 물었다. '그때도 엄청났었지. 사스가 황사를 타고 전염된다는 얘기까지 있었잖아.'

쥔이 리의 십 주기에 대해 얘기하지 않았다면 쥔이 있는 곳으로 갈 생각은 하지 못했을 것이다. 황사로 항공기 결항이 잦았고 초봄부터 원인이 불분명한 바이러스성 폐질환 환자가 집단 발병하고 있었다. 감염자들은 초기에는 모두 결막염 증세를 보였기 때문에 사람들은 호흡기보다 눈에 더 신경을 썼다. 결막염에는 황사먼지가 가장 안 좋았고, 쥔이 있는 곳은 세계 4대 황사발원지 중의 한 곳이었다.

"리의 영화가 상영될 거야. 여기 란저우에서 4월 1일에."

처음에는 권의 말을 이해하지 못했다. 며칠 뒤면 리의 십 주기에 맞춰 곳곳에서 대대적인 추모 상영회가 열릴 예정이었다. 란저우에서도 서울에서도 리의 영화는 당연히 상연될 터였다. 권은 내 대답을 기다리는 듯 더 말을 잇지 않았다. 달리 할 말을 못 찾고 있는 사이 텔레비전에 대구시립공원이 나오는 것이 보였다. 지하철 화재 참사 십 주기를 맞아 사 회로 방영되는 다큐멘터리였다. 대구 지하철 화재로 사망한 백구십이 명 중 신원이 확인되지 않은 시신은 여섯 구였다. 시는 이 무연고 시신이 연고자를 기다릴 수 있는 기한을 십 년으로 정해놓았다.

'우리는 십 년 동안 기다렸습니다.'

시립공원 아래로 자막이 흘러갔다. 시립공원에 십 년간 가매장되어 있던 무연고 시신은 2013년 4월이 되면 화장을 해 무연고 사망자 묘역에 안치될 예정이었다. 시신 여섯 구 중 세 구는 DNA 채취조차 힘들 정도로 녹아버린 상태였지만, 나는 매해 이 무연고 시신에 대한 얘기를 들을 때마다 여섯 개의 검은 관과 그 안에 반듯하게 누워 누군가를 기다리고 있을 굴곡 있는 형체를 떠올려왔다. 이제 그 기한이 다 된 것이었다.

우리는 십 년 동안 기다렸습니다. 나는 자막을 따라 중얼거렸다. 순간 나는 권이 말한 영화가 리가 출연한 영화가 아니라 리가 연출한 영화라는 사실을 깨달았다. 리의 자살 원인으로도 꼽힐 만큼 리가 마지막까지 매달렸지만 단 한 신밖에 찍지 못한 것으로 알려진 리의 영화. 우리가 십 년 동안 찾아 헤맸지만 어디서도 공개되지 않았던 리의 마지막 필름. 리가 영화 촬영 장소로 택한 곳은 중국 간쑤성甘肅省

허시회랑河西回廊의 중간에 위치한 자위관嘉峪關의 홍암협곡이었다. 란저우蘭州는 그 부근의 가장 큰 도시였다.

홍콩 최고의 스타, 아시아의 별. 리의 죽음은 당시 아파트 한 동에서 예닐곱 명씩 죽어나갈 정도로 홍콩을 휩쓸던 사스보다 더한 충격을 주었다. 리의 사망 소식을 듣자 사람들은 말했다. '뭐? 리가 죽었다고?' 홍콩 경찰이 리의 죽음을 자살로 결론짓고 부검 계획이 없다고 밝히자 사람들은 다시 말했다. '누가 리를 죽였는가.'

첫번째 의혹은 사체 발견 정황과 사체의 상태 등이 이십사층 추락사라기엔 의문점이 많다는 것이었다. 발견 당시 리의 두개골의 상태는 온전했고, 이십사층에서 투신했음에도 즉사하지 않고 병원 도착 직후 숨진 것으로 알려졌다. 리의 마지막 행적도 의문에 올랐다. 리는 죽기 전날까지 친구들과 마작을 하고 투신을 하던 날 오전에는 헬스클럽에서 운동을 한 것으로 전해졌다. 사스를 걱정해 마스크를 하고 다녔고 투신하던 당일도 자선공연과 주연 영화 홍보 등으로 스케줄이 꽉 차 있었다. 사백억원대의 리의 재산이 모두 그의 동성 연인에게 가게 되었다는 것도 계속해서 의혹에 오르내렸다. 홍콩 마피아조직의 살해설, 연인의 배신설, 리가 전염병 때문에 죽었다는 주장까지, 사람들은 어떻게든 리가 죽은 이유를 납득할 방법을 찾으려 했다. 리가 죽은 직후 개설된 추모 카페들은 대부분 리의 사망 의혹을 밝히는 형식을 띠었다. 어쩌면 그것이 진정한 추모의 형식인지도 몰랐다.

리가 죽던 날 리와 함께 점심을 먹었다는 인테리어 디자이너가 나타난 것은 리가 죽은 지 일주일이 지났을 때였다. 그는 지금까지 보도

된 4월 1일의 모든 정황이 다 거짓이라고 주장했다. 리는 죽기 전날 친구와 마작을 하지도 운동을 하지도 않았다고 했다. 당시 리는 네 편의 영화 출연을 계약해놓은 상태였지만 온통 영화 연출에만 정신이 쏠려 있었다. 실제로 리가 여러 인터뷰에서 얘기를 해왔기 때문에 팬들은 리의 오랜 꿈이 영화 연출이라는 것을 잘 알고 있었다. 리는 광둥의 사업가에게 투자를 확정받은 상태였고 오랫동안 준비해온 시나리오 또한 완성한 상태였다. 2003년 3월 25일, 처음이자 마지막이 된 영화 촬영이 진행됐다. 인테리어 디자이너는 담담히 말했다. '그날 리는 모래폭풍으로 촬영 스태프 두 명을 잃었습니다. 그리고 엿새 동안 편집실에 처박혀 나오지 않았습니다.' 리가 편집실에서 나온 것은 4월 1일 오전이었다.

점심 무렵에 만난 리는 잠을 전혀 못 잔 듯 매우 불안해 보였다고 했다. 잡고 있던 물컵이 흔들릴 정도로 손을 떨면서 리는 계속 눈을 비볐다. '목에 불이 났어.' 리는 그런 말을 했다고 했다. 당시 리는 위산 역류가 있어서 식도 전체에 화상을 입을 만큼 예민한 상태였다. '그 불이 눈으로 올라온 것 같아.' 그렇게 말하는 리는 정말로 눈이 심하게 충혈되어 있었다. 무언가에 사로잡힌 것 같기도 하고 헛것을 본 것 같기도 했다고, 이상하게 섬뜩한 눈이었다고, 인테리어 디자이너는 말했다. 계속해서 눈을 비비면서 몸을 떨던 리는 좀 쉬어야겠다면서 호텔 엘리베이터로 걸어갔다. 그리고 몇 시간 뒤 이십사층에서 뛰어내렸다.

'리는 즉사했습니다.' 인테리어 디자이너는 말했다. 리가 투신한 호텔 앞은 리의 몸에서 떨어져나온 살과 피가 낭자했으며, 리는 안면이

뭉개지고 뇌수가 흘러나온 채 벌레처럼 터져 있어 형체를 알아볼 수 없었다고 그는 힘주어 말했다. '부딪쳐서 깨지는 것, 그게 리가 원한 마지막이었습니다. 리는 자신이 원하던 모습대로 갔습니다. 그러니 이제 좀 조용히 해주십시오.'

팬들은 인테리어 디자이너가 말한 단어 하나, 그가 묘사한 리의 행동 하나하나를 꼼꼼히 되짚었다. 그의 말이 어디까지 사실인지는 알 수 없었지만 분명한 것은 리가 죽기 전까지 잡고 있던 편집본이 남아 있다면 거기엔 리의 죽음에 대한 결정적인 단서가 담겨 있을 거라는 사실이었다. 팬들은 본격적으로 리의 죽음을 추적하기 시작했다. 2003년 4월 초, 리의 사망 의혹을 밝히는 모임에서 나는 쥔을 만났다. 만나고 보니 쥔과 나는 둘 다 서교동에서 일을 하고 있었다.

우리가 주목한 것은 촬영 스태프 두 명의 직접적인 사인이 모래폭풍이 아니라는 것이었다. 2003년 3월 25일에 간쑤성을 강타한 모래폭풍은 타클라마칸 사막 동쪽에서 허시회랑을 타듯이 내려오면서 가옥 수백 채를 흔적도 없이 사라지게 할 만큼 큰 피해를 입혔다. 모래구름이 덮쳐오는 동시에 세상은 암흑으로 변했고 하늘에서는 손바닥만한 돌이 떨어져내렸다. 가축도 사람도 모두 공황상태에 빠져 며칠을 울부짖었다고 했다. 이때의 모래폭풍은 며칠 만에 중국 전체와 한반도는 물론 일본 열도와 타이완을 뒤덮고 태평양을 건너 캐나다 서해안과 그린란드까지 도달하며 기상관측상 최악의 황사를 기록했다. 그러나 영화 촬영이 진행되던 자위관의 협곡은 폭풍의 직격탄을 피해간 곳이었다. 리의 스태프 두 명은 모래폭풍에 쓸려간 것이 아니라 사막에서 돌아온 다음날 바이러스성 급성폐렴으로 죽었다.

모래폭풍과 바이러스. 권과 나는 지난 십 년간 전혀 상관없어 보이는 이 두 단어 주위를 맴돌아왔다. 우리가 의도한 것은 아니었는데도 권과 나는 이 둘의 인과관계를 밝히는 방향으로 자꾸 길을 틀어가고 있었다. 2013년 봄이 그 길의 어디쯤에 위치하는지는 알 수 없었다.

*

이틀 동안 결항이던 인천발 시안행 항공기는 2013년 4월 1일 새벽에 운행을 시작했다. 황사대란에 중국 서북부로 가려는 사람은 별로 없었기 때문에 빈자리가 많았다. 시안에 도착해 전화를 하니 엄마는 유가족 대책위원장이 되었다는 소식을 전했다. 매해 한 집씩 돌아가면서 했기 때문에 우리 차례라고 했다. 십 주기라서 올해는 일이 많다는구나, 엄마는 말했다. 시안에서 국내선을 타고 란저우에 도착하니 점심시간이 지나 있었다. 나는 란저우대학 정문 근처의 계단참에 앉아서 권을 기다렸다. 란저우는 모래먼지로 침침했다. 한낮인데도 실내마다 불을 밝혀 건물들이 부연 빛에 싸여 있었다. 황사 전용 마스크를 썼지만 금세 목이 칼칼하게 메어왔다. 모래먼지 때문인지 보호안경 때문인지 하늘과 허공이 경계가 없이 누렇게 뒤섞였다. 어둑한 창고의 백열전구처럼 허공 한가운데에 흐릿하게 걸린 것이 아마도 태양인 것 같았다. 그 아래에서 마스크와 고글을 쓴 채 몇몇이 농구를 하고 있었다. 농구공이 포물선을 그리며 허공을 향해 날아갈 때 먼지 끝으로 무언가 반짝이는 환영을 본 것도 같았다. 눈을 비비고 싶은 충동을 참으며 다시 고개를 들었을 때 저쪽에서 권이 달려왔다.

황하 하구에서 한참을 거슬러올라 해발 천육백 미터의 황토고원에 자리잡은 곳. 대륙 서쪽의 란저우는 전염병으로 술렁이는 베이징이나 서울과는 다르게 노란 미세먼지막 속에서 따로 움직이는 것처럼 보였다. 의외로 공항에서의 검역도 철저하지 않았다. 21세기 전염체는 비행기바이러스라는 말이 무색할 정도로 이번 전염병은 지역성이 강했다. 발병지역은 황사 피해지역과 일치했다. 중국 동부와 한국의 발병자가 많았고 그다음이 일본, 북아메리카 서부 순이었다. 이상한 것은, 중국 서북부와 내몽고 등 황사 발원지역에서는 오히려 발병자가 적다는 것이었다. 모래에 익숙한 지역에서 항체가 형성된 것이 아니냐는 얘기가 있었지만 어느 단계에서 유전자 변이를 일으켜 어느 단계에서 변종 바이러스가 되었는지 사람들은 맥을 잡지 못했다. 발병자 분포도가 지역성을 띤다고 해도 접촉 전염인 결막염과 호흡기 전염인 폐렴이 주 증상이었기 때문에 긴장을 늦출 수는 없었다. 무역풍을 탄 사하라 더스트가 도달하는 아프리카 대륙 서해안에는 큰 도시가 없었지만 편서풍을 탄 아시아 더스트가 도달하는 아시아 대륙 연안에는 인구 천만이 밀집한 대도시가 여럿이었다. 때문에 세계보건기구는 판데믹 선언을 고려중이었고, 사람들은 2013년에 출현한 신종 바이러스를 '아시아 더스트 바이러스'라고 불렀다.

"마포만두는? 마포만두는 잘 있지?"

뛰어온 쥔이 숨을 몰아쉬며 웃었다. 얼굴을 보는 것은 십 년 만이었다. 꾸준히 연락을 주고받았기 때문에 어제 헤어진 것 같을 줄 알았는데 막상 얼굴을 보자 2003년 봄이 그대로 되살아났다. 모범생처럼 자른 직모 커트에 구겨진 면바지, 쥔은 십 년 전 모습 그대로였다. 십 년 전의 계획대로라면 지금은 상하이 어디쯤에서 양복을 입고 금융 빌딩 숲을 오가야 했지만 쥔은 갑자기 란저우로 날아가 대기물리학 박사과정을 밟고 있었다. 얼굴이 물기라곤 전혀 없이 꺼칠한 게 매일 모래바람을 맞는 듯했다. 쥔은 란저우에 왔으니 국수를 먹어야 한다면서 대학 정문 근처에 있는 식당에서 양고기울면을 시켜주었다. 빨리 먹지 않으면 모래가 들어갈 것 같아 나는 국물부터 들이켰다.

"좀 어때? 나는 여기서 일주일도 못 살겠다."

"이제는 난징보다 여기가 더 편해."

쥔은 난징이 고향이었다. 난징에서 학교를 졸업하고 유학비를 마련하기 위해 일 년 계약직 중국어 교사로 한국에 온 것이 2002년 6월이었다. 그래서 쥔은 난징 친구들을 만나면 항상 한국의 월드컵 얘기를 한다고 했다. 쥔이 일하던 중국어학원이 마포만두 바로 옆이었고 거기서 두 블록 정도를 돌아가면 내가 일하던 사무실이었다. 쥔도 나도 이십대 중반일 때였다.

월드컵 8강전이 있던 날이었다. 나는 밤늦게 시청에서 창동행 국철을 탔다. 동생과 회기역 근처에서 자취를 할 때였다. 나는 아마 열차 맨 뒤칸에 탔을 것이다. 열차가 회기역에 도착해 문이 열리자 내 앞에 펼쳐진 기다란 승강장으로 붉은 옷을 입은 사람들이 일제히 터져나왔다. 그것은 마치 긴 뱀이 옆구리로 피를 토하는 것 같은 광경이었다. 동생과 나는 같은 열차를 타고 온 듯했다. 똑같은 옷을 입고 걸어가는 사람들 속에서도 동생의 뒷모습을 금방 알아볼 수 있었다. 우리는 맥주 몇 병을 더 사가지고 집에 들어갔다. 무슨 말 끝에 동생이 말했다. 한국이 4강까지 올라갔는데, 입대를 연기하고 싶다고. 생각해보니 열흘 뒤가 동생 입대일이었다. 한국이 4강 간 거랑 네가 군대 가는 거랑 무슨 상관이냐고 나는 말했다. 맥주 한 병쯤을 더 마셨을 때 동생이 다시 표정을 바꾸며 말했다. 일 년만 연기하고 싶다고. 동생은 조근조근 몇 가지 이유를 더 들었지만 지금은 그 이유가 생각나지 않는다. 내 눈에는 동생이 분위기에 휩쓸려 핑계를 만드는 것으로밖에는 보이지 않았다. 동생답지 않았다. 엄마조차도 가끔 비수가 꽂힌다고 할 만큼 할 말만 툭툭 내지르는 나와는 다르게 동생은 섬세하고 잘 웃고 자기 할 일을 잘하는 아이였다. 그러니 상황 파악도 잘해야 했다. 나는 제정신이냐고 언성부터 높였을 것이다. 아빠가 정년과 맞물려 건강이 갑자기 안 좋아진 상태였다. 평생 남편과 자식만 바라보며 살아온 엄마는 아빠 병수발로 여념이 없었다. 나는 사장과 사이가 틀어진 팀장을 따라 나와 서교동에 새로운 사무실을 꾸린다고 뛰어다니고 있었다. 어렵게 취직을 한 지 일 년도 안 돼 생긴 일이었다. 팀장은 자신을 따라 나온 몇몇 팀원에게 삼겹살을 사주며 말했다. 몇 달 동안 월급을 못 가져간다는 각오로 같이 시작해보자고. 그런 상황이니 동생이 학교를 휴학하고 군대에 가야 하는 것은 당연했다.

한국이 삼사위전에서 터키에게 지고 다시 며칠이 지났다. 야근을 하고 돌아오니 자취방이 깜깜했다. 불을 켜니 동생이 입던 트레이닝 반바지가 의자 등받이에 걸려 있었다. 입대한 것이었다. 구 개월 뒤 육군이 이라크 파병단을 모집할 때 동생은 강원도 6사단의 한 전투공병대대에서 지뢰 설치와 제거법을 훈련받고 있었다.

"자위관에 홍암협곡이라는 곳이 있는 줄은 몰랐어."

"원래 있던 지명은 아니야. 암석사막인데다 사막이 붉은빛을 띠어서 임의로 붙인 이름이야. 실은 리가 발견한 장소나 마찬가지야."

양고기울면은 보기보다 훨씬 맛있었다. 허름한 집이었지만 란저우의 숨어 있는 맛집임에 틀림없었다.

"작년 가을에 자위관에 있는 기상관측소에 갔다가 홍암협곡을 찾아갔었어. 정말 허시회랑의 축소판이었어. 길고 구불구불하고 좁고. 통로 양쪽으로 흙벽이 깎아지른 듯이 이어져 있어."

허시회랑은 란저우에서 시작해 서쪽으로 둔황까지 이어지는 긴 길이었다. 한국 발음으로는 하서회랑. 하서河西는 황하 서쪽을, 회랑回廊은 긴 복도형 구조를 뜻했다. 북쪽의 고비사막과 남쪽의 치롄산맥에 막혀 자연스럽게 좁고 긴 지형이 형성된 곳이었다. 그래서인지 하서회랑이라는 말을 들으면 나는 사막과 산맥 사이를 빠져나가는 길고 구불구불한 생물이 떠올랐다. 낮에는 태양빛을 흡수하고 어스름이 되면 검붉게 변하면서 조금씩 서쪽으로 기어가는 생물. 해가 지거나 폭풍이 일면 그 통로엔 어둠이 들어찰 것이다. 끝없이 이어진 흙벽과 칠흑 같은 통로. 리라면 그런 곳을 찾았을 것이다.

영화 상영까지는 네 시간이 남아 있었다. 식당에서 나오니 도로 양끝으로 무언가를 가득 실은 트럭 행렬이 먼지를 일으키며 지나갔다.

"서울은 같은 곳만 봐도 눈병이 옮는다고 극장에도 피시방에도 사람이 없어."

"생각나? 김치가 사스를 예방한다는 얘기가 있었잖아. 그래서 기숙사 냉장고에 매일 김치 넣어놓고 먹고 그랬어."

쥔은 자꾸 한국 얘기로 화제를 돌리려고 했다. 쥔한테 한국은 별로 떠올리고 싶지 않은 기억일 텐데, 십 년이라는 시간이 주는 힘인가보았다. 쥔이 일하던 마포만두 옆 학원 건물은 일층이 사무실, 이층이 강의실, 삼층이 원어민 교사들의 기숙사였다. 유명 학원도 아니고 규모도 크지 않았지만 학원엔 중국 유학 준비를 하는 수강생들로 항상 붐볐다. 나는 쥔이 생활하는 기숙사층에 올라가본 일이 없었지만, 쥔이 떠나고 몇 년이 지나 그 건물이 더는 중국어학원이 아닐 때에도 그 층의 구조를 선명히 떠올리곤 했다. 쥔과 주고받은 메일들 때문이었다.

쥔과 메일을 주고받기 시작한 건 작문 연습을 겸해서였다. 새로운 사무실에서 추진하려던 일은 한·중·일 문자에 공동으로 적용되는 폰트를 개발하는 일이었다. 한자문화권간에 각각의 폰트를 따로 구입하거나 서로 기준이 다른 라이선스 협약을 해야 했던 불편함을 덜기 위한 것이었다. 중국어를 막 시작하는 단계였기 때문에 내가 보낼 수 있는 말은 단순했다. '밥 먹었니?' '야근을 했어.' '팀장이 맨날 지각이야.' 내가 잠들기 전에 메일을 보내면 쥔은 새벽 수업이 시작되기 전에 확인을 하고 오후 두세시쯤 답장을 보내는 패턴이 이어졌다. 쥔에게 휴대폰이 없었기 때문에 우리는 거의 메일로만 연락을 주고받았지만 점심시간에 직원들과 나가다보면 동료 교사 두엇과 마포만두에 앉아 만두를 먹는 쥔을 볼 수 있었다. 그렇게 우연히 만나는 날은 편의점에서 같이 로또복권을 사거나 인형뽑기를 하기도 했다. 야근을 하고 지하철역으로 가다보면 밤 열시쯤에도 학원 건물은 깜깜했다. 건물 앞에 멈춰 서서 컴컴한 삼층 창문을 올려다보다가 벌써 자는 건가, 혼자 중얼거리다 가기도 했다. 삼층 기숙사는 복도를 사이에 두고 방이 일렬로 마주 보는 구조라고 했다. 새벽 수업이 있어서 일찍 자는 것이겠지만 소등시간이 따로 있는 것처럼 열시쯤에도 불이 꺼진다는 게 신기했다.

메일을 읽고 쓰는 시간이 쥔에게도 나에게도 하루 중 가장 즐거운 시간이 되어갔다. 어법이 틀리거나 단문인 문장에서도 쥔은 그날의 내 기분이나 상황을 정확히 읽어냈고, 최대한 쉬운 어휘로 답장을 보내며 자신의 하루를 전했다. 어수선한 봄이었다. 사막의 전쟁 소식과 동시에 파병 찬반이 뒤를 이었고 리의 죽음과 함께 전염병은 깊어갔다. 답답함에서 벗어날 수 있는 순간은 쥔에게 전할 어휘를 고를 때뿐이었다. 나는 밤마다 대형 사전을 옆에 끼고 쥔에게 편지를 썼다. 기본적인 것, 명료한 것, 즉각적인 감정표현만 할 수 있었기 때문에 쥔의 언어는 편안했다. 쥔도 내 단계를 감안해 단순한 내용만 보냈으므로 우리는 복잡할 일이 없었다.

일병이던 동생이 갑자기 더플백을 메고 나타난 것은 4월 중순 무렵이었다. 상무대에서 한 달간 훈련을 받고 5월 중순에 이라크로 간다고 했다. 바그다드와 나시리아에서 시가전이 한창인 때였다. 동생의 말은 말 그대로 통보였다. 자원자를 받아 파병단을 확정한 후 가족에게 통보하도록 하는 선 자원 후 통보가 군의 방침이었던 것이다. 네가 생각이 있는 애냐고 나는 그때에도 언성부터 높였을 것이다. 더플백에 선크림을 수북이 담아넣던 동생이 말했다.

'지금 있는 부대만 아니면 지옥이라도 갈 거야.'

4월 말이 되면서 사스 감염지역은 눈에 띄게 늘어갔다. 4월 중순까지만 해도 난징이 있는 장쑤성에는 아직 사스 환자가 없다던 쥔은 4월 말이 되자 세계보건기구 홈페이지에 들어가 지역별 사망자수를 확인하는 게 일과가 될 정도로 사스에 신경을 곤두세웠다. 5월 초가 되자 난징은 육백여 개의 숙박업소와 백화점, 극장 등의 공공장소를 폐쇄하고 일만 명 이상을 격리수용했다. 중국 유학중이던 한국 학생들은 속속 귀국을 했고, 그들은 다시 중국어학원으로 몰려들었다. '난징에 감염자가 생긴 건 베이징에서 온 사람들과 접촉하면서부터야. 학원에도 다 베이징에서 귀국한 학생들뿐이야. 그들이 어떤 바이러스를 갖고 있는지는 아무도 몰라.' 쥔의 메일엔 불안이 묻어났다. 난징에 있는 부모는 쥔을 재촉했다. 너는 서울에서 혼자이고 말도 통하지 않는다, 사스에 감염되면 돌봐줄 사람도 없다, 우리도 언제 격리될지 알 수 없다, 아파도 여기에 와서 아파라.

베이징에서 귀국한 학생들과 마주 보며 수업을 해야 하는 마포의 학원은 일만 명 이상이 격리된 난징보다 쥔에게 더 위험한 곳이 되어 가고 있었다. 5월 말에 계약이 만료되면 학원과 재계약을 하겠다던 쥔은 불안증에 걸린 사람처럼 횡설수설하며 메일에서 사스 얘기만 하기 시작했다. 내일이라도 떠나고 싶다고 말하다가도 재계약할 마음에는 변함이 없다는 듯 휴대폰을 사야겠다고도 했다. 쥔은 사스라는 상황 안에 갇혀서 어느 곳으로도 빠져나가지 못하는 듯했다. 그즈음 사무실 일은 더 안 좋아졌다. 회사 안에 있을 때 팀장은 유능한 사람이었지만 독립해 나오자 그는 추진력이 부족한 사람이었다. 일은 별 진척이 없는 채로 팀원 반이 떨어져나간 상태였다. 나는 육 개월 넘게 제대로 된 월급을 받지 못했고, 신용카드로 현금서비스를 받아 전기세와 가스비를 냈다. 그렇다고 사무실을 박차고 나가지도 못했다. 엄마는 아빠가 누워 있는 암 병동에서 밤마다 전화를 했다. '결프전에

갔다 온 군인들도 기형아를 낳았다더라.' 3월 말 하서회랑에서 날아오른 모래입자는 5월이 되도록 여전히 서울 하늘을 뒤덮고 있었다. 눅눅한 빨래에 모래가 엉켜 있어 밤에 다시 세탁기를 돌리면 옆집 남자가 욕을 했다. 매일 밤 수치와 무력감과 담배에 찌든 탁한 몸을 벌레처럼 구겨넣으며 잠이 들었다. 꿈을 꾸면 나는 긴 통로 한가운데에서 오도 가도 못 하고 서 있었다. 쥔은 하루에 두 번씩 세 번씩도 메일을 보냈다. 내 중국어 단계는 잊었는지 두세 줄씩 이어지는 긴 문장이 반복돼 무슨 말인지 이해할 수 없었다. 눈에 띄는 것은 문장 중간 중간에 들어 있는 SARS라는 글자뿐이었다. '사스, 사스. 지겨워 진짜. 니네가 책상다리까지 부숴먹으면서 병 퍼뜨려놓고 왜 나한테 엄살이야!' 나는 모니터에 대고 혼자 고함을 쳤다. 쥔의 상황을 이해하자고 사전을 찾아볼 만한 기력도 없었고, 당연히 답장도 보내지 않았다.

며칠간 휴가를 내고 방에만 있다 밖으로 나오니 반팔을 입은 사람들과 짙어진 가로수 잎이 눈에 들어왔다. 5월 중순이었다. 나는 쥔이 수업이 끝나는 시간에 맞춰 강의실에 들렀다. 강의실 화이트보드 앞에 쥔이 서 있었다. 며칠 새 몇 킬로는 빠진 듯 쥔은 눈에 띄게 수척했다. 사실은 한국에 일 년만 더 있고 싶다, 그렇게 말하면서 쥔은 내 의견을 물었다. 오래 앓은 것처럼 움푹 꺼진 눈이 나를 보고 있었다. 그걸 왜 나한테 묻느냐, 나는 아마도 그런 표정을 지었을 것이다. 강의실 창밖으로 공항버스가 지나가는 것이 보였다. 나는 들고 갔던 방울토마토 봉지를 쥔에게 건네주고 돌아나왔다.

바로 다음날, 경기도 광주 매산리 특전교육단에서 서희부대 제1진 2제대의 환송식이 열렸다. 나누어준 대열표를 보고 동생을 찾아봤지만 모두가 사막색 군복을 입고 있어 알아보기가 힘들었다. 공식적인 행사가 끝나자 가족들과 점심을 먹는 시간이었다. 다들 야산 공원 여기저기에 둘러앉아 마련해온 음식을 펼쳤다. 돗자리에 앉은 동생은 다른 것은 안 먹고 계속 참외만 먹었다. 한 달 동안 상무대에서 생존 교육을 받았다고 했다. 사막에서 길을 잃었을 때 살아남는 법, 동티모르 파병 사고 사례와 총기 사고에 대한 교육, 그리고 전염병 예방 수칙. 서희부대의 주둔지는 이라크 나시리아였다. 한 제대의 파병기간은 육 개월, 그들은 2003년 10월에는 만 달러와 함께 돌아오게 되어 있었다. 밥을 다 먹고 나자 동생은 내 휴대폰을 빌려 한두 군데 전화를 했다. 둘러보니 사막색 군복을 입은 군인들이 짙푸른 나무 밑에 쪼그려앉아서 다들 어딘가로 전화를 걸고 있었다. 나는 삼 년이 지나고 칠 년이 지난 뒤에도 계속 그 풍경을 생각했다. 그날 매산리 나무 그늘 밑에서 참외를 먹고 전화를 하던 수많은 군인들 중에 모래폭풍과 함께 사라져버린 열다섯 명은 누구누구였을까. 십 년이 지나도 돌아오지 않는 열다섯 명은 그날 어디어디쯤에서 사열대를 향해 서 있었을까.

집에 돌아오니 쥔한테서 메일이 와 있었다. 마포의 학원에서 보낸 메일이 아니라 인천공항에서 보낸 메일이었다. '한국에서 너한테 보내는 마지막 메일이다. 두 시간 후면 나는 난징에 도착할 것이다. 안녕 내 친구, 안녕 코리아.'

나는 창문을 모두 닫았다. 무언가를 한꺼번에 잃어버린 느낌이었다.

*

'뜨거워, 아빠.' 불이 난 지하철에 갇힌 사람들한테는 휴대폰이 있었다. 그들의 몸은 밖으로 나올 수 없었지만 그들의 마지막 말은 밖으로 고스란히 전달되었다. 좁고 긴 지하통로에 갇힌 사람들이 가장 많이 한 말은 숨이 막힌다는 말과 뜨겁다는 말이었다. 어머니한테 아이 둘을 맡기고 볼일을 보러 가던 여자는 마지막 문자를 어머니한테 보냈다. '어머니, 애들 좀 잘 봐주세요. 지하철에 불이 났는데 아무래도 죽지 싶어요.' 불이 난 시간은 오전 아홉시 오십삼분, 갇힌 사람들한테서 가장 많은 전화가 걸려온 건 열시 삼십분에서 사십분 사이였다. 열시 오십구분 사십삼초 이후로는 더는 어떠한 전화도 밖으로 걸려오지 않았다.

*

연구실로 돌아온 권은 차를 내왔다.

"좀 어수선하지?"

권은 황사 채집 실험을 위해 지도교수와 팀을 꾸려 준비중이라고 했다. 책상에 리의 팬카페에서 만든 2013년 탁상달력이 놓여 있었다. 내게도 있는 달력이었다.

"오늘은 2013년 4월 1일. 내 달력도 아직 3월일 거 같긴 하지만."

나는 3월에 머물고 있는 달력을 4월로 넘겼다. 리가 죽은 다음해부터 우리는 매년 리의 콘서트와 화보사진을 모아 달력을 만들어왔다.

그리고 달력에 경조사와 회의 일정 같은 것들을 적으며 나이를 먹어 왔다. 쥔의 탁상달력에는 아시아 더스트 바이러스의 진행과정이 꼼꼼히 적혀 있었다. 달력을 메모장으로 쓰기라도 하듯 여백에 여러 단어들이 거칠게 적혀 있는 것이 보였다. 꽃, 모래, 철새, 분변, 허시회랑, 나시리아.

눈병에 걸린 사람들은 무언가 반짝이는 것이 보인다고 했다. 어렸을 때 돋보기로 들여다보던 눈 결정체 같기도 하고 햇빛을 머금은 먼지입자 같다는 사람도 있었지만, 대부분은 그것을 꽃 같다고 말했다. 사람들은 붉게 충혈된 눈을 계속해서 비볐다. 가려움증은 실제로는 바이러스가 각막에 안착해 생기는 증상이었지만 사람들은 마치 믿지 못할 광경을 목격했다는 듯이 눈을 비비고 또 비볐다. 처음에는 가려움증과 이물감을 호소하다가 눈곱과 눈물을 흘렸고 나중에는 결막에 종창이 생기면서 출혈을 일으켰다. 감염자들이 꽃 얘기를 하는 것은 이번 바이러스가 형태학적으로 꽃 모양이어서라는 얘기가 있었지만 감염자들이 정말로 바이러스의 실체를 목격한 것인지는 알 수 없었다.

결막염 출혈을 일으킨 환자들은 뒤이어 고열과 호흡곤란 증세를 보이다 갑작스럽게 사망했다. 사망자들의 호흡기 하부인 폐에서도 바이러스가 발견되었기 때문에 직접적인 사인은 바이러스성 폐렴 합병증으로 발표되었다. 2013년에 출현한 바이러스는 코나 목 등 사람의 호흡기 상기도에서 살지 않는다는 점에서 인플루엔자바이러스와도 달랐고, 결막에서 증식하는 바이러스가 폐에서도 증식한다는 점에서 아폴로눈병을 일으킨 엔테로바이러스와도 달랐다. 백신은 없었다. 치사율은 2009년의 신종플루와 비슷했지만 사람들은 눈병 때문에 죽을 수도 있다는 사실에 술렁였다. 발병지역 분포도가 발표되고 바이러스가 황사에 실려온다는 얘기가 확산되면서 사람들의 공포심은 더 커졌다. 전염병과 황사의 관련성이 사람들 사이의 소문으로 그치지 않고 바이러스 학회에서 제기되었던 것이다.

쥔은 지난달 타이베이에서 열린 바이러스 학회에 관심이 많았다. 황사 얘기가 나왔으니 쥔으로서는 당연히 관심이 갈 터였다. 2003년 5월에 난징으로 돌아간 쥔은 무슨 일인지 유학 계획을 접고 얼마 뒤 엘지필립스엘시디 난징 법인에 취직했다는 얘기를 전해왔다. 회사에는 한국 사람이 많아 한국어 공부도 조금씩 한다고 했다. 몇 년 뒤 갑자기 회사를 그만두고 란저우로 가면서 쥔은 엘시디의 가장 큰 적은 황사라고, 그래서 홧김에 황사의 정체를 파헤치러 가는 거라고 반농담으로 얘기했다. 그때 나는 기업체에서 중국어 통역일을 하다가 비밀보장각서 문제로 마찰이 생겨 과학학회 쪽 통역으로 분야를 다시 잡는 중이었다. 세균과 바이러스의 차이부터 시작해 모든 개념과 신종 용어 들을 새롭게 익혀야 했다.

"중간숙주로 황사가 지목이 되었단 말이지? 그때 반응들은 어땠어?"

"싸늘했지. 아시아 더스트 바이러스라는 유행어에 편승한 것밖에 안 된다고. 어떻게든 이목을 끌어서 이쪽 분야에서 떠보려는 수작이라고. 발언 기회도 제대로 얻지 못하는 것 같았어."

이번 바이러스의 유전적 기원은 조류인플루엔자였다. 그것은 모두가 동의하는 사실이었다. 조류인플루엔자는 세계적으로 창궐한 바이러스였지만 종간장벽 때문에 포유류인 사람에게는 치명상을 주지 않았다. 그들은 조류의 호흡기에는 잘 붙어살아도 사람의 호흡기에는 붙어살 수 없는 구조를 갖고 있었다. 사람한테서 붙어살 수 있는 곳은 눈 점막과 폐뿐이었다. 바이러스가 조류에서 포유류로 터전을 바꾸려면 보통은 중간숙주가 필요했다. 중간숙주 없이 바로 넘어온 바이러스는 생존 적응을 위해 왕성하게 증식을 하고 숙주를 죽음으로 내몰면서 치사율을 높였다. 그러나 아시아 더스트 바이러스는 치사율이 치명적이지 않았고 그렇다고 돼지 등의 중간숙주를 거친 것도 아니었다. 아주 오래전, 그러니까 적어도 십 년 전에는 출현해 어디선가 변종을 일으키며 사람 몸에 적응을 해왔다는 얘기였다. 숙주를 해치고 살 터전을 잃는 대신 숙주의 몸속에서 오래오래 같이 살기 위해.

"솔직히 내가 들어도 수긍이 안 됐어. 세균은 물에서든 식빵에서든 혼자서 살 수 있지만 바이러스는 동물세포에 기생을 해야만 살 수 있어. 황사가 생명체는 아니잖아? 모래가 기어다니는 벌레처럼 단백질 덩어리도 아니고."

"가능할지도 몰라."

줜이 말했다.

"정말 가능하다고 생각해?"

"우리는 황사가 이동하는 황사대로를 토양권으로 보고 있어. 지상에서부터 오 킬로미터 상공. 거기도 공기가 있고 수증기가 있는 세계야."

"공기가 있고 수증기가 있고. 태양이 비추고, 황사는 흙이고?"

"그래, 또다른 대지야. 미생물이 살 수 있어. 미생물이 황사에 붙어서 이동도 할 수 있고. 충분히 가능성이 있다고 생각해."

바이러스는 아무리 작은 미생물에서라도 증식할 수 있었다. 줜의 말은 설득력이 있었다. 황사와 중금속이 결합해 하나의 입자가 되는 것처럼 황사와 미생물이 결합을 하고 그곳에서 바이러스가 증식한다는 얘기였다. 황사가 착지한 장소가 바이러스가 활동하기에 좋은 장소라면 바이러스의 입장에서 볼 때 황사는 생존권의 확대를 도와주는 터전이라고 할 수 있었다.

전염병과 황사의 관계에 대해 권은 오래 생각해온 듯했다. 내 짐작이 맞다면 권은 아시아 더스트 바이러스가 유전자 변이를 일으키기 전, 즉 순수한 조류인플루엔자였을 때 황사 입자와 어떻게 결합했는지를 밝히기 위해 몇 가지 가설을 세워놓았을 것이다. 그 가설이 내 짐작과 다르기를 바라면서 나는 다시 탁상달력을 집어들었다. 2013년 4월 달력에 있는 사진은 리가 2000년 홍콩컨벤션센터에서 공연을 할 때의 사진이었다. 마흔이 넘은 나이였지만 리는 여전히 강건한 몸에 소년 같은 얼굴선을 유지하고 있었다. 2000년은 리가 은퇴를 했다가 복귀한 해였다. 삼 년 뒤에 죽었으므로 마지막 재기인 셈이었다. 그래서인지 이때의 사진은 어딘지 아슬아슬했다. 리의 자살 소식을 듣고서야 아름답던 리가 어디선가 조금씩 나이를 먹어간 걸 깨달았다는 미안함, 그 미안함을 떠올리게 하는 사진이기도 했다.

리는 자주 무너졌다. 일을 할 때는 아름다움에 대한 강박이 있는 것처럼 완벽했지만 무너질 때는 모든 것을 놓았다. 리는 어떤 배우보다도 황색 언론이 그림자처럼 따라다녔고 그때마다 사생활과 스캔들이 부풀려졌다. 리는 은둔과 은퇴를 반복했다. 그러나 다시 돌아올 때면 리는 늘 최고였고 사람들은 이전보다 더 리에 열광했다. 리를 수식하는 대표어였던 슬프고 몽환적인 눈빛은 리가 무너지고 일어서기를 반복할 때마다 철저하게 리의 것이 되는 것 같았다. 안착하지 못하는 결핍된 영혼, 잡히지 않는 생의 허무를 표현하려는 감독들은 누구나 리를 주인공으로 정하고 시나리오를 썼다. 사람들은 리한테 깊게 배어 있는 특유의 분위기를 유년 시절 때문이라고 했다. 리는 유복하게 자랐지만 어머니와 단둘이 있었던 시간이 생애 며칠도 안 될 만큼 외로운 유년 시절을 보낸 것으로 알려져 있었다. 언젠가 인터뷰에서 가족 얘기가 나오자 리는 말했다. '어려서는 딱 십 분만이라도 어머니와 마주 앉아서, 어머니의 얼굴을 바라보는 것이 소원이었습니다. 그러나 지금 나한테 중요한 건 나에게 어머니가 실제로 존재했다는 것, 그 사실뿐입니다.' 리가 연기한 인물들은 그런 리의 삶을 닮아 있었다. 그들은 모두 채워지지 않는 커다란 공동空洞 하나씩을 안고 사랑을 갈구하고 사랑을 파괴하다가 비눗방울처럼 터져버렸다.

나는 권을 바라보았다.

"감염되었다 회복된 사람들이 그랬어. 가장 고통스러웠을 때는 환영이 보였을 때라고. 고열로 몸은 뜨겁고 호흡곤란으로 숨은 막히는데 자꾸 반짝거리는 것이 보여서. 바이러스 외피가 그렇게 아름답고 화려하다지."

다른 생각을 하는지 한참을 그냥 앉아 있다가 권이 말했다.

"네 동생이 나시리아에서 썼다는 일기, 요새 그 생각만 했어."

권은 역시나 나시리아 얘기를 꺼냈다.

2003년 봄부터 세계를 휩쓸던 사스바이러스는 몇 달 만에 인간에게서 자취를 감추었다. 7월 초 세계보건기구는 사스 방역을 종료했다. 사스로 술렁이던 자리를 채운 것은 나시리아의 모래폭풍 소식이었다. 총 열다섯 명이었다. 나시리아에 시속 구십칠 킬로미터의 초대형 모래폭풍이 덮치던 2003년 6월 13일, 알바라디병원 보수공사를 나갔던 서희부대원 열다섯 명은 돌아오지 않았다. 봄마다 중동을 공포에 몰아넣는다는 샤말의 위력이 어떤 것인지, 어떻게 모래가 쓰나미처럼 사람을 휩쓸어갈 수 있는지, 한국에 있는 사람들은 누구도 그 말을 실감할 수 없었다. 2003년 10월에 돌아온 것은 동생의 선크림과 수건, 다이어리뿐이었다. 수건에는 '강하고 담대하라—이라크 파병 기념 위문단'이라고 쓰여 있었다. 오열하는 유가족의 사진이 한동안 일간지 1면을 장식하고 파병 찬반 여론은 다시 끓어올랐다. '산화한 장병들'이라는 문구를 볼 때마다 나는 산화散華라는 말을 오래 생각했다. 달라지는 것은 없었다. 미국은 추가 파병을 요구했고 한국 국회는 파병 연장이라는 정부의 원안을 그대로 가결했다. 작전중에는 교통사고가 날 수도 있었고 급류에 휩쓸려갈 수도 있었고 모래쓰나미를 만날 수도 있었다. 서희부대의 사고는 파병 장병 희생 약사에 추가되었고 지난 십 년간 추가 파병자들이 생존교육을 받을 때 숙지해야 하는 대표적인 사고사례가 되었다.

동생의 다이어리를 전해받은 며칠 뒤 나는 깜깜한 자취방에 불을 켜고 다이어리를 펼쳤다. 다이어리 안에는 미군 피엑스에서 구입한 삼십 달러짜리 공중전화카드와 검은색이 눈에 띄게 닳은 사색 볼펜, 수하요령이 적힌 코팅된 종이가 들어 있었다. 종이에는 '손들어, 움직이면 쏜다'라는 뜻의 이라크어가 적혀 있었다. 그리고 제일 안쪽에 내 명함이 들어 있었다. 동생이 입대할 무렵 새로 시작한다고 뛰어다녔지만 이제는 거의 망해버린 서교동 사무실의 내 명함.

한 페이지에 일주일분의 칸이 쳐진 다이어리 속지에는 깨알 같은 글씨가 빼곡히 들어차 있었다. 서희부대 1진의 임무는 칠십 퍼센트가 주둔지 편성이었다. 맨사막에 텐트봉을 세우고 전선을 설치하는 데만 한 달 가까이 걸렸다고 동생은 적고 있었다. 동생이 쓴 일기는 대부분 손전등 아래서 쓴 글이었다. '모래폭풍이 올까봐 무섭다' '모래폭풍이 와서 죽는 줄 알았다', 그 두 내용이 거의 전부였다.

'고글을 쓰지 않으면 눈이 멀어버릴 것 같다. 이곳은 너무 뜨겁다.'

'한발 디딜 때마다 분진이 올라온다. 숨을 쉬기가 힘들다.'

'중대장이 말했다. 바람이 안 불고 고요한 날에 모래폭풍이 온다고.'

'모래폭풍이 와서 세 시간 동안 텐트를 붙잡고 서 있었다.'

'침낭으로 싸매도 모래가 몸속을 파고든다. 모래는 살아 있다. 모래가 살아 있는 것이 느껴진다.'

'처음 이곳에 왔을 때 나던 코피가 다시 난다.'

'말라리아약을 먹으면 정신착란이 올 수도 있다고 약은 반드시 취침 전에 먹으라고 했는데…… 오늘은 아침에 먹었더니 자꾸 헛것이 보인다.'

'눈이 가려워 미치겠는데 엄마가 자꾸 비비지 말라고 한다.'

'반짝이는 것이 먼지인지 햇빛인지 모르겠다.'

주둔지 편성이 끝나고 첫 보수작업을 나간 것은 2003년 6월 9일이었다.

'마을은 긴 통로 같다. 시가지는 길을 사이에 두고 일렬로 늘어서 있다. 우리는 매일 그 길을 지나 작업을 간다.'

동생의 다이어리를 다 보고 나서 나는 서교동 사무실 일을 완전히 정리했다. 그리고 중국어시험을 준비했다. 통번역대학원 과정을 마친 뒤 내가 가장 먼저 한 일은 2003년 5월에 쥔이 나한테 보낸 메일을 다시 찾아 읽은 것이었다. 쥔의 메일을 다시 읽었을 때 내 눈에 들어와 박힌 것은 'SARS'가 아니라 '무섭다'는 형용사였다. 사전에서 '무섭다'는 말을 찾으면 가장 먼저 나오는 예문은 '무서운 꿈'이었다. 나는 의식을 치르듯이 꼼꼼히, 부호 하나 빠뜨리지 않고 메일을 읽었다. 다 읽고 나서 내게 남은 장면은 마포만두 옆 삼층 건물의 어둡고 긴 복도, 그 끝방에서 누군가 열시부터 불을 끄고 누워 무서운 꿈을 꾸는 모습이었다.

그리고 다시 모래폭풍이 불어왔다. 2011년에 서아시아에 불어온 모래폭풍은 풍문으로만 전해졌던 그동안의 폭풍과는 다르게 생생한 동영상으로 중계되었다. 유가족들에게 그것은 2003년 나시리아의 모래폭풍이 어땠는지를 보여주는 증거물이나 마찬가지였다. 나는 거대한 모래구름이 해일처럼 허공을 덮치는 것을 보고서야, 시가지와 그 사이의 길고 좁은 통로가 순식간에 암흑이 되는 것을 보고서야, 동생이 다른 세상으로 이동했다는 것을, 다시는 돌아오지 않을 거라는 사실을 받아들였다.

*

란저우대학 안을 벗어난 기억은 없었다. 리의 영화 상영까지는 두 시간이 남아 있었고 쥔이 나시리아 얘기를 꺼내서 잠시 혼자 바람을 쐬고 싶었을 뿐이었다. 쥔은 모든 것을 전염병과 관련지으려 했다. 마음이 편치 않았다. 밖은 모래먼지가 자욱해 몇 미터 앞도 보이지 않았다. 금방이라도 길을 잃거나 어딘가로 빨려들어갈 것 같은 어둡고 불투명한 날씨였다. 얼굴을 감쌌던 머플러를 벗자 나는 이상한 건물에 들어와 있었다. 벽에 그림들이 늘어서 있었다. 나는 그림 쪽으로 걸어갔다. 머리가 터지고 사지가 찢긴 사람들이 붉은 산과 검은 강 한가운데에서 허우적거리고 있었다. 허우적거리는 사람들 앞쪽으로 크기를 가늠할 수 없는 공간이 나타났다. 검은 옷을 입은 남자가 노트북 앞에 앉아 있었다.

"여기는…… 어디인가요?"

남자가 고개를 들었다. 눈밑이 거뭇했다.

"어디를 찾아오셨는데요?"

"그냥…… 바람을 좀 쐬려고……"

내가 그림에서 눈을 떼지 못하자 남자가 말했다.

"지옥 그림입니다. 중국, 한국, 일본의 지옥 그림을 모아놓은 것이죠. 물론 모사본입니다."

"네…… 어딘지 익숙한 느낌이 있다 했더니 한국 그림도 있었군요."

남자는 내가 한국인인 걸 알자 반색을 했다.

"올 가을에 둔황에서 지옥전이 있습니다. 꼭 보러 오십시오."

"네에……"

어디선가 조금씩 아우성이 들려왔다.

"이게 다…… 언제 그려진 건가요?"

이명인 것 같아 나는 머리를 흔들었다.

"지옥 그림은 항상 그려졌어요. 사는 게 고통 아닌 때가 없었나보죠."

남자는 자신의 대답이 성의 없다고 느껴졌는지 그림들 앞으로 나를 안내했다. 나는 남자와 나란히 그림 앞에 섰다. 그림 속에서 사람들은 끓는 솥에 던져져 몸부림치고 있었다. 날카로운 칼산을 기어오르느라 팔다리가 찢기고 화염에 싸인 철성鐵城 안에 갇혀 몸이 타들어갔다. 모든 그림 속에는 울부짖음이 들어 있었다. 인간이 낼 수 있는 가장 고통스러운 비명소리를 뽑아내기 위해 허공을 찢어가며 그린 것 같은 그림들이었다.

"지옥 그림은 10세기 둔황 작품이 출발점이에요. 전쟁이 끊이지 않던 시기였죠. 아마 단 한 사람도 전쟁에서 자유로울 수 없었을 겁니다."

그림은 벽 끝의 문 너머로 계속 이어졌다.

"한국에서도 16, 17세기의 큰 전쟁 후에 지옥 그림이 많이 그려졌어요. 그 그림들이 한국 사찰에 여럿 남아 있습니다."

"한국인인 저보다 잘 아시네요."

"저야 밥 먹고 하는 게 이 공부인걸요."

책장 위쪽에서 환풍기가 돌아갔다. 남자한테서 모래와 뒤섞인 땀냄새 같은 것이 났다. 창밖으로 모래안개가 밀려오는 것을 보다가 나는 남자에게 물었다.

"어떤 곳을…… 지옥이라고 하나요?"

묻고 나자 나는 누군가에게 이 말을 묻기 위해 란저우에 왔다는 생각이 들었다. 남자가 그림에서 몸을 돌려 나를 정면으로 쳐다봤다. 속눈썹 안쪽이 깊었다.

"사방이 막혀서 빠져나갈 기약이 없는 곳. 문헌에는 그렇게 기록되어 있습니다."

나는 지옥 그림들에서 한발 물러섰다.

"방해가 되지 않는다면 저 도록들을 좀 보다 가도 될까요?"

"그럼요."

남자는 커피를 한 잔 따라주고는 다시 노트북 앞으로 돌아갔다. 나는 검은 옷을 입은 남자가 간간이 기침을 하는 실내 한쪽에 날이 저물 때까지 앉아 있었다. 모래안개가 계속 창밖에 머물러 있었다. 극장이 근처라고 했으니까 영화 상영시간에 맞춰 쥔에게 가면 되겠지. 나는 천천히 도록들을 뒤적였다. 그곳에서 빠져나온 건 어느 도록에서 중국 변방의 장법葬法이라는 설명이 붙은 사진을 보고 나서였다. 우리가 기다려온 것처럼, 리가 우리를 기다리고 있었다.

*

리는 사막 한가운데에 서 있었다.

흰 마스크를 쓰고 좌석을 채운 팬들은 숨소리조차 내지 않았다. 옆에 앉은 쥔이 긴장으로 침을 삼키는 것이 느껴졌다. 영화가 시작되자 화면은 붉은 암석사막으로 들어찼다.

리는 이미 협곡의 절벽 위에 서 있었다. 좁고 긴 통로를 빠져나와 절벽 위에 선 것인지, 절벽에서 내려와 다시 안으로 들어가려는 것인지는 알 수 없었다. 모래폭풍의 전조인지 대기는 탁했다. 누군가 골짜기에 혼자 앉아 우는 것처럼 바람 소리가 점점 휘어졌다. 리는 고대의 조각상처럼 몸에 얇은 대의大衣 하나만을 걸친 채 바람을 맞고 서 있었다. 얇은 천이 신체에 흡착돼 몸의 굴곡이 그대로 드러났다. 리가 강박적으로 가꾸어온 몸이었다. 한 발만 방심해도 그대로 무너질 것 같은 아슬아슬한 몸. 스스로에게 혹독하지 않고는 더이상 아름다울 수 없는 마지막 단계에 리가 서 있었다. 몸의 양감과 흡착된 옷이 길항을 일으켜 리의 신체는 숨막힐 듯한 긴장감을 뿜었다. 카메라는 전혀 움직이지 않은 채 그렇게 리를 비추었다. 우리도 전혀 움직이지 않고 리를 마주 보았다. 어느 순간부터 우리는 절벽 위에 선 리한테서 그동안 리를 통과해간 모든 인물들을 보고 있었다. 리는 길 위에서 장난스럽게 웃었다. 리는 사막 너머를 바라보며 술을 마셨다. 빙글빙글 돌다가 주저앉는 리, 짙은 화장을 한 리, 사랑에 답하지 않는 리, 이글거리는 화염 저편에서 이쪽을 바라보는 리, 환호 속에 갇힌 리, 몸부림치듯이 키스하는 리, 오도 가도 못 하는 리, 자신이 파괴한 것을 두 눈으로 보아버린 리, 두려움에 떠는 리, 누구도 사랑하지 못하는 리, 엄마가 사라진 자리를 바라보는 리, 긴 야자수 길을 성큼성큼 걸어나가는 리, 뒤돌아보지 않는 리.

그 모든 리가 모래바람을 맞으며 흙벽 위에 서 있었다. 그리고 돌연, 리는 달리기 시작했다. 전속력으로 달리기 시작했다. 그대로 달려가면 절벽이라는 것을 우리는 모두 알고 있었다. 끝인가, 주먹을 쥐는 순간 화면은 갑자기 부연 모래로 들어차 한 치 앞이 보이지 않았다. 실제 상황인지 아닌지 알 수 없었다. 몇 초 뒤 우리 눈앞에 나타난 것은 무엇인가가 붙어 있는 거대한 절벽이었다. 절벽에 따개비처럼 드문드문 붙어 있는 것은 검은 목관이었다. 사람 몸 하나 크기의 검은 나무관이 선반처럼 절벽에 박혀 있었다. 우리는 숨을 멈추고 리가 남긴 세계를 바라보았다. 절벽을 내리달리던 화면은 이어서 홍콩컨벤션센터로 넘어갔다. 열기 속에서 리의 노래가 끝나가고 있었다. 긴장 속에서 바람 소리만 듣다가 익숙한 곡이 흘러나오자 좌석 여기저기서 울음이 터져나오기 시작했다. 리는 환한 조명 아래에 서 있었다. 환호 속에 둘러싸인 리가 땀에 젖은 채 웃고 있었다. 리는 팬들에게 인사말을 하는 중이었다. 사막 너머를 바라보던 눈빛으로 관중 너머를 바라보던 리가 인사말 끝에 낮게 웅얼거리는 소리가 들렸다. 메이멍. 나는 침을 삼켰다. 美夢인지 迷夢인지 확실하지 않았지만 리가 환호 속에서 마무리짓는 것은 꿈 얘기였다. 우리는 다 같이 리의 마지막 말을 들었다.

'꿈속에서는 무엇을 해도 진실이 아니야. 그 꿈을 깨야지. 꿈을 깰 수 있는 가장 확실한 방법이 뭔지 알아? 바로 뛰어내리는 거야.'

영화의 제목은 '공중화空中華'였다.

뒤풀이 자리는 조용했다. 모두들 가라앉은 채로 술을 마시면서 공중화가 무슨 뜻일까 얘기를 나누었다. 나는 권을 데리고 밖으로 나왔다.

"봤어. 아까 봤다고."

"뭘?"

"아까 이상한 곳에 들어갔었어. 환풍기가 막 돌아가고, 비명소리로 시끄럽고. 벽면 가득 지옥 그림이 있고."

"지옥 그림? 아, 거긴 둔황학연구소야."

"아무튼 거기서 도록을 보다가 봤어. 아까 리의 영화에서 봤던 절벽. 검은 목관이 있는 절벽 말이야."

우리는 서둘러 학교로 들어갔다. 둔황학연구소에는 아직 사람이 있었다. 우리는 양해를 구하고 도록을 찾았다. 한대漢代의 도록 중간쯤에 그 절벽이 있었다. 우리는 설명을 읽어내려갔다. 절벽에 나무심을 박고 시신을 안치하는 고대의 장법葬法. 주로 중국 변방에서 행해졌고 이 장법의 경우 시신의 발목을 모두 자른다고 나와 있었다. 거기서 말하는 중국 변방은 사막이었다.

"이거야. 리는 이 절벽을 우리한테 보여주고 싶었던 거야."

이곳에서 뭔가를 더 찾을 수 있을 거라는 확신이 들었다. 우리는 책상을 정리중인 사람에게 달려갔다.

"혹시 공중화가 무슨 뜻인지, 자료를 찾을 수 있을까요?"

"공중화라…… 글쎄요. 아, 저기 경전에 능통한 우리 장선생 오시네."

노트북 앞에 앉아 있던 남자였다. 남자가 흥미롭다는 듯이 권과 나를 번갈아 쳐다보았다. 아까보다 얼굴빛이 더 짙어져 있었다. 공중화가 무엇이냐고, 나는 남자의 입술에서 눈을 떼지 않고 물었다. 남자가 내 얼굴을 빠르게 훑는 것이 느껴졌다.

"허공에 핀 꽃. 『원각경』에 나오는 구절입니다."

"『원각경』이요?"

“『원각경』에 가장 많이 나오는 단어가 아마 환幻일 겁니다. 이 세계가 꿈이고 환이라는 것, 그걸 알아차리는 것이 출발점이라는 것이지요. 제가 이해하는 『원각경』은 그렇습니다만.”

쥔도 나도 허공꽃이라는 말에서 한 가지만을 떠올리고 있었다. 우리가 십 년 동안 추적해온 것. 2013년에 일어나고 있는 어떤 일. 남자는 궁금한 내용이 있으면 찾아보라고 대장경 검색창을 열어주었다. 우리는 설마 하는 마음으로 검색창에 ‘空中華’를 입력했다. 문장 하나가 떴다.

譬彼病目見空中華

비유하건대 눈병이 났을 때 허공에서 꽃이 보이는 것과 같다.

눈에 병이 생기면 허공에서 꽃이 보인다. 그것은 아시아 더스트 바이러스에 감염된 사람들의 증상이었다. 쥔과 나는 동시에 숨을 뱉었다. 경전에서는 분명히 비유라고 말하고 있었다. 비유로 그쳐야 할 일이 2013년에 실제로 일어나고 있는 것이었다.

“비유라고요? 뭐에 대한 비유라는 거죠?”

“어디 봅시다. 이건…… 무명無明에 대한 설명 다음에 오는 구절이네요. 무명에 대한 비유인 거죠.”

모니터로 몸을 숙였던 남자가 다시 상체를 일으켰다.

“무명은 고통이 시작되는 첫번째 조건입니다. 모든 고통은 무명 때문에 일어나죠. 허공꽃은 실재하는 것이 아닙니다. 무명 때문에 보이는 것이죠.”

나는 의자를 밀치며 일어섰다.

"리는 꿈에서 깨겠다고 뛰어내렸어요! 속 시원하게 얘기 좀 해주세요. 리는 뛰어내렸다고요!"

쥔이 진정하라고 내 팔을 붙들었다. 남자는 잠자코 걸어가서 환풍기를 껐다.

"보통은 꼬집거나 하는데, 그 꿈은 참 지독했나보네요."

*

환풍기가 꺼지고 4월 1일은 지나갔다. 날이 밝자 쥔은 자위관에 가자고 했다. 란저우까지 왔으니 허시회랑의 중간까지는 구경시켜주고 싶다고 했다. 홍암협곡은 위험했기 때문에 우리는 자위관성으로 가기로 했다. 기차를 타고 회랑을 올라가는 내내 쥔과 나는 등받이에 기대 자다 깨다 했다. 눈을 떠보면 사막, 다시 눈을 떠도 사막이었다. 이 회랑을 빠져나가는 것이 가능할까 하는 생각이 들 즈음 우리는 자위관에 도착했다. 막상 도착하자 쥔은 성 대신 마른 풀이 드문드문한 사막 평지로 나를 데려갔다.

"열기구를 띄우는 중이야. 우리 연구팀이 저기 있어."

사막 한참 저쪽에 사람 서넛이 깨알 같은 크기로 서 있었다.

"기구에 황사 채집장치를 설치해서 상공에 띄우는 거야. 채집이 끝나면 채집장치만 낙하산을 이용해서 사막 한가운데에 떨어뜨리고."

"그럼 사막 한가운데까지 채집장치를 찾으러 가야 돼?"

"응, 채집장치에는 GPS 수신 안테나랑 송신기가 있어. 수색대가 그걸 찾으러 가는 거지."

우리는 연구팀 쪽으로 천천히 걸어갔다. 생각보다 거리가 멀었다. 황사의 이동 속도와 지역별 상공에서의 결합 물질을 연구하기 위해 둔황과 울릉도에 공동 관측기지가 설치된다고 권은 말했다.

"시료를 얻으면 샅샅이 분석할 거야. 그 안에 정말로 바이러스가 있는지. 이번에는 꼭 두 눈으로 확인할 거야."

권이 2003년 봄에 나한테 보낸 메일은 총 쉰세 통이었다.

"이 일이…… 재미있니?"

나는 권에게 물었다. 권이 고개를 수그리고 희미하게 웃었다. 걸어가는 중인데도 권의 신발 위로 모래가 쌓이는 것이 보였다. 권이 문득 걸음을 멈췄다.

"2003년의 모래폭풍, 리도 네 동생도 그 안에 있었어."

권은 동의를 구하는 듯한 표정으로 나를 보았다. 권은 둘 다 같은 눈병에 걸렸었다는 얘기를 하고 싶을 것이다. 허시회랑과 나시리아의 상관성을 찾기 위해 북극 호수와 사막을 오가는 철새종을 찾으려 할 것이다. 그 철새종은 분변에 조류인플루엔자 바이러스가 있어야 할 것이다. 나는 권의 방식에 동의하지 않았다. 주머니에 손을 집어넣고 나는 내처 걸었다.

"둘이 남긴 마지막 기록에서 하나의 단서라도 찾으려고 십 년 동안 너도 그 생각만 했잖아. 아시아 더스트 바이러스는 적어도 십 년 전에는 출현해서 우리 곁에 있었어. 잠복기가 지금 끝난 거라고."

"그때의 숙주들은 이미 다 죽었어."

나는 더 빨리 걸었다.

"정말 죽었다고 생각해? 넌 십 년 동안 계속 기다렸어."

"아니, 난 십 년 동안 체념해왔어."

모래가 섞인 바람이 불어왔다.

"사람들이 그러더라. 열다섯 명은 산화한 거라고. 그래서 나도 생각했어. 그래, 내 동생은 산산이 부서져서 흩어졌겠구나. 호흡은 바람이 되었겠지. 체온은 불이 되었을 거야. 오줌과 피는 천천히 말라서 날아가고, 살이랑 뼈도 재처럼 부서졌겠지. 곱디고운 입자가 되면 지상 오 킬로미터까지는 날아오를 거야. 거긴 이 지긋지긋한 땅의 영향력이 덜할 테니까, 그래서 이름도 자유대기권이니까, 거기서 조금은 편하게 부유하겠지. 근데 토양권? 제2의 대지? 거기마저 땅이라는 게 얼마나 끔찍한 말인지는 아니?"

나는 다시 걸었고 쥔은 다시 따라잡았다. 아무래도 쥔이 나를 사막 한복판으로 데려온 건 란저우대학에서처럼 숨어들 건물이 없어서인 것 같았다. 문득 어제 본 그림들과 어제 만난 남자와 어제 본 리의 모습이, 어제가 4월 1일이었다는 것이, 아득하게 느껴졌다. 아마 사막에 있기 때문일 것이다. 쥔은 의외로 폐활량이 약한지 헉헉거리면서 쫓아왔다. 나는 등산을 할 때처럼 쥔이 다가올 때까지 쉬고 있다가 쥔이 가까이 오면 다시 앞서 걸었다. 나는 쥔이 이 실험에 실패하길 바랐다. 어떤 인과관계도 밝히지 못하기를, 고통의 개연성을 찾기 위해 고통 받지 말고 무난하게 학위 받고 무난하게 자리잡기를 바랐다.

나는 몸을 돌려 뒤로 걸으며 쥔에게 손짓을 했다. 등 쪽에서 바람이 불어오는 것이 느껴졌다. 바투 다가오던 쥔이 갑자기 멈춰 섰다. 그러고는 하늘을 가리켰다. 나는 반사적으로 몸을 돌렸다. 상공으로 무엇인가가 떠오르고 있었다.

"열기구야."

권이 낮게 탄성을 뱉었다. 열기구는 점점 높이 떠오르며 우리가 있는 방향으로 이동해왔다. 바람을 탄 열기구는 비닐봉지처럼 가뿐하게 날아오르고 있었다. 권과 나는 허공을 바라보았다.

열기구는 모래구름 속에 숨는가 싶더니 다시 나타나고, 다시 나타났다 숨으면서 바람에 실려 올라갔다. 그때마다 쉼 없이 반짝거렸다. 우리는 넋을 잃은 채로 열기구를 좇아 고개를 돌렸다. 우리는 열기구가 어디로 가는지 알 수 있을 것 같았다. 이대로 계속 바람을 타면 열기구는 곧 좁고 긴 통로로 들어설 것이다. 그곳은 뜨거운 바람이 불어오는 회랑, 기약도 없이 긴 길이었다. 부딪쳤다 다시 솟구치며 흙벽을 빠져나가면 마침내는 깎아지른 절벽일 것이다. 절벽은 발 없는 주검들을 위한 곳이었다. 한때는 굴곡이 선명했던 존재들에게 자기 몸만큼의 공간이 주어진 곳. 어둠도 폭풍도 태양도 온몸으로 받아내야 하는 곳. 절벽 앞에 펼쳐진 것은 망망대해 같은 끝없는 사막이었다.

우리는 풍선을 놓친 어린아이처럼 발을 구르며 허공을 향해 하염없이 손을 흔들었다.

* 이 글을 쓰는 데는 이와사카 야스노부, 『황사 그 수수께끼를 풀다』(김태호 옮김, 푸른길, 2008)를 참고하였습니다.

** 제목 '너무 아름다운 꿈'은 함성호 시인의 시집 『너무 아름다운 병』(문학과지성사, 2001)에서 빌려왔습니다.

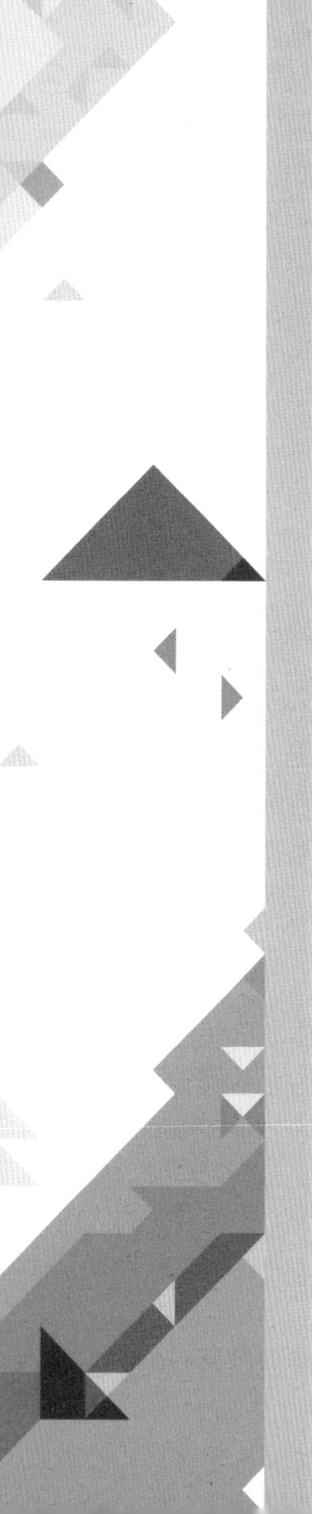

수요일의 아이

형제자매들은 모두 떠났다.

소녀가 그들을 걱정하는 건 수요일에 태어났기 때문이다.

수요일의 아이는 근심이 많다.

형제자매들은 모두 떠났다.

동요의 내용대로라면 목요일의 아이는 길 위에 있을 것이고 일요일의 아이는 친구와 있을 것이고 토요일의 아이는 일을 하고 있을 것이다. 소녀는 햇빛이 원을 그린 소파에 혼자 앉아 떠나간 형제자매들을 걱정한다. 얼굴이 예쁜 월요일의 아이가 나쁜 사람을 만나지 않을까 걱정하고 토요일의 아이가 생활비를 버느라 건강을 해치지 않을까 걱정한다. 사랑스러운 금요일의 아이가 마음을 다치는 건 아닌지, 빛이 나는 화요일의 아이가 시기를 받는 건 아닌지, 혹 그들이 모두 돌아오지 않는 건 아닌지. 소녀가 그들을 걱정하는 건 수요일에 태어났기 때문이다. 수요일의 아이는 근심이 많다.

소녀는 극장에 앉아 비상구 안내 영상을 본다. 극장의 통로는 미로와 같다. 안내 영상은 미로 속에 놓인 비상구와 소화기의 위치를 짧은 시간밖에 보여주지 않는다. 소녀는 몇 초 안에 미로 속 자신의 현재 위치와 탈출 동선을 확인해야 한다. 그게 머릿속에 정확히 입력되지 않으면 소녀는 영화에 집중하지 못한다. 누군가 금연구역인 극장에서 담배를 피운다. 불이 번진다. 사람들은 출입문을 향해 뛰다가 문 근처에 오글오글 모여 쓰러진다. 그들 중 가장 먼저 숨이 막히는 것은 소녀다. 소녀는 언제나 영화를 끝까지 보지 못하고 다른 생각을 하다 미로를 빠져나온다.

지하철을 탄 소녀는 누구도 쳐다보지 않고 조용히 앉아 책을 읽는다. 다리를 저는 남자아이가 나타나 사람들 무릎에 종이를 올려놓는다. 소녀는 남자아이가 혹시 목요일의 아이는 아닌지 살핀 뒤 계속 책을 본다. 공기에 떠도는 정보들이 소녀에게 온다. 객차 내 이산화탄소 농도는 1805피피엠. 코에서 걸러지지 않고 폐로 직행하는 초미세먼지 농도는 340마이크로그램. 손잡이를 잡고 선 남자의 겨드랑이털에 서식하는 박테리아의 숫자와 남자아이의 종이에 붙어 이동하는 바이러스의 움직임. 소녀는 기침을 한다. 무릎에 있던 종이가 바닥으로 떨어진다. 종이를 거두던 남자아이가 소녀를 노려본다. 일부러 그런 게 아니다. 소녀는 변명이라도 하고 싶지만 남자아이는 다른 칸으로 가버린다. 소녀는 책에 집중하지 못한다. 소녀가 자신을 무시해 일부러 종이를 팽개쳤다고 생각한 남자아이가 소녀를 따라 내린다. 어두운 골목에서 나타난 남자아이는 품속에서 커다란 쿠션을 꺼내 소녀의 얼굴에 대고 누른다. 생각만 해도 숨이 막힌다.

소녀는 집에 오는 내내 주위를 살핀다. 믿을 수 없게도 남자아이가 정말로 소녀를 따라온다. 소녀는 태연한 척 정상 보폭으로 걷다가 모통이를 돌기 전 빠르게 뒤돌아본다. 눈빛 광선 두 개가 멈칫, 선다.

일요일 정오가 되면 소녀는 도시락을 시켜 먹는다. 소파에 퍼져 있던 새우도 일주일에 한 번 도시락이 오는 시간엔 몸을 움직인다. 도시락집은 일요일 점심 메뉴를 사람과 고양이가 같이 먹을 수 있는 별미로 구성한다. 소녀와 새우는 다진 고기를 버무린 국수사리를 반씩 나누어 먹는다. 소녀는 도시락을 먹으면서 도시락을 배달하는 소년을 생각한다. 소년의 손등에는 커다란 반점이 있다. 소년은 도시락을 건네주면서 소녀에게 '혼자 있어요?'라고 물었다. 네. 소녀는 대답했다. 그러나 대답만 하고 가만히 있자 소년은 그냥 가버렸다. 소녀는 새우를 본다. 새우가 정정해준다. 소년은 '혼자 있어요?'가 아니라 '잔돈 있어요?'라고 물었어.

다음부터 소녀는 일요일이 되면 잔돈을 준비한다. 그러나 소년이 다시 잔돈이 있느냐고 묻는 일은 없다. 배달맨들은 항상 잔돈을 준비해 다닌다. 어쩌면 소년은 '혼자 있어요'나 '잔돈 있어요'가 아니라 '코 막혔어요'라고 말한 것도 같다. 소년과 만나는 것은 일주일에 한 번, 일 분 정도의 시간이지만 소녀는 안다. 마르고 갈라진 입술, 비정상적으로 튀어나온 턱과 입, 콧등과 눈자위의 색깔, 숨쉴 때 입에서 뿜어져나오는 공기의 세기만으로도 소녀는 알 수 있다. 소년은 소녀와 같은 병을 앓는, 소녀와 같은 종족이다. 지구인의 이십 퍼센트가 앓는 병, 죽을 때까지 나을 수 없는 불치병, 후각과 미각을 잃는 대신 식스센스를 얻을 수 있는 병. 병의 이름은 비염이다.

세상은 고양이를 좋아하는 사람과 싫어하는 사람으로 나뉜다. 코가 막힌 사람과 코가 안 막힌 사람으로 나뉘고, 윗도리를 벗길 때 만세를 시키는 엄마를 둔 사람과 한쪽 팔씩 차례차례 벗겨주는 엄마를 둔 사람으로 나뉜다. 엄마는 목욕시간이 되면 소녀와 동생을 나란히 앉혀놓고 만세! 라고 외쳤다. 엄마는 자주 옆단추를 끄르지 않고 만세를 시켜 소녀와 동생을 윗도리의 암흑 속에서 허우적거리게 만들었다. 옆에는 새우가 있었다. 새우만이 소녀가 저녁마다 그 시간을 얼마나 공포스러워했는지 안다. 사람들은 입이 막히면 코로 숨을 쉬면 되지만 비염인들은 입이 막히면 숨이 막힌다. 친척할머니가 큰 시루떡을 입에 덥석 물려주거나 잘 끊어지지 않는 기다란 냉면을 먹어야 할 때, 코 점막이 부어오른 날 양치를 해야 할 때, 소녀는 공포를 느낀다.

새우는 소녀가 엄마 뱃속에 있을 때 소녀네 집으로 왔다. 아빠는 퇴근길에 발견한 새끼고양이 한 마리를 집으로 데려왔다. 잿빛 털에 오렌지색 눈을 가진 고양이였다. 엄마가 반찬을 하려고 꺼내놓은 마른 새우를 다 먹어치워 이름이 새우가 되었다. 엄마는 만삭인 배 위에 새우를 얹듯이 안고 다녔다. 잿빛 털이 반짝거리는데다 사람을 좋아해 새우는 동네에서 금세 인기를 차지했다. 그때 동네에는 빈 유모차를 끌고 좀머 씨처럼 하루 종일 마을을 돌아다니는 여자가 있었다. 여자는 엄마만 보면 함박웃음으로 다가와 새우를 쓰다듬으며 말했다. 예뻐라. 아기 낳으면 저 주실 수 있나요? 엄마는 뿌듯한 표정으로 대답했다. 글쎄요, 신랑이 워낙 예뻐해서. 그때 여자가 달라고 한 것은 고양이가 아니라 뱃속의 아기였다고 새우는 훗날 말했다. 새우는 소녀가 놀이터에 가서 놀 만큼 크고 난 뒤에도 유모차 여자가 지나가기만

하면 소녀 옆에서 털을 곤두세우며 여자를 경계했다.

비강에 들어찬 콧물 때문에 소녀가 눈을 비벼대며 울면 새우는 메뚜기와 지렁이를 잡아다 소녀에게 주었다. 소녀는 좋아하는 남자애가 그네를 타러 오면 그네 밑 모래에 지렁이를 수북이 묻어놓아 아이를 기절시켰다. 기절한 그애를 간호해주는 상상은 늘 감미로웠다. 그때 소녀에겐 곱슬머리로 태어난 동생이 있었고, 엄마와 아빠와 새우가 있었고, 여름마다 자두가 별처럼 열리는 자두나무가 있었다. 코가 막히는 것만 빼면 모든 것이 좋았다.

지금 소녀에겐 새우만 있다. 소녀는 내년에 성년이 되고 새우는 내년에 스물한 살이 된다. 스물한 살이면 고양이 세계에서는 오래 산 나이다. 관절이 안 좋아진 새우는 이제 전기장판에 배를 깔고 누워 몸을 지지는 것 말고는 아무것도 하지 않는다. 다 늙어서 누군가의 젖을 먹는 건 이상하다고 우유도 먹지 않는다. 다이옥신이 쌓인다고 참치도 먹지 않는다. 먹지 않아도 신장이 안 좋아서 살이 찐다. 소녀처럼 만성은 아니지만 호흡기가 나빠져서 밤에는 코를 곤다. 그래도 소녀에겐 새우뿐이다. 새우는 존재 자체로 여전히 소녀를 사로잡는다. 선천적으로 타고난 큰 눈과 단단한 앞발과 꼿꼿하면서도 느긋한 자태를 보면 기꺼이 복종할 수밖에 없다. 코가 헐어가는 것을 빼면 소녀는 지금도 나쁘지 않다고 생각한다.

소녀는 접시에 물을 붓고 소금을 탄 뒤 코를 박는다. 코로 소금물을 빨아들여 입으로 내뱉자 피가 섞여 나온다. 소녀는 코에 거즈를 대고 입으로 숨을 쉬면서 옥상 난간에 선다. 소녀의 옥탑방에서는 마을을 한눈에 내려다볼 수 있다. 옆 건물인 교회 지붕이 눈높이로 보일 정도로 높은 곳이다. 교회는 얼마 전에 십자가탑 네온을 교체했다. 전기세를 칠십 퍼센트 절감할 수 있는 제품이었는데, 밝기만 하고 온기는 이전보다 덜했다. 밤마다 교회 지붕 위로 몰려드는 고양이들의 생김새를 하나씩 뜯어보다가 소녀는 자리에 눕는다.

백원짜리 새 동전이 나왔다. 이전 것보다 훨씬 조그맣고 반짝거린다. 소녀는 출근하자마자 은행으로 달려가 동전을 한 꾸러미 바꿔왔다. 해변에서 모래알갱이를 주워온 것처럼 소녀는 마음이 설렌다. 소녀는 이 동전을 소년에게 줄 생각이다. 소년은 어디를 다니고 있을까. 코편한 한의원? 코목귀 이비인후과? 소년의 합병증은 어느 정도일까. 소녀는 전표 입력을 하면서 계속 소년을 생각한다. 사무실에서 소녀에게 말을 거는 사람은 없다. 소녀는 업무에 필요한 대답 외에는 누구와도 대화를 하지 않는다. 소녀는 자기 몸속에 들어찬 콧물과 가래에서 하수구 냄새가 난다고 생각한다. 스스로 그 냄새를 못 맡기 때문에 소녀의 두려움은 더 크다. 소녀는 삼십 분에 한 번씩 입속에 구강 스프레이를 뿌린다.

공원관리사무소에는 소장이 새로 부임했다. 새 소장이 추진하는 첫 번째 사업은 밝고 활기찬 도시 환경 조성을 위해 지역민의 위생과 안전을 위협하는 야생동물을 솎아내는 일이었다. 소장은 구청의 녹지과 과장과 자주 회동을 했다. 새우는 소녀가 이곳으로 출근하는 걸 좋아하지 않는다. 그러나 소녀는 고등학교 졸업 전에 어디에라도 취업을 하는 게 중요했다. 이곳이 아니었다면 소녀는 새엄마 집에서 독립을 하지도 못했고 길에서 살던 새우를 다시 데려오지도 못했을 것이다.

지금은 사무소의 임시 경리직이지만 소녀는 언젠가는 시설관리공단에 정규직으로 들어가 가로등관리팀에서 일하는 것이 꿈이다. 소녀는 얼마 전에 공단에서 가로등원격관리제어시스템을 들여놓은 것도 알고 있다. 마을의 가로등을 관리한다는 건 얼마나 멋진 일인가. 열심히 일을 해 가로등관리팀의 팀장이 되면 소녀는 가로등의 조도를 대폭 개선해 밤거리를 좀더 어둡게 만들고 가로등 옆에는 취객을 위한 오바이트 통도 만들 생각이다. 한밤이나 새벽 거리에 홀로 서서 속에 있는 것을 끌어올리는 건 세상에서 제일 외로운 행위다. 그러려면 가로등이든 가로수든 전봇대든, 뭔가 지탱할 게 필요하다. 고속도로 휴게소 화장실에 명언을 코팅해 붙이듯이 소녀는 가로등마다 문구를 붙일 것이다. 저를 잡고 토하세요.

소녀는 퇴근을 하면서 습관처럼 이비인후과에 들른다. 의사도 습관처럼 고주파 레이저로 소녀의 코 점막을 지진다. 소녀의 콧속은 세균들의 서식지가 된 지 오래다. 알레르기비염이 만성화되면서 소녀의 후각신경세포는 대부분 손상됐다. 어려서부터 꾸준히 항생제와 항히스타민제를 복용해 치료약에 내성이 생긴 소녀 같은 환자를 병원에선 악성비염인으로 분류했다. 악성비염인은 대부분 유전적으로 알레르기 체질을 물려받았고 중이염, 축농증, 천식, 아토피 등 비염에 따라오는 합병증과 알레르기 질환을 고루 앓았다. 악성비염인은 무엇보다 면역치료 기회를 놓치고 빠른 시간 안에 후각을 잃은 사람을 뜻했다. 그들은 코가 아닌 입으로 호흡을 하기 때문에 턱관절과 입이 튀어나온 아데노이드형 얼굴이었고 코 정맥 울혈로 눈 밑이 검었다. 몸에 항상 염증이 있어 보통 사람보다 기초체온도 높았다.

체온이 높으면 그 체온을 유지하기 위해 열이 필요했다. 소녀는 온기가 있는 곳이라면 난로든 라디에이터든 불구덩이든 어디에라도 뛰어들 수 있었다. 겨울이 깊어지면서 소녀는 피부와 머리카락을 자주 그슬렸다.

이비인후과에서 나온 소녀는 호흡학원에 간다. 호흡학원은 원래 호흡명상을 하는 정신수련원이었지만 호흡기 환자가 늘어나면서 보습학원보다 수가 많아졌다. 호흡학원에서는 숨쉬는 게 세상에서 제일 쉬운 거라고 강조했다. 실패한 치료법과 검증되지 않은 약재 속에서 헤매느니 썩어가는 코 점막에 의식을 집중하는 것이 더 빠른 치료법이라고 했다. 증상이 나아지지는 않았지만 소녀는 호흡학원이 그중 마음에 들었다. 병원은 의료보험 혜택을 받을 수 있고 당장의 통증을 덜어준다는 것 외엔 별다른 것이 없었고 한의원은 체질을 바꿀 수 있다는 희망을 끈질기게 주입하면서 많은 돈과 인내심을 요구했다.

치료법을 서로 비방하면서도 그들이 하는 말은 같았다. 그들은 비염이 있는 아이들이 공부를 잘하는 것은 불가능하며 키 또한 클 수 없다고 주장했다. 자기 아이가 공부를 못하게 되거나 키가 클 수 없다는 것만큼 부모를 두렵게 하는 것은 없었다. 더구나 비염인의 부모들은 생명이 생명답게 살 수 있는 최소한의 조건인 면역력을 아이에게 주지 못했다는 죄책감에 시달리고 있었다. 부모들은 아이의 비염을 낫게 할 수 있다면 무덤도 팔 수 있었다. 코 관련 업종은 무조건 성황이었다.

호흡학원에서 돌아온 소녀는 새우와 저녁을 간단히 먹고 깔때기처럼 생긴 산소 네블라이저를 입에 대고 마무리 호흡기 치료를 한다. 그렇게 코에 장악된 하루를 끝내고 나면 소녀는 녹초가 된다. 소녀가 한탄할 데는 새우밖에 없다.

"새우야, 내 몸에서 코가 없어졌으면 좋겠어. 그러면 이렇게 고통스럽지도 않을 텐데."

그러면 새우는 소녀를 위로해준다.

"좋게 생각해. 코끼리가 아닌 게 얼마나 다행이야."

소녀는 빗으로 새우의 털을 빗겨준다. 뭉친 털이 많아 소녀는 조심조심 빗질을 한다. 고양이 카페에 들어가 새로 후기가 올라온 고양이 용품을 둘러보고 필요한 몇 개를 주문한다. 얼마 전까지는 새우 사진을 올리기도 했지만 이젠 글을 직접 올리지 않는다. 고양이 커뮤니티에 고양이 사진 하나만 올렸을 뿐인데도 소녀의 쪽지함은 유근피와 홍갈초와 돌뜸이 비염에 좋다는 광고로 가득 찼다.

새우를 빗겨준 뒤 소녀는 자기 머리를 오래 빗는다. 소녀한테는 길고 찰랑거리는 머리카락이 있다. 소녀는 머리에 많은 공을 들인다. 월급을 받고 나서 제일 먼저 하는 것도 볼륨매직이다. 풍성하고 매끈한 머리카락을 만져야만 소녀는 자기 몸이 살아 있다는 느낌을 받는다. 머리 손질을 하고 남은 돈으로 월세를 내고, 식료품을 사고, 호흡학원에 등록하고, 이비인후과 진료비를 낸다. 일주일에 한 번 도시락을 시키고, 소소한 고양이용품과 네블라이저 리필 깔때기를 주문한다. 저축도 조금 한다. 그러고도 돈이 남으면 소녀는 교회에 헌금을 한다. 소녀는 교회에 다니지 않지만 헌금액이 조금이라도 늘어야 교회가 십자가탑 네온을 이전 것으로 교체할 거라고 믿고 있다. 새우가 꼬리로 몸을 감싸고 잠들면 소녀는 머리카락으로 얼굴을 감싸고 잠이 든다.

며칠 전부터 골목에 다른 공기가 떠돈다. 한 시간에 5.4회꼴로 일어나는 지진의 진동도 아니고 천둥을 예고하는 양이온도 아니다. 뭔가 엄청난 일의 전조를 품고 있는, 한 번도 접해본 적이 없지만 저절로 알 수 있는 그런 종류의 공기다. 불행하게도 소녀는 동네를 떠도는 그 공기를 모두 느낄 수 있다.

마을은 가시거리가 이 킬로미터 이하인 무거운 연무가 한 달 이상 걷히지 않고 있다. 공기 중엔 미세먼지와 스모그가 가득했고 바람은 전혀 불지 않았다. 구청에서는 대기오염도와 그에 따른 행동요령을 하루에 두 번 일괄문자로 전송했다. 뉴스에서는 오존중대경보가 내려진 지역과 호흡기 질환 사망자 수를 시간별로 내보냈다. 유치원과 초등학교는 휴교령이 내려진 지 오래였다. 이런 날 호흡기 환자가 외출을 하는 것은 미친 짓이었다.

소녀는 옥상에 서서 골목을 내려다본다. 날이 저무는 골목을 소년이 도시락 배달통을 들고 달린다. 동네는 옥상과 지붕으로 빽빽하게 얽혀 있다. 그 사이를 뚫고 골목이 혈관처럼 이어진다. 좌측 외곽에는 컨테이너 공터가, 바깥쪽에는 형체가 희미한 아파트가 산맥처럼 둘러져 있어 동네는 고립된 미로와 같다. 소년은 미로 속에서 쉬지 않고 달린다. 사람들이 실내에 있는 시간이 늘면서 소년도 일이 많아졌다. 옥상의 노란색 물탱크들을 거점으로 소녀는 사다리타기를 하는 것처럼 골목에 선을 그린다. 그 선 사이를 소년이 달리고, 소년 위로 어스름이 내린다. 해가 지면 비염 환자들은 코 점막이 부어오르고 고양이들은 활동을 시작한다. 소년이 신호를 보내며 달리는 것처럼 골목에 가로등이 하나둘 켜진다. 어둠이 한 꺼풀 더 내리자 노란색 물탱크가 지워지고 그 자리에 눈빛 광선들이 떠다니기 시작한다. 비염은 외로운 병이다. 코가 막히는 건 세상으로 통하는 통로 하나가 막히는 것이다. 그래서 소녀는 소년도 외로울 거라는 걸 안다. 소년이 오토바이를 타지 않고 뛰어서 배달을 하는 건 뛰어야 조금이라도 코가 뚫리기 때문이다. 소녀는 소년에게 말해주고 싶다. 자기한테 반짝거리는 동전이 얼마나 많은지, 자기가 어느 학원을 다니는지, 자기가 엑셀을 얼마나 잘하는지. 그리고 언제 코가 완전히 뚫리는 느낌이 들었는지. 소녀는 모두 말해주고 싶다.

"소년에게 말해줘. 네 배란일을."

새우가 옆에 와서 옥상 난간에 올라선다.

"뭐?"

소녀는 깜짝 놀라 대답한다.

"그런 건 숨기는 게 아니야. 너도 사실은 말해주고 싶잖아?"

새우가 나오자 옥상과 교회 지붕에 모여 있던 고양이들이 눈빛 광선을 낮추고 조용해진다. 새우는 소녀와 소년의 관계에 관심이 많아졌다. 그뿐 아니라 뭔가를 중얼거리는 시간도 많아졌다. 소녀와 새우는 소년에 대해 몇 마디 더 주고받는다. 고양이는 소녀와 새우의 대화를 들을 수 있지만 사람에겐 둘의 대화가 들리지 않는다. 소녀와 새우가 인간의 가청 범위 밖의 주파수로 얘기하기 때문이었다. 못을 밟고부터였다. 그뒤 소녀는 고양이의 말을 알아듣게 되었고, 고양이한테 의사를 전달할 수 있게 되었다.

아빠가 망치를 들고 나무식탁을 고치던 날이었다. 소녀는 아빠한테 뛰어가다가 바닥에 거꾸로 세워져 있던 못을 정통으로 밟았다. 못이 발바닥 중앙을 뚫고 들어오는 순간 소녀는 코가 뻥 뚫리는 느낌이 들었다. 소녀는 태어나서 한 번도 코가 시원해본 적이 없기 때문에 순간 꿈을 꾸는 거라고 생각했다. 소녀의 몸은 공중으로 솟아올랐다. 머리부터 발끝까지 한번에 뚫리는 느낌. 온 존재가 비틀리며 하늘과 땅의 비밀을 알아버린 느낌. 비명과 함께 나동그라지며 착지한 세상은 이미 다른 세상이었다.

못은 콧물이 막고 있던 통로 대신 새로운 통로를 열었다. 그러나 그건 못을 밟고 나서 갑자기 열린 게 아니었다. 오랫동안 누적되어온 것이 못을 계기로 터져나왔다고 보는 것이 정확했다. 새우는 소녀가 두 돌일 무렵부터 소녀를 특정 소리에 길들였다. 여러 패턴의 소리를 반복해 들려주면서 소리를 행동과 연관지어 보여주는 것부터 시작했다. 소녀한테 그보다 재미있는 놀이는 없었다. 새우는 자기 입을 직접 벌려서 고양이 세계에 존재하는 다양한 소리와 그것을 전달하는 방법을 알려주었다. 새우는 목구멍 뒤쪽 후두부에서 다른 속도로 공기를 밀어냈는데 입 근육을 어떻게 움직이느냐에 따라 다른 파동이 생겼다. 소녀는 이 방법을 어렵지 않게 익힐 수 있었다. 새우는 비염 때문에 후두부의 구조가 변해서 가능한 일이라고 했다. 소녀는 놀라서 물었다.

"그럼 비염인들은 다 고양이와 얘기할 수 있어?"

"아니, 고도의 훈련이 필요한 일이야. 너는 재미였겠지만 나는 너한테 말 가르치느라 참 힘들었어. 하지만 무슨 일을 하려면 의사소통이 되어야 하는 게 우선이지."

고양이와 의사소통을 하는 것 외에 소녀에겐 몇 가지 변화들이 더 생겼다. 소녀는 일기장에 '지렁이의 통곡 소리를 들었다' '햄스터의 방귀 소리를 들었다'고 쓰게 되었다. 선생님들은 소녀의 상상력을 칭찬해주었지만 그건 상상이 아니었다. 비가 올 것 같은 느낌에 귀를 문지르면 비가 왔고, 어느 집에선가 가스가 새는 낌새가 느껴지면 거기서 정말로 사고가 일어났다. 공기 중엔 여러 정보를 담은 분자들이 떠다녔고, 소녀에겐 분자들이 보내오는 신호가 읽히기 시작했다. 새우는 그런 변화를 누구한테도 얘기하지 못하게 했다. 세상엔 그런 걸 알면서도 말하지 않고 살아가는 사람이 더 많다고 했다. 참을성 없이 떠벌리는 사람을 위해 생긴 곳이 정신병원이라고 했다. 코가 뚫렸던 찰나의 시간을 맛본 뒤 소녀는 배로 힘들어졌다. 그 느낌을 잊을 수가 없어서 소녀는 못만 보면 가슴이 진정되지 않았다.

"불안해. 곧 일이 일어날 거야. 아직은 고양이들이 너무 불리해. 아직은, 너무 불리해."

새우가 계속 중얼거렸다. 날은 완전히 어두워졌고 소년은 보이지 않았다. 어두운 허공에 십자가와 가로등 불빛이 도드라졌다. 그 사이로 눈빛 광선들이 희미하게 떠다녔다. 아무래도 가로등이 너무 밝아. 소녀는 고개를 저었다.

연이은 오존중대경보로 사람들이 집에 있는 시간이 늘면서 마을엔 터질 듯한 공기가 차올랐다. 사람들은 작은 일에도 감정표현을 격하게 했다. 집집에서 치고받고 아우성치는 소리가 소녀의 옥상까지 들렸다. 늦겨울은 고양이들의 발정이 일 년 중 가장 잦은 시기였다. 실내에서 아우성치던 사람들은 고양이 울음소리에 민감해지기 시작했다. 촘촘히 주차된 차들 밑에 암고양이들이 자리를 틀고 새끼를 낳아,

그 새끼들이 구더기처럼 주택 난간을 타고 오른다고 치를 떨었다. 사람들은 자신들의 불만을 고양이한테, 징그러운 번식력으로 수를 늘려 골목에서 득시글거리는 고양이한테 돌렸다. 대기가 불순한 것도 고양이 탓이고 주가가 폭락하는 것도, 동네 집값이 떨어지는 것도 모두 고양이 탓이었다.

누군가 쓰레기봉투에 쥐약을 바른 치킨을 넣어 내놓았다. 고양이한테 밥을 주던 한 여자가 머리채를 잡혔다. 여자가 먹이를 놓던 자리엔 독약 사료가 놓였다. 철근에 맞아 죽은 고양이 사체가 골목 여기저기서 발견되었다. 그러나 대놓고 고양이를 죽이는 사람은 일부였다. 대부분은 자신이 직접 죽이면 부정을 탈 수 있다는 생각에 누군가 대신 죽여주기를 바랐고, 그 바람이 행정적인 절차로 정당화될 수 있게 구청에 끈질기게 민원을 넣었다. 그보다 더 많은 사람들은 자신이 매일 지나다니는 골목에서 누군가 굶어 죽고 맞아 죽는다는 사실에 전혀 관심을 두지 않았다.

새우는 이 모든 상황을 안 보는 척하면서 다 내려다보았다. 골목에서 어떤 일들이 벌어지는지 새우는 누구보다도 잘 알았다. 중간에 소녀와 헤어진 뒤 새우는 십여 년을 길에서 살았다. 집고양이는 십오 년도 이십 년도 살 수 있었지만 길고양이의 평균 수명은 삼 년이었다. 너도 나도 죽어나가는 골목에서 새우가 어떻게 십 년을 살아남았는지는 알 수 없었다. 길에서 사는 동안 딱 한 번, 새끼 일곱 마리를 낳은 적이 있다고 새우가 말한 적이 있지만 병원에선 새우의 몸상태로 봐서 끊임없이 새끼를 낳았을 거라고 했다. 반복되는 그 고리가 고통에 가까웠을 거라고도 했다. 생존의 위협을 느낄수록 번식력은 높아졌다. 십 년은 긴 세월이었다. 어쩌면 저 골목에 있는 고양이들은 다 새우가 퍼뜨린 새끼의 새끼의 새끼들인지도 몰랐다.

"인간들이 왜 고양이를 싫어하는지 알아?"

새우가 눈을 가늘게 뜨고 골목을 내려다보았다.

"새우야. 세상엔 고양이를 좋아하는 사람도 많아."

"고양이가 써온 누명에 비하면 그건 표도 안 나지. 고양이를 좋아하는 것도 싫어하는 것도 다 두려움에서 나온 거야. 우리는 오래전부터 너희 가까이에서 지켜봐왔어. 너희는 부정하고 싶어서 별짓을 다 해왔지만 인간들 무의식엔 고양이가 두렵다고 깊이 각인되어 있지, 여전히."

"어째서?"

"고양이가 인간의 비밀을 알고 있기 때문이야. 내가 네 비밀을 아는 것처럼."

소녀는 새우가 그 얘기를 직접 꺼냈다는 것에 놀랐다.

"새우야, 난 네가 좋아. 두려운 거랑은 다르다고."

"아니, 넌 두려워해. 내가 죽지는 않고 오래 아프기만 할까봐 두려워해. 네 비밀을 말해버릴까봐 두려워해. 네 얼굴은 언제나 수심이 가득하지. 청승맞은 계집애. 내가 너를 그렇게 키웠어. 네 엄마가 네 천식 동생한테 매달려 있을 때 지렁이 잡아주고 메뚜기 잡아주면서 내가 너를 키웠어!"

새우가 하악 하고 입김을 내뿜었다.

소녀는 아직도 선명하다. 동생의 곱슬머리. 어깨선은 수면 같다. 세상은 어깨선을 기준으로 위와 아래로 나뉘고, 동생은 수면 위로 머리와 두 팔만 내놓은 채 허우적거린다. 소녀는 아무리 생각해도 이상하다. 동생을 죽인 것은 엄마인데, 소녀는 동생과 나란히 앉아 만세를 불렀을 뿐인데, 소녀가 동생을 내려다보며 윗도리를 벗기기라도 한 것처럼 동생의 곱슬머리와 두 손은 늘 생생했다.

동생도 소녀와 같은 알레르기 체질이었다. 비염 합병증인 축농증과 천식이 특히 심했다. 동생이 새벽에 기침을 한번 시작하면 온 식구가 잠을 자지 못했다. 누런 콧물이 계속 목 뒤로 넘어가서 동생이 입만 벌리면 락스 냄새가 났다. 동생이 제일 먼저 배운 말은 '엄마'가 아니라 '코'였다. 동생은 일어나자마자 코, 코, 하고 손가락으로 미간을 가리키면서 답답하다고 울어댔다. 울음소리에서도 쌕쌕거리는 소리가 났다. 눕혀놓으면 코가 막혀서 깼기 때문에 엄마는 몇 시간이고 동생을 안아서 재웠다. 동생은 곱슬머리에다 눈도 크고 귀여웠지만 신경질을 달고 다니며 끊임없이 징징댔다. 그런 동생을 엄마가 죽였다. 엄마들은 마음만 먹으면 수분 내에 아이를 죽일 수 있었다. 자는 아이의 베개를 고쳐주다가, 머리를 감기다가, 윗도리를 벗기다가, 엄마들은 손쉽고도 고통 없이 아이를 죽일 수 있었다.

그러나 다시 생각해보면 동생이 죽던 시간에 엄마는 마당에서 빨래를 널고 있었다. 새우는 햇빛이 드는 양지에서 비닐봉지를 구기는 행위에 열중했고 소녀는 동생과 함께 엄마놀이를 했다. 엄마가 흥얼거리는 소리가 들려왔다. 소녀와 동생에게 가끔 불러주던 동요였다.

월요일의 아이는 예쁘고요, 화요일의 아이는 의젓하네요. 수요일의 아이는 수심이 많아. 목요일의 아이는 길을 떠나고, 금요일의 아이는 사랑스럽지. 토요일의 아이는 고생이 많고, 일요일의 아이는 귀엽고 착하고 명랑하지요. 엄마가 노래를 하면 새우가 후렴구처럼 뒤를 이었다. 나는야 비염인으로 점지된 수요일의 아이, 매일매일 훌쩍거리지. 그러면서 소녀를 보고 씩 웃었다.

소녀가 좋아하는 엄마놀이는 옆단추를 끄르지 않고 동생에게 만세를 시킨 뒤 윗도리 끝을 잡고 동생을 질질 끌고 다니는 놀이였다. 그날도 그랬을 뿐이었다. 엄마가 바구니 속의 빨래를 다 널기 전까지의 짧은 시간이었다. 내려놓고 보니 동생은 숨을 쉬지 않았다. 입술과 손톱 끝이 새파랬다. 새우가 심상치 않은 기운을 느꼈는지 소녀한테 다가왔다. 소녀는 겁이 났다. 동생을 이렇게 만든 것을 알면 엄마는 정말로 소녀를 죽일 수도 있었다. 소녀는 새우와 함께 일단 동생을 옮겼다. 자두나무 옆 풀숲에 소녀와 새우의 비밀공간이 있었다. 소녀가 오들오들 떨자 새우는 동생 같은 아이는 급성천식발작으로 아무 때나 죽을 수 있다면서 소녀를 위로했다.

소녀가 조금 진정이 되자 새우는 한 가지 제안을 했다. 고통 속에서 살던 동생에게 마지막 안식을 주자고 했다. 고양이들이 신처럼 대접받던 고대 이집트에서는 미라라는 걸 만들었고, 그래서 고양이들은 지금도 미라 만드는 법을 잘 안다고 했다. 미라를 만들려면 일단 내장과 뇌수를 빼내야 했다. 새우는 소녀에겐 충격적인 장면일 수 있으니 뇌수를 빼내는 것만 잠깐 보여주겠다고 했다. 도구는 새우가 준비해 왔다. 긴 갈고리였다. 새우는 갈고리를 동생 콧속으로 집어넣었다. 갈고리는 동생의 콧구멍을 통해 이마 끝까지 들어갔다. 얼굴을 망가뜨리지 않게 조심하면서 새우는 동생의 뇌를 살살 긁어냈다. 그런데 동생의 코로 빠져나오는 것은 뇌수가 아니라 콧물이었다. 동생의 머릿속엔 뇌보다 몇 배나 많은 콧물이 꽉 차 있었다. 고름덩어리 같은 찐득찐득한 코가 동생 머리에서 계속 빠져나왔다.

"와, 진짜 시원하겠다."

소녀는 감탄했다. 얼마나 시원할까. 죽어서라도 코가 뚫리게 된 동생을 보자 소녀는 위안이 되었다. 나머지 과정은 새우가 알아서 했다. 뇌수와 내장을 긁어낸 동생 몸에 모래를 가득 채운 뒤 아마포 천으로 감고 또 감아 자두나무 밑에 묻었다고 새우는 말했다.

그리고 모든 것이 달라졌다. 빨래를 널고 보니 아이 하나가 사라졌고, 엄마와 아빠는 반쯤 미친 사람이 되었다. 동생은 사과를 씹어서 아무 데나 뱉어놓는 버릇이 있었는데, 동생이 사라진 지 한참이 지났는데도 동생이 씹어놓은 시커먼 사과가 집 안 구석구석에서 나왔다. 그때마다 엄마는 비명을 지르며 졸도했다. 소녀네 가족이 뿔뿔이 흩어지는 데는 많은 시간이 걸리지 않았다. 엄마가 아빠와 이혼하고 요양원으로 간 뒤 소녀는 아빠를 따라 새엄마 집으로 가야 했다. 새엄마는 동물이라면 질색을 했기 때문에 새우는 데려갈 수 없었다. 새우는 보호소나 다른 집 입양이 아니라 길에 남는 걸 택했다.

집을 떠나기 전날 밤, 소녀는 새우와 지붕에 나란히 앉아 별을 바라보았다. 소녀가 코가 막힐 때마다 새우가 데려와 하늘을 보여주던 곳이었다. 손을 뻗으면 닿을 듯이 하늘엔 별이 가득했고 자두나무 우듬지가 동생의 곱슬머리처럼 가까이 보였다. 소녀는 며칠 동안 울어서 눈이 퉁퉁 부어 있었다. 태어나서 그때까지, 소녀는 한시도 새우와 떨어져본 적이 없었다.

"새우야, 저 별에도 누군가 우리처럼 살고 있을까?"

소녀가 울음을 매단 목소리로 물었다.

"그럼."

"정말?"

"그렇다니까."

"정말? 그럼 내 동생도 저 별 어딘가에 가 있을까?"

새우가 움찔 놀라며 소녀를 쳐다봤다.

"바보야. 네 동생은 자두나무 밑에 묻었잖아. 너 지금 나를 의심하는 거야? 내가 우주인들하고 짜고 네 동생을 해부해서 인간의 후각기관을 연구하고 있다고 의심하는 거냐고."

새우는 갑자기 성을 냈고, 소녀와 새우는 그렇게 헤어졌다.

새엄마는 괜찮은 사람이었다. 소녀를 보며 웃어주기도 했고 맛있는 반찬을 만들어주기도 했다. 한 가지 힘든 건 새엄마가 벨벳광이라는 것이었다. 커튼도 벨벳, 소파도 벨벳, 이불도 벨벳, 옷과 가방은 물론 테이블보, 실내화, 행주까지. 새엄마는 집 안을 온통 벨벳으로 꾸며놓았고, 벨벳은 집먼지진드기가 살기에 아주 좋은 환경이었다. 소녀는 집에만 들어서면 코가 미칠 듯이 간질거리면서 콧물이 눈물처럼 줄줄 흘러나왔다. 새우가 발톱을 갈기엔 참 좋겠구나. 벨벳 카펫 앞에서 소녀가 할 수 있는 건 새우 생각뿐이었다. 하루에 두루마리 휴지 하나를 다 쓰면서 재채기를 만 번쯤 하고 늘어져 있으면 새엄마는 지나가면서 한마디 했다. 어쩜, 너는 감기를 달고 사니.

소녀가 중학교에 올라가기 전 새엄마는 알레르기 면역치료를 받아보지 않겠느냐고 물었다. 사 년에 걸쳐 주사 열 대를 맞고 이백만원

정도를 내야 하는 치료였다. 콧속의 물혹 제거 수술만으로도 소녀는 치료비를 계속 쓰는 중이었다. 아빠는 다른 직장을 알아보느라 잠정 실업상태였고 집안 가계는 새엄마가 이끌고 있었다. 소녀는 괜찮아요, 라고 말했다. 새엄마는 두 번은 묻지 않았다.

소녀는 학교에서 돌아오는 길에 항상 새우를 찾았다. 새우가 소녀가 사는 동네를 영역으로 삼아 산다는 걸 알기 때문이었다. 잿빛 고양이가 보이면 바로 쫓아갔지만 고양이는 소녀를 봐도 알은체를 하지 않았다. 분명 새우가 맞는 것 같았지만 털 색깔이 워낙 지저분해 새우가 아닌 것도 같았다. 사료를 주머니에 넣고 다니다 새우를 닮은 듯한 아기고양이들에게 나누어주면 새우인지 아닌지 알 수 없는 고양이는 소녀에게 하악질을 하며 으르렁댔다. 그러고는 아기고양이의 다리를 물어뜯었다. 먹이 주려는 것들은 의심부터 하라고 했지! 길에서 살아남으려면 저것들을 무조건 경계하라고 했어, 안 했어! 아기고양이들은 다리를 절며 골목을 걸어다녔다. 소녀가 알던 새우는 어디에도 없었다.

어느 집에서 애완조 두 마리가 물려 죽었다. 같은 날 생선가게의 생선이 한꺼번에 털렸고 그 생선들이 내장을 드러낸 채 몇몇 집 앞에 놓였다. 범인은 고양이로 지목되었다. 정말로 고양이가 그랬는지 아닌지는 중요하지 않았다. 상황은 고양이한테 불리하게 돌아갔다. 그날을 시작으로 구청에서는 용역을 고용해 길고양이들을 닥치는 대로 잡아들이기 시작했다. 고양이 한 마리당 몇천원씩 주었기 때문에 아이들도 너나없이 고양이 잡기에 가세했다. 소녀는 그 결정을 공원관리

사무소 소장과 구청 녹지과 과장이 며칠 전 도미회를 먹으면서 했다는 걸 알고 있었다.

길고양이 소탕은 다른 마을에서도 여러 번 있었지만 모두 실패로 돌아갔다. 한 지역의 고양이를 몰살하면 그곳은 먹이환경이 좋은 곳이 되어 다른 지역의 고양이가 대대적으로 유입되었다. 보통은 개체수가 몰살 전보다 배로 늘었다. 지구상의 고양이를 한꺼번에 없애지 않는 한 특정 지역의 고양이만을 없애는 것은 불가능했다. 구청에서 고양이 진공효과를 모를 리 없었다. 그들은 진공효과를 해결하기 위해 무슨 수라도 쓰려 할 것이다. 애초에 불가능한 수이기 때문에 무리한 방법이 될 가능성이 컸다.

소녀는 불안한 마음으로 퇴근을 했다. 지하철에서 내려 골목으로 들어서자 익숙한 소리가 들렸다. 소년이 도시락통을 들고 달리는 소리였다. 소녀는 소년을 뒤따라갔다. 소년은 한적한 골목에 이르자 주위를 살피더니 도시락통을 땅에 내려놓았다. 그러고는 고양이처럼 보일러통 위로 한번에 뛰어올랐다. 소년은 추워서 못 견디겠다는 듯이 보일러통에 손과 발과 뺨을 비비기 시작했다.

"너 거기 어떻게 올라갔어?"

소녀를 보자 소년은 당황한 듯 동작을 멈추더니 이번에는 사람처럼 어렵게 보일러통에서 내려왔다. 소녀와 소년은 마주 보고 빙빙 돌며 잠시 상대를 탐색했다. 소녀가 고개를 빼고 물었다.

"너도 악성비염인 맞지? 너도 체온이 높고 막 추워? 너도 고양이 말이 들려? 솔직히 말해줘. 널 키운 건 누구지?"

소년은 아무 대답 없이 도시락통을 들더니 서둘러 걸음을 뗐다. 소녀는 소년의 손을 낚아채 손바닥을 혀로 마구 핥았다.

"뭐하는 거야!"

소년이 기겁을 했다.

"어때? 깔깔하지? 고양이처럼 혀에 돌기가 생겼어. 너도 그렇지?"

소년은 자기 같은 사람이 또 있다는 것에 놀란 눈치였다. 소녀는 소년이 도시락 배달을 마칠 때까지 몇 미터 뒤에서 따라 걸었다. 소년은 관심이 없는 듯 걸어가면서도 모퉁이를 돌 때마다 소녀가 따라오는지 곁눈으로 살폈다. 그렇게 한참을 걷고 나자 소녀는 소년과 멀리 여행을 다녀온 기분이 들었다. 소년도 조금 누그러진 듯했다. 마지막 배달을 마친 뒤 둘은 담 위에 올라앉았다. 어둠이 내린 마을엔 어느새 가로등 빛이 떠다녔다.

"저기, 너한테 말해주고 싶은 게 있어."

소녀는 손을 비볐다.

"……"

"난…… 극장에 가는 걸 싫어해."

"……"

소년은 반응이 없었다. 한참을 망설이던 소녀는 소년에게 못을 밟았던 얘기를 해주었다. 전에도 이후에도 느껴본 적이 없는 단 한 번의 뚫림을. 생각만 해도 눈물이 날 것 같은 잊지 못할 그 느낌을. 내내 말없이 앉아 있던 소년도 못 얘기에만은 관심을 보였다. 소년도 태어나서 지금까지 한 번도 코가 시원해본 적이 없는 게 분명했다.

"아직도 못을 찾아다녀?"

소년이 물었다.

“아니. 〈살인의 추억〉을 본 다음부터는 안 그래.”

소년은 조금 실망하는 눈치였다.

“네가 아무리 코 때문에 힘들어도 파상풍으로 다리 잘리는 것보단 낫다는 거네.”

“난 코 썩는 것도 싫고 다리 썩는 것도 싫어. 둘 다 무서워.”

“난 섬으로 갈 거야. 이제 도시락은 다른 사람이 배달할 거야.”

소년이 점퍼 모자를 올려썼다.

“섬이라면, 고양이가 점령했다는 섬? 거긴 위험해. 거긴 사람 수보다 고양이 수가 더 많아. 고양이들은 지금 날카로운 상태라고. 어쨌든 우린 아직, 인간이야.”

“난 확인해야겠어. 정말 고양이가 어망을 다 찢어놔서 사람 생계를 위협하는지. 아니면 고양이를 몰아내기 위해 인간이 꾸민 음모인지. 확인하지 않으면 아무것도 못 하겠어.”

“마을은 봉쇄될 거야. 사람들은 진공효과를 막을 수 있는지 시험해 보려고 일주일이든 한 달이든 마을을 봉쇄하려고 해. 넌 섬에 갇히게 될 거야.”

소년이 자리를 털고 일어났다. 소녀는 소년의 팔을 붙잡았다.

“가지 마. 우리 옥상으로 와. 내 방엔 소파도 있고 밥솥도 있어. 저녁마다 고등어 구워 먹으면서 나랑 살아, 응?”

“난 너랑 아이를 낳을 생각이 없어.”

“왜? 난 네가 좋아. 너도 도시락 건네줄 때부터 나한테 관심이 있었잖아. 난 가로등관리팀장이 되면 월급도 많이 받게 될 거야.”

“비염은 유전인 거 몰라? 양쪽 다 비염이면 그애는 무조건 비염이야. 하루하루가 전쟁터인 골목에서 또 비염인으로 살아가라고? 우리가 아이를 낳는 건 죄를 짓는 일이야."

소년은 떠났고 마을은 봉쇄되었다.

공원관리사무소에서는 마을 봉쇄기간 동안 소녀한테 휴가를 주었다. 다른 마을의 직장에 다니는 사람들은 모두 소녀처럼 휴가를 받았다. 고양이와 사는 사람들은 다 같이 숨을 죽였다. 자기 고양이가 창가에만 가도 바로 끌어내렸다. 구청에서는 길고양이를 잡아들여 안락사시킨 뒤 마을 외곽에 있는 컨테이너 공터에서 소각했다. 몇몇 건강한 고양이만이 관절염을 앓는 사람들이 드나드는 건강원에 넘겨졌다. 대기를 뒤덮은 온실가스 위로 매일같이 연기가 솟아올랐다. 고양이 몰살에 동조하던 사람들도 단백질 타는 냄새에는 다들 코를 싸쥐었다. 십자가와 가로등 불빛은 여전히 마을의 밤을 밝혔지만 그 사이로 떠다니던 눈빛 광선들은 보이지 않았다.

새우는 며칠째 아무것도 먹지 않았다. 끊임없이 중얼거리기만 했다.

"너는 나한테 투덜댔지. 냄새를 맡고 싶다고. 과일이 익어가는 냄새, 초여름 풀숲 냄새, 비 온 뒤의 흙냄새, 그리고 김이 모락모락 올라오는 닭찜 냄새. 후각을 잃고 나선 한 번도 황홀해본 적이 없다고 했어. 너는 실제로 좋은 냄새를 맡지 못하지. 그렇지만 과일이 문드러지는 냄새, 네 동족의 시체가 썩어가는 냄새, 여름마다 쉬어터지는 반찬 냄새 또한 맡지 않아도 돼. 후각이 없으면 무미건조하긴 해도 평화로울 수 있지. 소각장에서 들리는 비명소리가 힘드니? 소리는 냄새에 비하면 아무것도 아니야."

소녀는 마음이 아팠다. 새우는 모든 걸 포기하거나 초탈한 것처럼 표정이 없었다. 소녀 뒤편의 허공을 뚫어지게 바라보다가 다시 초점을 흩뜨리며 중얼거리기를 반복했다.

"네가 우울한 건 후각을 잃어서가 아니라 후각을 완전히 잃지 않아서야. 후각이 불러오는 모든 것에서 헤어나지 못해 생긴 우울. 네 기억도 네 욕망도 냄새에서 와. 기억과 욕망은 모든 고통의 근원이지. 네 근심의 근원. 어때? 난 네 후각을 철저히 잃게 해줄 수가 있어. 우리 쪽으로 넘어올래?"

"넘어가다니?"

소녀는 머리를 빗다가 새우를 쳐다봤다. 그때 누군가 옥상으로 뛰어들어왔다. 머리가 피투성이가 된 남자아이였다. 쫓기는 것 같았다. 남자아이는 냉장고 쪽 구석으로 가 귀를 바짝 눕힌 채 새우를 바라봤다. 남자아이는 다리를 절었다. 소녀는 급한 대로 남자아이 얼굴에 흐르는 피부터 닦았다. 각목으로 여러 차례 맞았는지 이마 뼈가 으스러져 있었다. 삼색 무늬의 전형적인 코리안 쇼트헤어였다. 머리를 다쳐서인지 계속 토했다. 토하면서도 먹을 걸 달라고 냉장고 문을 긁었다. 며칠을 굶은 티가 역력했다. 소리도 없이 다가온 새우가 갑자기 남자아이의 목덜미를 물어뜯었다. 소녀는 비명을 질렀다.

"무슨 짓이야! 이러면 죽어!"

"죽으라고 물은 거야. 여기서 그냥 죽어!"

남자아이는 밤새 앓았다. 새우는 소파에 아무렇게나 엎드려 있었지만 등뼈를 따라 뻗친 털들을 보니 신경을 온통 곤두세우고 있는 듯했다. 잠깐 잠이 들었다 일어나니 남자아이는 없었다. 대신 새우가 문

앞에 앉아 그루밍을 하고 있었다. 평소처럼 얼굴과 귀를 닦는 데서 끝나는 게 아니라 앞발을 끊임없이 핥으면서 피부가 떨어져나가도록 털을 물어뜯고 있었다. 스트레스가 선을 넘었을 때 하는 행동이었다. 그루밍을 말리자 새우는 발작을 하는 것처럼 몸을 뒤틀더니 소녀의 팔에서 튕겨나갔다. 그러고는 사지가 뻣뻣해질 때까지 바닥에서 버둥거렸다. 새우가 감정표현을 이렇게 격렬히 하는 것은 처음이었다. 소녀는 새우에게 남자아이가 무슨 요일에 태어났는지 차마 묻지 못했다.

새우는 사흘 정도 죽을 듯이 앓더니 몸이 회복되지 않은 채로 소녀를 불렀다.

"지금부터 내가 하는 말 잘 들어. 그냥 지나가면 좋았겠지만, 더는 견딜 수 없는 상태가 왔어. 나한텐 시간이 얼마 없어. 그러니 다 얘기해줄게. 사람들이 지금은 고양이를 죽이지만 다음은 너희 악성비염인 차례야. 너희도 머지않아 인간들한테 추방당할 거야."

"왜? 우리는 쓰레기봉투를 헤집지도 않고 짝을 찾느라고 울어서 예민한 인간들의 심기를 건드리지도 않아. 입맛이 없어서 밥도 조금씩만 먹는걸."

"너흰 코 호흡을 못 하잖아. 어려서부터 코로 호흡하지 못하면 대뇌변연계가 발달하지 못해. 대뇌변연계는 정서를 관장하는 곳이지. 변연계가 성숙하지 못하면 인격장애가 온다고 그들은 생각해. 인간이 자신의 무리를 길들이기 위해 지어낸 어떤 것에도 반응하지 않는 인간. 정상인과 대화를 할 수 없는 비정상적인 인간. 울분만 고인 인간. 그건 사회악의 씨앗이 되는 걸 뜻해. 어려서부터 비염을 앓으면 정서장애가 온다는 말, 그 말의 진짜 뜻은 그거야. 그러니까 정신 차려. 병에 따라오는 사회경제적인 비용이 문제가 되는 게 아니야. 비염은 병 자체가 사회악인 위험한 병으로 분류될 거야."

"새우야, 난 네가 겁주지 않아도 겁나. 비염에 걸리면 공부도 못하고 키도 안 큰다고 겁주던 사람들. 그 사람들 말이랑 뭐가 달라?"

"달라. 그들은 완치가 아니라 완화라고 했지만 난 너를 완치해줄 수 있어. 아니, 아예 다른 삶을 살게 해줄게."

새우가 집요한 눈길로 소녀를 쳐다봤다. 식은땀을 흘리면서도 새우는 어느새 몸을 세우고 앉아 있었다.

"네 몸에 비밀스런 기관이 하나 있어. 모든 포유류와 파충류한테 있는 기관이지. 인간들은 그게 콧구멍 안쪽에 있지만 고양이들은 입천장에 있어. 악성비염인들은 그 기관이 고양이처럼 목 뒤로 내려오고 있지. 정확히 말하면, 악성비염인 중에서도 너처럼 어려서부터 후두부 훈련을 받은 사람. 크크."

소녀는 홀린 듯이 새우를 쳐다봤다.

"그 기관을 발달시키면 넌 포식자가 아무 냄새 없이 다가와도 본능적으로 몸을 숨길 수 있어. 인간의 후각이 없어도 짝을 구하고 먹이를 찾을 수 있지. 아주 강한 생존력을 갖게 되는 거야. 그리고 네가 의지만 있다면, 직관도 얻을 수 있어. 저쪽 의식체가 도와줄 거야. 어때? 기억과 욕망이 지배하는 삼차원에서 벗어나서 직관을 얻는 삶. 멋지지 않아? 그건 인간도 고양이도 못 하는 거야. 너희 악성비염인만이 할 수 있어."

새우는 웃는 건지 찡그리는 건지 알 수 없는 표정으로 수염을 파르르 떨었다. 소녀는 새우가 왜 아픈 몸을 억지로 세우고 앉아 이런 얘기를 하는지 알 수 없었다. 새우가 시선으로 소녀의 턱을 돌려세웠다.

"소년을 잡아. 그리고 소년과 아이를 낳아. 그 아이부터야. 너와 소년이 아이를 낳으면 그 아이의 호르몬 분비 주기는 인간이 아니라 고양이 수컷 페로몬의 영향을 받게 될 거야. 너희는 인간의 외양을 하고 있지만 인간과는 전혀 다른 종으로 진화해가는 거야. 그리고 서서히 고양이의 세계로 유입되는 거지."

"새우야, 난 고양이를 좋아하지만 고양이가 되기는 싫어."

"왜? 너희는 고양이라면 눈도 빼줄 수 있는 애묘인이잖아. 기꺼이 하인이 돼서 우리를 떠받들잖아? 악성비염인을 배출한 건 인간이야. 인간의 후각기관을 연구할 수 있게 기꺼이 형제를 죽여 바친 것도 너희야. 분명히 말하는데 선전포고는 인간이 먼저 했어. 우리랑 같은 땅에서 살 수 없다고 발악을 하는 건 너네잖아! 이런 때가 오지 않으면 좋았겠지만, 온 걸 어떡하니? 우리는 오래 준비해왔어. 인간이 지구상의 수많은 생물들 중에서 자기들만 바깥세계와 교신할 수 있다는 착각에 빠져 있을 때, 우린 이미 그들과 함께 너희 부모의 퇴근길을 지키고 있었다고. 복수라고 생각해도 상관없어. 우리도 살아야겠어."

새우는 그 말을 끝으로 꼿꼿하게 세웠던 몸을 풀었다. 그리고 사라졌다. 하루가 지나고 이틀이 지나도 새우는 돌아오지 않았다. 어디인지는 알 수 없었지만 소녀는 새우가 죽을 곳을 찾아갔다는 걸 알았다.

소녀는 혼자 남았다. 새우도 소년도 떠나고 없는 빈 골목을 소녀는 며칠이고 내려다보았다. 골목은 겨울이 가느라 눈이 녹아 질척거렸다. 사무소에서 출근하라는 전화가 왔다. 소녀는 사무소를 그만두겠다고 말했다. 마을 봉쇄 시도는 실패로 돌아갔다. 구청에서는 사람들

불만이 구청으로 돌아오는 것을 막기 위해 신청자에 한해 고양이 침입방지 발판을 무료로 설치해주고 있었다. 밟는 순간 고통을 느낄 수 있게 기다란 플라스틱 못을 촘촘히 세운 발판이었다. 소녀는 옥상에 서서 담마다 뾰족한 못이 둘러지는 것을 바라보았다.

콘크리트 블록을 뚫고 꽃들이 피어나는 것이 보였다. 봄이 오고 있었다. 옥상에 비석처럼 서 있던 소녀에게 귀에 익은 소리가 들려왔다. 소녀는 귀를 기울였다. 다시 들어봐도 분명히 소년의 발소리였다. 소녀는 한달음에 달려가 문을 열었다. 흠뻑 젖은 상처투성이 소년이 문 앞에 서 있었다. 소녀를 한참 바라보던 소년이 윗입술을 들어올리며 공기를 내뿜었다. 소녀는 대답했다. 응, 코가 막혀. 정말 막혀. 소년이 다시 윗입술을 말아올리며 아르르르, 소리를 냈다. 소녀는 주머니에서 백원짜리 동전을 한 움큼 꺼내 소년에게 내밀었다. 응, 이거 다 가져. 소년이 눈물인지 바닷물인지 알 수 없는 것을 흘리면서 야아옹, 울었다. 소녀는 고개를 끄덕였다. 응, 혼자 있어. 나 혼자야. 소년은 소녀의 발 앞에 풀썩 쓰러졌다.

소년은 계속 몸을 떨었다. 열이 높고 상처에 염증이 심했다. 콧속에 이상한 것이 가득 차서 호흡곤란 증세도 보였다. 소녀가 네블라이저 깔때기를 대주자 그제야 조금씩 숨을 쉬었다. 소녀는 날이 밝을 때까지 소년을 무릎에 누이고 앉아 있었다. 코 점막을 지진 지 오래되어서 소녀의 콧속은 실 하나 통과할 공간도 없이 꽉 막혀 있었다. 편도선이 부어서 입으로 숨을 쉬는 것도 쉽지 않았다. 아침이 되자 주인 여자 목소리가 들렸다. 소녀는 소년을 부축해 일단 옥상 문 뒤로 몸을 숨겼다.

"여기다 먹을 거 갖다놓지 말랬지. 도둑고양이들이 자꾸 모여들잖아."

주인 여자가 딸을 혼내는 소리였다. 여자는 봄도 왔으니 날을 잡아 옥상 대청소를 하자고 했다. 옥상에 있던 소파와 냉장고와 밥솥에 수거 스티커가 붙었다. 옥상은 금세 허허벌판이 되었다.

소녀와 소년은 계단을 걸어내려왔다. 둘은 조심스럽게 골목을 돌아나갔다. 밖은 봄이었다. 하늘에 가득 찬 황사먼지 사이로 꽃가루들이 부옇게 떠다녔다. 소녀와 소년은 옷자락으로 얼굴을 감쌌다. 재채기와 콧물이 터져나오면서 숨을 들이켤 때마다 고통스러웠다.

소녀는 가슴을 움켜쥔 소년을 바라보았다. 소녀는 소년이 무엇을 원하는지 알 것 같았다. 소녀는 입천장으로 내려온 비밀스런 기관을 활짝 열어 공기 중의 정보를 탐색했다. 고양이 침입방지 발판은 경고용으로 제작된 플라스틱 못이었지만 몇몇 집에서는 특수제작한 진짜 쇠못을 두르고 있었다. 소녀와 소년은 못이 부르는 곳으로 걸어갔다. 못은 멀지 않은 곳에 있었다. 둘은 쇠못 발판이 내려다보이는 곳에 올라섰다. 날카로운 못 수십 개가 허공을 벼르고 있었다. 못을 보자 소녀는 걷잡을 수 없이 가슴이 뛰었다. 소년이 입술을 떨면서 소녀를 바라보았다.

"한 번이라도 코가 뚫릴 수만 있다면."

소년이 말했다.

"훌쩍거리지 않을 수만 있다면."

소녀가 말했다.

한 번 날아올라 착지만 하면 되었다. 소녀는 소년의 손을 잡았다. 소년의 손은 차갑고 축축했다. 소녀가 떨고 있자 소년이 소녀의 손을 그러쥐었다. 둘은 입을 벌리고 숨을 크게 한번 들이마셨다. 하나, 둘, 셋. 둘은 동시에 발판을 향해 뛰어내렸다. 소녀는 눈을 감았다. 소녀는 벽과 벽 사이의 좁은 골목을 달리고 있었다. 혈관 같은 골목을 따라 올라가자 콧물은 없고 뇌수만 있는 뇌가 펼쳐졌다. 사람의 가장 순수한 기억이 저장된다는 대뇌 깊은 곳. 그곳은 코가 뚫린 채로 살 수도 있는 전혀 다른 세상이었다. 소녀는 탄성을 질렀다. 착지와 동시에, 혈관에 가득 찬 콧물들이 소녀와 소년의 살을 뚫고 뿜어져나왔다.

눈을 감고 기다리렴

또르륵, 물방울 하나가 흘러내렸다.
눈 풀린 생선과 하늘을 뒤덮은 물비린내.
떠나버린 생선차와 고요한 담벼락.

1

장마철이었으니 그날 저녁도 비가 내렸을 것이다.

스물세 살의 임신부는 우산을 받쳐들고 퇴근하는 남편을 기다리다가 반값으로 정리중인 생선차로 달려가 뱃고등어 한 손을 샀다. 어쩌면 비는 멎고 해가 지고 있었을지도 모르는 시간, 비린 봉지를 들고 돌아서던 임신부는 허공에서 반짝하고 사라지는 빛 하나를 목격했다. 광활한 하늘에 시선을 빼앗긴 임신부의 발목으로 또르륵, 물방울 하나가 흘러내렸다. 눈 풀린 생선과 하늘을 뒤덮은 물비린내. 떠나버린 생선차와 고요한 담벼락.

내 짐작 속 정황들이다. 그날의 바깥 풍경은 이랬을 것이라고, 나는 오랫동안 뱃고등어와 비 내리는 골목과 흙탕물이 튄 엄마의 흰 양말을 상상해왔다. 이 속에서 분명한 것은 없다. 생선차는 과일차일 수도 있고 임신부는 남편이 아니라 노을을 기다렸을 수도 있다. 비린내나 뱃고등어 같은 복선은 처음부터 없었는지도 모른다.

2

초등학교 때 선생님이 묻는다. 은영아, 졸리니? 나는 대답한다. 선생님, 엄마 목소리가 들려요. 중학교 때 선생님이 묻는다. 은영아, 너 왜 자꾸 조니? 나는 대답한다. 선생님, 엄마가 자장가를 불러줘요. 고등학교 때 선생님이 묻는다. 은영아, 잠이 오니? 나는 스테이플러 철심을 뽑는 리무버를 주머니에 넣고 아무 말 없이 교실 뒤로 나간다.

3

졸음은 눈썹과 눈썹 사이로 왔다. 할머니는 내 이마에 굴이 있기 때문이라고 했다. 굴이 있어서 그 안으로 햇빛도 들어오고 잠도 들어오는 거란다. 아침에 신발을 신다가 끄덕끄덕 졸고 있으면 할머니는 손으로 내 이마부터 쓸어내리며 잠이야 가라, 어여 나가라, 주문을 읊었다.

퇴근길에 청주를 샀다. 할머니 기일이었다. 횡단보도 앞에서 신호가 바뀌기를 기다리던 중이었다. 이마트 장바구니를 든 중년 여자가 다가왔다. 상단전이 열리셨군요. 여자는 내 귀 뒤로 그림자처럼 다가

섰다. 분노를 비우십시오. 횡단보도를 건너서 십 분만 걸어가면 집이 었다. 지금쯤 그 집에선 병풍이 펼쳐지고 탕국이 끓고 있을 것이었다. 상단전이 열리면 알고 싶지 않은 것도 알게 되고, 알아서는 안 되는 것도 알게 됩니다. 힘드시겠어요.

여자는 신호가 바뀌기 전에 말을 마친 뒤 종이 한 장을 건네주고 사라졌다. 전단지에는 수련센터의 전화번호가 적힌 명함이 붙어 있었다. 미간에 있는 자국이 눈에 띌 만한 것은 아니었다. 어린 시절을 험하게 보낸 아이라면 하나쯤 있을 법한, 모서리에 찍힌 것 같기도 하고 불에 덴 것 같기도 한 작은 흉터일 뿐이었다. 할머니 말로는 태어날 때부터 있었다고 했다. 나는 뒤로 넘어져도 이마부터 깨졌기 때문에 자국은 나을 만하면 다시 덧나 아메바처럼 꿈틀거렸다. 그때마다 할머니나 엄마는 반창고로 미간을 막아놓았다. 일 년에 한두 번은 일부 사람들이 미간의 자국에 관심을 가지고 접근했다. 그러나 그들의 관심과는 다르게 그곳으로 들어오는 건 잠뿐이었다.

내게는 태어나 지금까지 단 두 번 경험했던 기이한 졸음이 있다. 그 두 번의 졸음이 내 인생을 바꾸었다고까진 생각하지 않는다. 매일 졸면서도 정말 존 것은 두 번밖에 되지 않는다고 여길 만큼, 그 두 번이 아주 이상했다는 것만 안다.

참쑥이 올라오는 초여름, 마당에 혼자 앉아 있는 것은 다섯 살짜리 여자아이다. 뜰에는 마른 흙먼지가 일고 개미들이 잔돌 사이로 몇 시간째 줄을 이었다. 댓돌 위에 앉아 개미의 행렬을 보던 아이는 참을 수 없이 졸음이 왔다. 시장에 간 엄마는 오지 않고, 아빠가 올 시간은 아직 멀고, 뒷마당에서 상추 따던 할머니는 기척이 없고. 아이는 찐고

구마를 쥐고 앉아 개미가 발등을 타고 오르는 것도 모른 채 깜박깜박 졸고 있었다.

졸면서도 아이는, 자신이 이렇게 졸린 것은 노랫소리 때문이라는 생각을 했다. 어디선가 꼭 들어본 적이 있는 노래. 들을수록 허벅지가 서늘해지며 오줌이 마려워지는 노래. 뒷문에선 딸랑딸랑 느린 바람이 불고, 허공에 넋을 놓은 누군가가 배를 쓸어주며 부르는 것 같은 노래.

자장 자장, 우리 애기, 우리 애기, 잘도 잔다, 단젖 먹고, 엄마 품에, 엄마 품에, 단잠 자라. 발등에 아른대는 햇살을 향해 머리가 점점 고꾸라지는데도 아가 아가, 울지 마라, 덧문 닫고, 기다리렴, 이불 밑에, 기다리렴, 눈을 감고, 기다리렴. 넋 나간 목소리가 끝도 없이 이어졌다. 눈썹과 눈썹 사이로 실 같은 연기가 간질간질 모여들었다. 나른함이 포대기처럼 몸을 감쌌다. 그것은 싫지 않은 느낌이었지만 팔다리가 묶인 채로 간질여지는 것처럼 아이는 조금은 고통스러운 시간을 지나고 있었다. 얼마나 지났을까. 대문 옆 이팝나무 꽃이 이쪽으로 하얗게 쏟아지는구나 싶은 순간 전신줄 위에 걸려 흔들대는 누군가의 몸체가 보였고, 곧이어 '어머니!' 소리와 함께 엄마가 아이의 등을 내리쳤다. 뒤뜰에서 할머니가 뛰어나왔다.

개미가 무릎을 타고 올라와 눈 밑까지 물고 있었다고, 그런데도 나는 동공이 풀린 채 입을 벌리고 앉아 전신주만 쳐다봤다고 했다. 목소리를 전혀 못 내던 내가 말을 하기 시작한 건 그날부터였다. 그날 일 역시 또렷이 그릴 수 있는 것은 없다. 이팝나무를 받친 대문이 무슨 색이었는지, 개미가 몇 마리나 올라왔다 내려갔는지, 엄마의 장바구니에서 으깨진 것이 두부였는지 복숭아였는지. 다만 우리 아가 울지 마라를 반복하며 단조롭게 퍼져가던 목소리와 전신줄 위에 걸려 있던 형체만은 선명했다.

꼭 참외만했는데 쪼글쪼글했고 눈이 아주 컸다. 허리가 직각으로 꺾인 채 전신줄에 빨래처럼 걸려 있었고 피 쏠리는 얼굴을 들어 나를 보고 있었다. 어쩌면 사람들은 이런 것을 두고 가위눌렸다고 하는지도 몰랐다. 형체는 분명히 나를 보고 있는데 자장가 때문에, 밀가루풀처럼 하얗게 풀어지면서 몸을 친친 감아버리는 자장가 때문에, 나는 손가락 하나 움직일 수가 없었다. 그것은 도저히 저항할 수 없는 거대한 졸음이었다.

노래를 다시 들은 건 그로부터 십 년이 지난 뒤였다. 식은 찌개를 데워 먹고 학원에 가려고 운동화를 꺾어신던 중이었다. 현관을 막 나서려는 나를 턱짓으로 가리키며 오랜만에 다니러 왔다는 먼 고모의 사촌인지 사촌고모인지 하는 사람이 말했다.

"야가 가야?"

학원까지 가는 동안에도 계속 따라붙던 이물스런 시선 속에서 나는 나만을 비낀 채 집 안을 떠돌던 풍문의 냄새를 맡았다. 그것은 너무도 어렴풋했지만 장롱과 벽 사이, 낡은 액자 뒷면, 장판 밑 같은 집 안의 틈새에 오랫동안 묵혀져왔던 어떤 사건 같은 것이었다.

칠판의 방정식이 제곱인지 세제곱인지 구별이 가지 않았고 그건 졸리기 때문이라는 생각이 들었다. 뭉게구름 같은 졸음이 미간을 덮쳐왔다. 학원 건물의 알루미늄 창 너머로 밑층의 편의점에서 내놓은 야채호빵 냄새와 옆 건물의 꽁치 굽는 냄새가 함께 올라왔다. 선생님 목소리와 골목의 소음과 아이들 웅성거림이 딱풀처럼 엉기고 있었다. 주위의 모든 사물이 마침내 끈끈하게 고정된 순간, 물속으로 가라앉는 것처럼 귀가 먹먹해지며 목소리가 들려왔다. 자장 자장, 우리 애기, 우리 애기, 잘도 잔다, 단젖 먹고, 엄마 품에, 엄마 품에, 단잠 자라.

언젠가 아주 오래전에, 어디선가 꼭 들어본 적이 있는 노래. 머리가 책상으로 고꾸라지다 튀어오른 순간 눈앞이 환해졌고 아가 아가, 울지 마라, 덧문 닫고, 기다리렴, 이불 밑에, 기다리렴, 눈을 감고, 기다리렴. 참외만한 형체가 시야에 들어왔다.

십 년 만에 보는 것이었지만 나는 형체를 금방 알아보았다. 형체는 학원 밖 전신줄에 몸을 접고 매달려 이번에도 피 쏠리는 얼굴을 들고 팔을 내저었다. 여전히 눈이 컸다. 온몸이 석회색이었는데 만지면 딱딱할 것 같았다.

"야, 이은영. 미쳤어?"

내 이마를 막으며 일어선 것은 신희였다. 나는 여전히 물속에 가라앉은 채로 선생님과 아이들이 나를 돌아보는 것을 보았다. 몇몇은 비명을 지르며, 몇몇은 입을 틀어막으며 나와 참외아이를 들여다보았다. 이마에선 피가 흘러내렸고 내 손엔 리무버가 들려 있었다.

학원에서 신희에게 업혀 나온 뒤 나는 미간에 반창고를 붙이고 꼬박 열흘을 누워 잤다. 무겁고 긴 잠이었다. 몸을 뒤칠 때마다 누군가 헤엄을 치며 웃는 것이 보였다. 표정도 냄새도 익숙했다. 이상하게도 그것은 꿈과는 전혀 다른 느낌이었다. 꿈이 아니라고 백 프로 장담할 수 있었다. 누워 있던 열흘 동안, 어떤 경로를 통해서인지는 몰라도 나는 내가 오래전 일을 기억해냈다는 걸 알았다. 먼 친척의 말에 걸레를 접으며 몸을 돌리던 엄마의 등허리, 눈썹 사이로 몰려오던 졸음 같은 자장가, 손을 내젓던 참외 형체. 나는 형체를 뭐라고 부를지 몰라 일단 이름 한쪽을 떼어주었다. 그러니까 내가 기억해낸 건 나와 영이가 등장하는 오래전의 어떤 이야기 정도가 될 것이다. 두번째 졸음으로 다시 미간이 파이고 그 안으로 잠과 이야기가 들어왔다. 그리고 나는 발병했다.

"얼굴이 피투성이가 돼서는, 이게 무슨 일이냐. 아직도 못 간 거야. 아직도 못 건넌 거야."

문밖에서 들려오는 할머니 목소리였다. 머리맡 언저리에서 엄마 기척이 느껴졌다. 한 번도 포근하게 감긴 적 없이 매몰차게 미끄러져가던 엄마 냄새였다. 이마의 반창고에는 자꾸만 피가 배어나왔고 몸을 뒤척일 때마다 이불 속에서 살이 상하는 것 같은 들척지근한 비린내가 났다. 나는 이불 밑에서, 눈을 감고, 오래오래 기다렸다. 엄마가 그 방을 나갈 때까지.

4

올해는 고모들도 사촌들도 오지 못한다고 했다. 남동생 둘은 전방과 이웃나라 학교에 가 있었다. 상 끝에 앉아 소리없이 음복을 하는 사람은 부모와 나 셋뿐이었다. 영정사진 속의 할머니는 새치름하면서도 눈가에 사근사근한 웃음기가 가득했다. 집에서 제일 생기 있는 얼굴은 여전히 할머니였다.

'밥 먹고 싶다.' 삼십 분마다 문자를 보내는 건 요람이었다. '내 방으로 이사와.' 엄마가 산적을 썰어 아빠 앞에 내려놓았다. 마주 앉은 부부는 심심하고도 편안해 보였다. 대놓고 살뜰하진 않았어도 자식들 불안할 만큼 큰 소리로 투닥거린 적도 없는 부부였다. 그 생활이 담긴 듯 엄마는 슬하에 2남 1녀를 둔 단정한 부인으로 나이들어가고 있었다. 개미를 다 떼어내고 목욕통에 들어갔다 나온 그날 저녁, 앞치마 꼬리에 매달리는 다섯 살배기의 손등을 내리치던 표정도 그대로였다.

장마철이었지만 비는 잠잠했다. 엄마는 하고 싶은 말이 있지만 말하기를 체념한 얼굴로 다시 조기를 발라 건넸다. 엄마가 하려다 말 얘기란 신희 얘기밖에 없었다. 신희가 직장을 옮겼다더구나, 신희네가 아예 이사를 했다더구나, 신희 다리가 부러졌다더구나. 이번에도 신희는 어떤 소식을 전해왔을 것이다. '이사 언제 올 건데?' 다시 요람이었다.

카페에 노트 사진을 올린 건 한 고등학생의 글 때문이었다. 팀장들이 모두 워크숍을 떠난 오후였다. 글은 내일이라도 세상을 끝낼 것처럼 비탄에 잠겨 있었다. 모든 수업시간마다 무조건 오 분 안에 잠에 빠집니다. 책 한 장도 제정신으로 못 넘기는 삶, 저에겐 아무 가치도 없습니다. 커터칼로 목이라도 긋고 싶은 심정입니다. 카페는 잠의 지배를 받는 사람들이 모인 곳이었다. 하루에도 수십 건의 증상 호소와 극복 노하우와 실패담이 오르내렸다. 위로를 건네고 싶은 마음밖에는 없었다. 나는 고등학교 때의 노트 필기 사진을 올렸다. 빗금만 죽죽 그어진 노트였다.

두번째 졸음 이후 증상은 눈에 띄게 악화됐다. 혼자서 꼬집고 찌르며 정신을 차리고 수업을 들었다고 생각해도 수업이 끝나면 글씨는

지글지글 풀어져 알 수 없는 기호나 빗금이 되어 있었다. 비어 있던 칠판이 깜빡하는 잠깐 사이에 글씨로 가득 채워져 있기도 했다. 그게 매 수업시간마다 반복됐다. 조는 순간에는 몰라도 정신을 차린 뒤 눈앞에 펼쳐진 흔적이 내가 졸았다는 걸 입증해줬고, 그 처참한 광경을 보고 나면 나는 진심으로 그 자리에서 죽고 싶었다. 졸고 났을 때의 자기 비하가 엄청난 강도로 모든 걸 압도했기 때문에 쉽게 졸릴 수 있는 상황은 일단 피해야 했다. 나는 텔레비전 앞에도 컴퓨터 앞에도 앉지 않았다. 영화도 보지 않았고 책도 읽지 않았다. 대화에서 제외되는 게 싫어 친구도 만들지 않았다. 그러나 증상은 졸음만으로 그치지 않았다. 어쩌다 웃기라도 하면 얼굴 근육이 제멋대로 일그러지면서 몸에서 힘이 빠졌다. 팔짱을 끼고 있을 땐 팔이 풀렸고 컵을 들고 있을 땐 손에 힘이 풀려 컵을 떨어뜨렸다. 뇌는 깨어 있는데 몸의 근육이 잠에 빠지기 때문에 생기는 발작 증상이었다. 잠은 그렇게 온몸의 세포 하나하나까지 장악했다. 조는 것보다 얼굴에 경련이 일어나면서 주저앉는 게 더 굴욕이었기 때문에 나는 웃음소리가 날 수 있는 어떤 자리에도 가지 않았다. 주말 저녁에 식구들과 둘러앉아 개그 프로그램을 보는 일은 있을 수 없었다. 밥을 먹다가도 무슨 일이 일어날지 알 수 없어 항상 선 채로 후루룩거리거나 혼자 먹었다. 가위에 심하게 눌리면서 자장가 소리와 함께 참외 형체가 나타나는 날이 많아졌고 수면마비 상태에서 나도 모르게 리무버로 미간을 찍는 날도 늘어났다.

나는 졸지 않을 땐 찌푸리고 있었고, 잊을 만하면 이마에 반창고를 붙이고 다녔다. 신희가 수업 내용을 녹음해가며 팔뚝에 멍이 들도록 꼬집어주지 않았다면, 통로가 막힌 자리에 앉아 흥행 영화와 필수 도서를 요점정리해주지 않았다면, 나는 일찌감치 자퇴를 하고 방이나 병원에 틀어박혀야 했을 것이다. 빗금 노트는 그 끔찍한 시간들을 압축한 증거물 같은 것이었다.

노트 사진을 올리자마자 요람이라는 아이디가 쪽지를 보내왔다. 자신이 노트의 빗금을 해독할 수 있다고 했다. 이번 주에 정모가 있으니 꼭 나오라고, 안 나오면 자신이 찾아오겠다고 했다. 내가 쪽지를 계속 무시하자 요람은 장문의 메일을 보냈다.

'님은 노트 필기를 하던 중 세타파 상태에서 우주에 돌아다니는 파장 하나와 교신이 되었습니다. 졸 때 나오는 뇌파가 세타파거든요. 대화라기보다는 일방적인 메시지에 가까운 듯한데, 아무튼 그 내용을 노트에 적은 것입니다. 음…… 제 생각엔 그걸 필기할 당시 님의 실제 주파수는 세타파보다는 조금 높은 헤르츠였을 것 같군요. 스캔 뜬 사진만으로는 정확히 알 수 없지만 뭐랄까, 조금 당황스럽습니다. 님이 쓴 것은 어디서도 잡힌 적이 없는 전혀 새로운 정보라고 할까요. 님 스스로도 당황스러운 삶을 살아오지 않으셨나요? 그게 무슨 내용인지 궁금하지 않으신가요? 일단 저랑 만나시지요.'

요람은 끈질겼다. 메일도 계속 무시하자 내 블로그에 들른 직장 동료를 통해 내 직장 위치를 알아냈다.

요람은 삭발을 했다가 머리를 기르기 시작한 것처럼 머리카락이 밤송이같이 비죽거렸다. 악건성인 것처럼 얼굴 전체에 하얀 각질이 일어나 있었는데, 얼핏 보면 심한 아토피 같기도 했다. 눈엔 장난기 비슷한 게 이글거렸고 짐작한 것처럼 무례한 편이었다. 그냥 봐서는 카페 내에서 잠의 신으로 필력을 날리는 요람과 동일인이라는 것이 믿기지 않았다. 나는 이 새로운 등장인물을 미간을 찌푸린 채 쳐다보았다. 신희 이래로 또래의 동성은 일단 경계하고 보는 편이었지만 정신을 차리고 보니 결국, 나는 요람을 따라가고 있었다.

요람이 방처럼 기거하는 사무실은 시내 한가운데의 건물 맨 위층에 있었다. 위로 갈수록 좁아지는 건물이라 요람의 사무실로 올라가자 첨탑 꼭대기에 와 있는 기분이 들었다. 벽 한 면 전체가 밤하늘이었고 한쪽에는 빛과 광명이 쏟아지는 포스터가 붙어 있었다. 밤하늘 사진에 몇 개의 빛이 흩어져 있었는데 요람은 빛들을 가리키며 이쪽이 플레이아데스성단, 이쪽이 히아데스성단, 이쪽은 오리온자리라고 설명했다. 요람은 거기서 모종의 글을 한국어로 옮기는 일을 했다. 직원을 요람밖에 두지 않은 사장은 어느 날 문득 내면의 빛을 체험한 뒤 모든 것을 요람한테 맡기고 떠났다고 했다.

요람은 차를 내온 뒤 다짜고짜 자신의 가위눌림에 대해 얘기하기 시작했다. 차 때문인지 몸이 금세 나른해졌다. 첨탑 창으로 들어온 햇빛이 먼지를 끌어올렸고, 요람의 목소리가 이어지자 나는 마법에라도 걸린 것처럼 졸음 속으로 빠져들었다. 가위 오기 전의 신호 알지. 징- 하면서 샤워기 물이 틀어져. 그러면 나는 생각하지. 아, 가위눌림에 진입했구나. 졸면서도 요람한테 말려든다는 생각에 정신을 차려보려고 했지만 몸은 다시 스르르 풀어졌다. 맨발로 방바닥 걸어다닐 때 나는 마른 걸음 소리 있잖아. 사각사각. 그 소리를 빨리감기 해놓은 것처럼 진짜 빨리 돌아다니는 거야. 나는 쿠션을 집어던지지. 가만히 좀 있어! 그러면 무릎으로 걸어다녀. 누가? 이빨이 하나도 없는 단발머리 남자애가. 요람은 소곤거렸다 목소리를 높였다 하며 내 이마를 자유

자재로 끌고 다녔다. 그건 요람도 얘기를 하면서 조금씩 졸기 때문에 가능한 일이었다. 나는 요람 목소리의 강약에 맞추어 고개를 떨구었다 눈을 떴다 하며 마음껏 졸아버렸다. 요람의 말은 그게 다였지만 얘기가 끝나자 세 시간이 지나 있었다.

이 정도로 졸 수도 있다는 게, 아니 졸아도 된다는 게 놀라웠다. 그 뒤부터 나는 살금살금 요람의 사무실로 찾아갔다. 요람과 함께 있으면 학교나 집이나 직장에서처럼 졸지 않기 위해 사력을 다하지 않아도 됐다. 플레이아데스성단 밑에서 이마를 맞대고 앉아 요람과 나는 비밀을 공유한 교도들처럼 매일같이 졸았다. 한바탕 졸고 나서 몸도 마음도 풀어져 있으면 요람은 내 미간의 자국에 대해 이것저것 물었다. 요람의 관심이 너무 과하다 싶을 때도 있었지만 나는 몽롱한 눈으로 요람을 바라보며 처음부터 끝까지 모든 것을 말해주었다.

"이거, 여러 설이 있어. 신생아실 간호사가 그랬다고도 하고 산부인과 의사 실수라는 말도 있고. 그런데 사실은 엄마 뱃속에 있을 때 내가 손톱으로 후벼판 거야."

요람이 옮기는 글의 원저자는 사람이 볼 수 없는 생명체였다. 한 뉴질랜드인이 플레이아데스인한테서 메시지를 받았고 요람은 그 내용을 옮기는 중이었다.

"여기엔 어떤 내용들이 있어?"

나는 종이뭉치를 뒤적거리며 물었다.

"다양한 우주 정보. 그리고 삶을 통찰하는 지혜와 비전."

"삶을 통찰하는 지혜와 비전. 멋지다. 근데 그런 걸 왜 힘들게 우주인한테 듣고 그래."

요람이 나를 물끄러미 보더니 옆으로 끌어와 앉혔다.

"그래, 이런 건 다 소용없어. 누군가 받아적은 걸 다시 번역하고, 그걸 또 돌려 읽고. 그게 무슨 소용이야. 직접 통해야 돼. 우린 차원의 문을 직접 열 수 있는 사람을 찾고 있어. 그게 너야. 체질 개선만 하면 넌 할 수 있어."

요람은 오래 참았다는 듯이 갑자기 눈을 빛냈다.

"잘 들어봐. 넌 태어날 때 이미 미간 차크라가 열렸어. 넌 진짜, 축복받은 생명체야. 어떤 사람들은 평생을 바치고도 못 해. 다른 사람들은 오십 년 걸리는 걸 넌 일 년이면 할 수 있어. 일단 체질 개선부터 하자. 그러려면 넌 나랑 살아야 돼."

"체질 개선? 그건 개종하는 것보다 어려운 거야. 난 그런 게 아니라 각성제가 필요해. 내일도 출근해서 졸지 않고 하루를 마쳐야 하니까."

말을 해놓고도 왠지 요람한테 끌려가는 대답이라는 생각이 들었다.

"체질 개선을 안 하면 네 병은 영원히 못 고쳐. 넌 환각을 보잖아. 환청을 듣고, 가위에 눌리고, 숙면을 못 해 항상 졸지. 각성제에 항우울제에 수면제까지 알약을 하루에 열 개씩 먹어도 그때뿐이야. 평생 그렇게 살 거야? 이런 구질구질한 삼차원 행성에서, 중력에 질질 끌려다니느라 끄덕끄덕 고개나 처박으면서, 응?"

요람은 악동처럼 으르렁거렸다.

"그럼 이런 게 체질 개선인가?"

나는 요람의 뺨을 툭 건드렸다. 왜 그런 행동이 나왔는지 모르겠다. 요람의 얼굴에서 하얀 각질이 떨어져내렸다. 요람의 눈빛이 조금 흔들렸다. 요람은 극단적 채식을 하는 비건이었다. 채식이 진행될수록 탈피라도 하는 것처럼 온몸의 피부가 일어난다고 했다. 생리도 멈추어 아주 편하다고 했다. 카페 내에서 요람은 수면마비 회원들을 위한 상담방을 개설할 정도로 자각몽의 고수로 통했지만 요람이 어떤 사람보다 잠의 지배를 받는 종합병원 같은 환자라는 걸 아는 사람은 많지 않았다. 내가 그랬던 것처럼 요람 또한 다른 사람들이 공기처럼 누리는 평범한 생활을 위해 안 해본 짓이 없을 것이었다.

"솔직히 말할게. 난 깨달은 자들이 말한 걸 읽기만 하다가 죽고 싶진 않아. 난 직접 체험하고 직접 깨달을 거야. 그래서 평온해지고 싶어. 그뿐이야. 모든 것엔 자력이 있다고 했어. 네가 명도 0만큼을 생각하면 명도 0의 에너지가 끌려와. 명도 10을 생각하면 정말로 명도 10의 빛이 온다고. 그걸 알면서 어떻게 징징거리기만 하다 한평생을 끝낼 수 있지? 어떻게 수련하지 않을 수가 있느냐고. 더구나 너처럼 영적인 촉이 좋은 애가. 미간이 어설프게 열리면 안 열리느니만 못해. 정진하지 않으면 넌 계속 아플 거야. 이상한 것만 보이고, 온갖 사이비가 꼬여들겠지. 지금부터 하면 돼. 붓다나 예수처럼 뛰어난 지구인은 못 돼도, 꽤 괜찮은 지구인은 될 수 있어."

"궁금한 게 있는데, 괜찮은 지구인이 되는 데 돈은 얼마나 필요하니?"

"많을수록 좋아. 뭐든 자기 돈이 들어간 만큼 진지해질 수 있으니까."

요람은 자신만만했다.

"의식하고 그랬든 아니든, 네가 계속 열려고 해왔다는 거 알아. 리무버 같은 무식한 방법 말고, 내가 도와줄게. 이 자국은 빛의 통로야. 빛으로 세포 자체를 변형해가는 거야. 지긋지긋한 잡 세포까지 포함해서 전부 말이야. 아무 잡념 없이 그 빛에 일 분만 집중할 수 있으면 너를 통째로 바꿀 수 있어. 거기를 그냥 열어버려."

할머니는 말씀하셨다. 외로울 때와 몸이 아플 때를 조심하라고. 세상의 모든 사기는 마음의 병과 몸의 병이 만든 틈새로 꿀처럼 스며든다고 했다. 할머니는 첫 월급을 받으면 성형외과에 가서 미간의 자국부터 없애라고 했다. 우리 은영인 이마가 움푹해서 허황된 무리들이 늘 탐을 낼지 모른다. 이 자국을 없애야 시집가서 아들 딸 낳고 평범하게 잘 살지.

나는 일단 첨탑방에서 내려가야겠다는 생각이 들었다. 이대로 있다간 요람한테 잡아먹힐 수도 있었다.

"그래, 내 말이 뜬구름 같으면, 다 떠나서, 영이는?"

첨탑에 잠시 정적이 일었다. 플레이아데스성단 쪽에서 몇 개의 빛들이 흩어졌다 사라지는 것이 보였다. 일종의 승리감 같은 것으로 번득이는 요람의 눈빛을 보면서 나는 영이가 그런 식으로 거론된 데에 거북함을 느꼈다.

"됐어. 보자마자 들이댈 때부터 알아봤어야 되는데."

나는 자리에서 일어났다.

"가게? 넌 못 가. 나랑 있는 게 좋잖아. 여기 오고 싶어서 낮에도 계속 근질거리지? 넌 다르게 살 수도 있다는 걸 이미 알아버렸어."

나는 요람이 요괴처럼 느껴졌다. 그리고 이 감정이 거북함도 두려움도 아닌 무력감이라는 것을 깨달았다.

"요람, 난 네가 진실한지 아닌지 판단할 능력이 없어. 넌 내 자격지심을 너무 잘 알고 있고, 네 말은 현란해. 영적 사기단은 항상 결핍된 자들을 노리지, 비겁하게."

다시는 첨탑방을 찾지 않을 것처럼 일어서자 요람은 마지막 카드 같은 말을 내 등뒤로 던졌다.

"그 경지가 되면, 숨쉴 때마다 오르가슴의 몇 배는 되는 황홀한 순간이 와. 나랑 같이 거기로 가. 강물이 반짝거리잖아. 저기만 건너면 찾던 마을이 있어. 그러니 네 엄마가 삶은 걸레로 바닥을 닦고 있는 그 집에서 나와."

5

며칠은 움찔거리면서 눈을 뜨려고 했을 것이다. 세상에 생겨나 처음으로 눈을 떴을 때 뿌연 막이 걷히며 영이가 보였다. 한껏 인상을 쓰고 미간을 움찔거리는 걸 보니 영이도 이제 막 눈을 뜨려는 것 같았다. 가까운 곳에 다른 누군가가 있다는 걸 나는 처음부터 알고 있었다. 엄마 심장소리 말고도 또 한 명의 심장소리가 규칙적으로 들려왔고, 누군가도 양수를 뱉고 삼키는 걸 반복하면서 숨을 쉬고 있었다.

우리는 눈을 뜬 채 서로 한참 쳐다보았다. 영이는 좀 피곤하고 지친 듯한 얼굴이었다. 기웃거리다 내가 팔을 툭 치자 영이는 간지러운지 목을 까닥대며 웃었다. 영이도 손을 휘저어 내 발바닥을 간질였다. 내가 하품을 하면 영이도 하고, 영이가 기지개를 켜면 나도 켜면서 우리는 둥근 태반 속을 함께 돌았다. 자궁 속은 둘이 떠다니며 놀기에 충분히 넓었다. 나는 양수 속에서 아무 때나 어떤 자세로도 떠다닐 수 있었고, 그건 생각보다 신나는 일이었다. 영이가 구경만 하면서 몸을 웅크리고 있으면 나는 달려가 영이를 잡아끌었다. 팔다리와 엉덩이를 쭉 뻗는 법, 손으로 탯줄을 움켜쥐는 법, 몸 회전시키는 법 등을 선보이면 영이는 박수를 치며 웃었지만 함께 움직이려고 하진 않았다. 움직이면 움직일수록 나는 근육과 뼈가 단단해졌고 영이는 말라갔다.

음식물 들어오는 소리도 잦아지고 엄마의 혈액 흐르는 소리만 맑게 울리는 밤이 되면 영이는 그제야 눈을 비비며 양수를 힘들게 토해냈다. 시간이 지나면서 엄마는 파도 소리를 들려주기도 했고 가끔은 오리 백숙 같은 것을 먹기도 했다. 우리는 엄마가 보내오는 오리를 먹기 위해 사지를 휘저으며 필사적으로 꼼지락거렸다. 근육과 뼈가 발달한 내가 언제나 영이보다 빨랐다. 내가 의기양양해하며 짓궂게 웃어 보이면 영이는 야단맞은 아이처럼 주춤거리며 맥을 놓다가 구석으로 굴러가버렸다. 시간이 갈수록 영이는 초점 흐린 눈으로 힘없이 늘어져 있는 날이 많았다. 소변도 지리듯이 조금씩만 흘렸고 가끔은 발작을 하는 것처럼 손발을 파르르 떨기도 했다. 그러는 동안 밖에서는 장마가 시작되었다.

그날도 종일 비가 왔다. 길고긴 장마철 중의 하루였다. 엄마 심장소리가 평소보다 빠르게 쿵쾅거렸다. 끈끈한 적막이 태반 벽을 둘러싸고 있었기 때문에 날이 저무는 중이라는 걸 알 수 있었다. 이상한 기운에 이끌려 나도 모르게 고개를 돌렸을 때였다. 심한 딸꾹질을 하는 것처럼 영이가 몸을 푸득푸득 떨었다. 사지는 이미 수초처럼 풀어진 채였다. 한발 다가가기도 전의 찰나간이었다. 몸을 떨던 영이는 눈을 부릅뜬 채 흐읍, 목을 빼고는 그대로 멈추었다. 허우적거리던 팔도 허공에서 함께 멈추었다. 뿌연 적막 속에서 엄마의 심장소리만이 들려왔기에 나는 영이의 심장이 멎은 걸 알았다. 탯줄을 타고 뱃고동어 날비린내가 내려왔다.

"야, 이은영. 괜찮아?"

나를 내려다보는 건 신희였다. 미간은 여전히 반창고로 닫혀 있었다.

"무슨 애가 그렇게 오래 자냐? 나 심심하게, 큭. 내가 너 업고 뛴 건 기억나냐? 큭큭."

엄마가 예쁘게 깎은 홍옥을 포크로 찔러 신희에게 건네주었다. 나를 문병하며 엄마에게 과일을 받아먹는 게 좋아 죽겠다는 듯이 신희는 계속 생글거렸다. 엄마 얼굴도 홍조를 띤 것을 보고 나는 아무도 모르게 고개를 돌렸다.

엄마한테 가는 내 감정의 폭이 생각보다 훨씬 크다는 걸 나는 신희를 소개시키고서야 알았다. 한 번 다녀간 뒤로 신희는 일주일에 사나흘은 집에 들러 저녁을 먹고 갔다. 공부를 이유로, 지난번에 놓고 간 책을 가지러, 은영이를 혼자 두면 안 될 것 같아서. 하늘이 그냥 높아서요, 엄마! 신희는 대문을 열자마자 쪼르르 내 엄마한테 달려갔다. 친엄마와 함께 살지 않는 신희는 엄마, 엄마 하며 내 엄마를 각별히 따랐고 엄마도 그런 신희를 보며 자주 웃었다.

마당에서 양동이가 와장창 떨어졌다. 학교에서 돌아온 남동생 둘이 마당을 뛰며 쫓고 쫓기고 있을 것이었다.

"누나는? 아직도 아파?"

"저, 저, 저, 이노므 강아지들. 또 저지레 치지."

남동생들은 시끄러웠고 할머니는 늘 흡족해했다. 신희가 나가자 엄마도 더는 내 옆에 있지 않고 쟁반을 들고 나갔다. 엄마의 치맛자락이 일으킨 짧은 훈풍이 오랫동안 코끝을 맴돌았다. 이마 위 반창고에서 무언가 흘러나올 것 같아 나는 몸을 움직이지 못한 채 천장만 쳐다봤다.

죽은 영이의 몸 옆에서 나는 넉 달을 더 살았다.

내 시야에 있는 것은 오직 영이뿐이었기 때문에 나는 하루 종일 영이를 보며 지냈다. 영이는 눈을 홉뜬 채 우주 미아처럼 흐늘흐늘 허공을 유영했다. 시시각각 각도를 달리하며 척추가 휘어져갔다. 영이는 뭉개진 고깃덩어리 같다가도 어느 순간 보면 머리카락 하나 속눈썹 하나가 살아 있는 것처럼 움직였다. 내가 양수를 헤치며 몸을 뒤척일 때마다 영이의 죽은 배내털도 결을 따라 움직였다.

엄마 몸에서 분비되는 호르몬이 평소와 다른 것이 느껴졌기에 나는 엄마 심경에 변화가 생긴 것을 알았다. 영이의 죽음을 엄마 또한 알았을 것이다. 여전히 엄마를 통해 산소를 공급받고 있었지만 급격히 달라지는 엄마 몸의 흐름 속에서 나는 직감적으로 생존의 위협을 느꼈다. 배가 딱딱하게 뭉치며 수시로 태반을 압박해왔고 신선한 산소량이 줄면서 숨이 가빴다. 가을이 되면 밤을 주우러 가자고 아빠한테 말하던 엄마는 단풍이 들고 잠자리가 나는데도 대문 밖을 나가지 않았다. 웃음소리도 들려주지 않았고 하루 종일 한마디도 하지 않았다.

죽은 영이 몸에서 나오는 분비물로 양수 맛은 점점 시큼해졌다. 더는 따뜻하지도, 부드럽게 출렁이지도 않는 양수 속에서 나는 한기로 질려갔다. 상해가던 영이의 몸 조직이 부패를 멈춘 건 양수가 세균으로 감염되기 직전이었다. 대신 영이는 석회처럼 딱딱하게 굳기 시작했다. 눈을 부릅뜬 채 등이 휜 자세 그대로 참외만하게 굳어버린 영이 옆에서 나는 하루 세끼를 허겁지겁 받아먹으며 나날이 커갔다. 태지가 두꺼워지고 팔다리가 자라는 속도는 자궁 안의 사건과 무관하게 무섭도록 빨랐다.

이제 자궁 속은 아무 때나 어떤 자세로도 떠다닐 수 있는 넓은 곳이 아니었다. 나는 자랄수록 몸을 최대한 웅크려야 했다. 좁아진 공간 속에서 영이는 더욱 밀착되어왔다. 눈을 뜨면 코앞으로 영이의 목뼈가 지나갔고 잠에서 깨면 영이의 팔 한쪽이 내 목 위에 얹혀 있었다. 나는 영이의 몸이 닿을까봐 하루에도 몇 번씩 기겁을 하며 몸을 피했다. 그 상태를 견디기 힘들 땐 엄마의 배를 찼다. 제발 이곳에서 꺼내달라고, 죽은 영이의 몸을 어떻게 좀 치워달라고 나는 난폭하게 꿈틀대며 엄마 배를 두드렸다. 그때마다 엄마는 배를 싸안고 소리 죽여 울었다.

할머니의 발소리가 들리던 어느 밤이었다. 엄마가 울음을 삼키며 바닥에 주저앉았다.

"징그러워요, 어머니."

엄마 목소리는 태반 속으로 여과 없이 들어왔다. 그것이 홀로 남은 내가 들은 엄마의 첫번째 메시지였다.

내게 자궁 속은 어서 탈출해야만 하는, 죽음의 분비물이 가득한 좁은 방일 뿐이었다. 그러나 엄마 목소리를 듣는 순간 나는 그곳에서 나가더라도 제대로 살 수 없다는 것을 알았다. 엄마의 몸이 유일한 생명줄이고 세계 자체인 내게 그 말은 목소리의 진동만으로도 알 수 있는 부정의 의미였던 것이다. 나가기 위해 머리를 엄마 골반 쪽으로 돌리던 동작이 멈추어졌다. 탈출을 위해 남겨두었던 마지막 기력이 빠져나갔다. 내가 악착같이 움켜쥐고 있던 끈, 엄마가 보내오는 모든 것을 받아먹던 끈이 눈앞에서 그대로 풀려나갔다. 나는 엄마 배를 차지도, 영이 몸을 밀치지도 않았다. 대신 손톱을 세워 미간을 후벼팠다. 엄마 목소리가 물결을 타고 반복될 때마다 나는 가슴을 치듯이 미간을 쥐어뜯었다. 좁쌀 같은 살점들이 양수 속으로 흩어졌다. 심장도 폐도 점점 조용해졌다. 내 호흡은 마지막을 향해 가라앉아갔다.

시간이 얼마나 흘렀는지 짐작이 가지 않았다. 미간은 여전히 반창고로 닫혀 있었다. 아빠가 대문을 여는 소리, 남동생들이 씻는 소리, 엄마 도마질 소리가 선명하게 들렸다. 누군가 방에 들어왔다 나가는 기척도 느껴졌다. 그러나 그들을 부르려고 해도 목소리가 나오지 않았다. 나는 다시 천장을 보았다. 영이가 보였다. 영이가 손가락을 들어 내 머리맡을 가리켰다. 내 묘기를 보며 박수를 치던 때의 모습이었다. 영이가 손가락으로 가리킨 곳에 엄마가 깎던 홍옥 껍질이 한 토막 떨어져 있었다. 나는 몸을 일으키다가 비린 기운에 이끌려 손에 걸리는 보자기를 젖혔다. 아직 온기가 남은 선짓국 뚝배기와 열무김치 한 보시기가 쟁반에 놓여 있었다. 국을 보자마자 나는 앞머리를 쓸어올리고 바짝 다가앉았다. 그러고는 뚝배기를 뒤집어쓸 듯 후룩거리며 선지를 단숨에 넘겼다. 이마에선 자꾸 피가 배어나오는데도 따끈따끈한 핏덩이가 너무 맛있어서 나는 어둑한 방에 앉아 연신 콧물을 들이켰다.

뚝배기를 비우고 나자 문틈으로 서늘한 정적이 들어왔다. 홍옥 껍질은 아직 그대로 있었다. 나는 껍질을 한참 바라보다가 조심스럽게 집어 혀끝에 올려놓았다.

시간이 얼마나 지났는지 알 수 없었다. 어쩌면 엄마 뱃속에서 꾸는 마지막 꿈인 것도 같았다. 바깥쪽에서 빛의 기운이 어른거렸다. 형광등이나 가로등과는 질이 다른 빛이었다. 빛이 태반을 감싸며 다가왔기 때문에 내 몸은 본능적으로 빛 쪽을 향했다.

밖이었다. 잠자리 날개가 부서지는 것 같은, 가볍고 바삭거리는 햇빛 소리가 들렸다. 엄마가 걸을 때마다 밤톨 밟히는 소리가 났다. 가을볕에 넋을 놓은 엄마가 돌 위에 걸터앉아 배를 쓸며 중얼거리고 있었다. 그것은 끊어질 듯 느리게 이어지는 노랫소리였다. 자장 자장, 우리 애기, 우리 애기, 잘도 잔다, 단젖 먹고, 엄마 품에, 엄마 품에, 단잠 자라. 나는 숨을 죽인 채 태반 벽에 귀를 붙였다. 아가 아가, 울지 마라, 덧문 닫고, 기다리렴, 이불 밑에, 기다리렴, 눈을 감고, 기다리렴.

마지막 의식 끝에서 들은 노래가 살려고 꾼 꿈이었는지 실제였는지 확실하지 않았지만 어쨌든 그것이 홀로 남은 내가 들은 엄마의 두번째 메시지였다. 엄마가 기다리라고 하니까, 울지 말고 기다리라고 하니까, 나는 엄마의 첫번째 메시지에 삶을 놓았던 것처럼 두번째 메시지로 다시 숨을 쉬었다.

내게는 산도를 빠져나오는 고통도 쾌감도, 첫 순간의 어떤 격렬함도 없었다. 영이와 헤어진다는 안도감과 죄책감 속에서 갑작스럽게 엄마의 배가 열렸다. 생경한 빛들이 움푹 팬 미간으로 쏟아져들어왔고, 그것은 굉장히 쓰라린 느낌이었다.

마지막으로 본 영이는 여전히 눈을 홉뜬 채 나를 향해 팔을 내저은 채였다. 금속성 빛이 내리꽂히는 동시에 외계인에게 납치라도 되는 것처럼 영이의 굳은 몸이 빨려올라갔다. 그것이 마지막이었다. 낮게 잦아드는 수군거림 속에서 나는 끄집어내졌고 죽은 듯이 널브러진 엄마의 가슴도 순식간에 시야에서 멀어졌다.

영이가 엄마 뱃속에서 죽은 것은 계곡이 흙물로 넘쳐나던 장마철이었고 내가 태어난 것은 사방이 바싹 마른 늦가을이었다. 그렇게 영이와 헤어지고 나는 다섯 살이 될 때까지 말을 하지 못했다.

6

신희가 십이 주라더라. 제기祭器의 물기를 닦으며 엄마가 말했다. 신희의 결혼 소식을 들은 지 이 년 만이었다. 그때도 엄마는 행주가 끓는 들통의 불을 낮추다가 말했다. 신희가 그제 청첩장을 보내왔다. 그러면서 신희가 마음 붙일 곳이 없어 서둘러 결혼을 하는 건 아닌지 남몰래 걱정했다.

엄마도 그 시절이 가끔 생각날 것이다. 신희가 있어야 엄마한테도 나한테도 활기라는 것이 생겼다. 엄마와 나는 다른 모녀들처럼 수다와 짜증이 거침없이 오가는 사이가 아니었다. 나는 엄마한테 조는 모습을 보이지 않기 위해 필요한 말 외에는 어떤 말도 길게 하지 않았고, 엄마 또한 이것저것 묻지 않고 챙길 것은 알아서 챙겨놓았다. 엄마와 나는 주말이면 같이 재래시장을 거닐며 튀김을 사먹거나 사촌들

배우자를 훑어보며 친척 결혼식장에 붙어다니는 사이도 아니었다. 영이의 제일祭日에 절에 가는 것이 유일하게 함께하는 외출이었다.

잔디밭가로 잡풀이 올라오던 토요일 오후에 신희는 아무도 없는 교실 한쪽에 나를 앉히고 자신의 친엄마 얘기를 해주었다. 신희네 엄마는 아빠와 이혼하고 남쪽 마을 끝에서 병든 고양이처럼 혼자 산다고 했다. 신희네 엄마는 알코올중독이었다. 신희는 나이가 같은 배다른 남동생에게 매일 얻어맞으면서 자랐다. 그러나 그건 나만 아는 사실이 아니었다. 신희는 누군가와 가까워지면 항상 가정사를 털어놓았다. 선생님에게, 학생회 선배에게, 내 엄마에게, 신희는 자신이 얼마나 고통스러운 유년을 보냈는지, 지금도 얼마나 이방인처럼 겉도는지를 조근조근 털어놓았다. 자신을 낳아준 친엄마나, 엄마 아빠가 같은 형제자매와 사는 사람이라면 어떤 고민도 배부른 투정일 뿐이라고, 신희는 불행을 독점하고 싶어했다.

그래도 나에겐 신희가 필요했다. 신희는 조는 내 모습이 얼마나 처참한지를 속속들이 아는 유일한 사람이었다. 수면다원검사를 잘하는 병원과 먹어야 할 각성제의 양을 점검해주는 것도, 수면마비 상태의 자해심리 자료를 찾아다주는 것도 신희였다. 신희는 시험기간마다 집에 와 며칠 밤이든 같이 지냈고 요점노트와 문제집에 색색의 포스트잇을 붙여 내게 건넸다. 무엇보다 신희는 엄마한테 내가 큰 문제없이 지낸다는 걸 보여주는 증인이자 차단막이었다. 내가 졸음으로 가라앉을 때마다 신희는 나를 챙겨야 한다는 사명감에 불탄 듯 활기가 넘쳤다.

잠든 줄 모른 채로 자다 깨면 깬 곳이 꿈속인지 현실인지 구별이 안 돼 나는 자주 헛소리를 했다. 그럴 때 신희가 '이건 꿈이 아니야' 하면 꿈이 아니었고 '그건 꿈인가보다, 나 아까 그런 말 안 했거든' 하면 꿈이었다.

지금도 신희와 지낸 시간을 돌아보면 꿈인지 아닌지 헷갈릴 때가 많다. 꿈이 아니라고 백 프로 장담하기 어려웠다. 고2 겨울방학을 앞둔 저녁이었다. 그날도 나도 모르는 사이에 졸음에 빠져 잠이 들었나 보았다. 깨어보니 방에 책들이 펼쳐져 있었다. 그러나 잠든 기억이 없었으므로 나는 꿈속인지 현실인지 여전히 구별이 안 됐다. 문을 여는데 신희와 남동생 둘이 거실에 앉아 귤을 먹는 것이 보였다. 작은남동생이 고개를 바닥에 찧으며 끄덕끄덕 조는 시늉을 했다. 큰남동생이 작은남동생의 옆구리를 찌르며 말했다. 누나, 들어가서 자. 작은남동생이 눈을 게슴츠레하게 뜨며 나 안 자! 이마를 벅벅 긁었다. 똑같애, 똑같애. 신희가 허벅지를 치며 웃었고 연이어 남동생 둘이 웃음을 터뜨렸다. 나는 조용히 방문을 닫았다.

그날부터 나는 엄마와 신희가 도란거리는 소리에 잠을 자지 못했다. 내가 어디 가서 이런 얘길 하겠니, 엄마가 한숨을 지으면 얼마나 걱정이 많으시겠어요, 신희가 받아쳤다. 나를 소재로 둘은 서로를 위로하고 도닥이며 내가 모르는 그들만의 어휘를 쌓아가고 있었다. 엄마와 신희의 모습은 집요한 영상이 되어 내 머릿속에서 떠나지 않았다. 그날 이후로 나는 신희를 보지 않았다. 엄마와 나의 오랜 금기를, 비무장지대처럼 아슬아슬하게 공유하고 있던 엄마와 나만의 영역을, 신희가 휘저었다는 걸 인정할 수 없었다. 곧이어 입시철이 왔고 졸업 후 신희는 다른 지역 대학으로 떠났다. 연락은 자연스럽게 끊어졌다. 신희가 내 생활에서 사라지면서 엄마 표정에서도 다양한 색깔이 거두어졌다. 그후로 나는 오로지 신희가 없어도 평범한 생활을 할 수 있다는 걸 보여주기 위해 살았다. 졸음의 파괴력은 여지없이 혹독했기 때문에 나는 토할 것 같을 정도로 악에 바친 채로 스물네 시간을 보냈다.

대학 졸업식을 앞두고 그해 최대의 경쟁률을 기록했던 공기업 합격 소식을 전했을 때 엄마는 아무 말도 하지 않았다. 신입사원 연수를 위해 연수원에 내려가던 날, 엄마는 도톰한 30수 면사타월 두 장을 잘 말아 배낭에 넣어주는 걸로 내가 철저하게 땅에 발붙이고 살 것을 권했다. 그런 엄마를 보며 나는 외로웠다. 내가 평생을 올라야 할 언덕 곳곳엔 잠덩어리들이 진을 치고 기다렸고, 아무리 굴려올려도 그 거대한 덩어리는 전혀 닳지 않을 것이기 때문이었다. 내가 어떤 소식을 전해도 내 이력은 집안 사람들에게 '독한 것' 이상의 의미는 주지 않았다.

친척들은 모이면 여전히 귀신 붙은 애 얘기를 했다. 쌍둥이 자매를 잡아먹고 살아남은 독한 것. 그렇게 독하니 죽은 애가 잠귀신으로 붙어 이마를 쪼아먹지. 숨죽이던 풍문들이 심심할 때마다 고개를 들었다. 할머니는 집안에 소소한 우환이 있을 때마다 영이의 넋부터 달랬다. 영이의 제일을 정하고 장마철마다 엄마와 나를 절로 보내 기도입재를 하게 한 것도 할머니였다. 사람들은 고의적인 유산도 아닌데 너무 유난 아니냐고 하다가도 피투성이가 된 내 이마를 보고 나면 그렇게라도 해야지, 했다.

제기를 정리하는 엄마 얼굴에 몸살 기운이 어른거렸다. 장마 때만 되면 엄마는 몸이 아팠다. 화병이나 무병처럼 병원에 가도 병명이 없었다. 지 엄마 몸에 붙어서 안 떨어지는 거라. 태아령이, 살고 싶은 집착이 그리 강한 거다. 처녀로 죽은 영, 총각으로 죽은 영, 지 목숨 지가 끊은 영 다 상관없다. 뱃속에서 빛 못 보고 죽은 태장 영가 한 맺힌 게 제일 큰 거니. 죽을 때까지 기도해라. 할머니는 해마다 엄마 약을 달이면서 말했다.

할머니 제사가 끝났으니 엄마는 곧 기도 채비를 할 것이다. 신희의 임신 소식을 들으면서 나는 새삼 내가 내 삶을 확신해본 적이 없다는 생각이 들었다. 버스가 전복돼 그중 반이 죽는다면 나는 죽는 쪽에 포함될 거라고 생각해왔다. 화재 현장이나 전시 지역 속에 있어도 좀 확률이 컸기 때문에 죽을 확률도 컸다. 각성제에 지배된 내 몸에 다른 생명이 깃들 수 있다는 생각을 해본 적도 없었다.

방으로 건너와 자리에 눕자마자 나는 렘수면 상태로 직행했고, 어디인지 알 수 없는 공간 속으로 들어갔다. 요람을 따라서 나는 끝도 없이 계단을 올랐다. 맨 꼭대기에 이르자 넓고 푸른 고원이 펼쳐졌다. 나는 가운데에 정좌를 하고 앉았다. 그리고 미간에 의식을 집중했다. 허공에 펼쳐진 빛들이 이마를 향해 모여들었다. 손끝에서부터 짜릿함이 꿈틀거렸다. 몇 초만 있으면 오르가슴과는 비교도 안 된다는 열락이 올 거라는 걸 온몸의 근육이 말해주고 있었다. 그때 엄마가 방문을 열었다. 뭐하니. 이마로 모여들던 빛들이 빠르게 흩어졌다. 엄마가 왜 하필이면 그때 문을 열었는지, 바로 그 순간에 들켜버린 것이 나는 억울했다. 몇 초 상간으로 비껴간 세상이, 맛보지 못한 그 세상이 아쉬워서 나는 꿈속에서도 소리내어 울었다. 그 근처까지 갈 수 있다면, 다시 한

번 빛의 떨림을 예감할 수 있다면 나는 콩팥을 팔아서라도 요람에게 갈 수 있다고 꿈속에서 다짐하고 또 다짐했다.

7

해가 날 듯하다가 오후부터 잔비가 내렸다. 엄마는 식은땀을 흘리면서도 절을 시작했다. 지장전 불단에는 딸랑이와 요구르트와 아기 덧신이 놓였다.

부모 인연 지중하여 업연 따라 태에 드나 세상 인연 부족하여 빛을 보지 못한 영가, 아미타불 법력으로 태안지장 원력으로 법당 열어 부릅니다 마음 다해 부릅니다.

법당 바닥에서 한여름의 습한 냉기가 올라왔다. 천도문이 이어졌다.

세상에서 가장 넓은 어미 가슴 활짝 열고 지극참회 발원하면 못 이룰 일 무엇일까, 다시 한번 돌아보아 참회발원 하옵소서 아이들아 미안하다 정말정말 미안하다.

엄마는 좌복 위에 엎드려 계속해서 미안하다고 중얼거렸다. 나는 고개를 돌려 뜰에 앉은 동자상을 내다봤다. 이승과 저승 사이에 삼도의 강이 있어 빛을 보지 못하고 죽어간 핏덩이들이 모래밭에서 고사리손을 모아 탑을 쌓는다고 했다. 돌 하나를 들고 어미를 생각하고, 또 돌 하나를 들어 아비를 생각하며 탑을 쌓는다. 그러나 탑이 완성될 때쯤이면 매번 저승의 도깨비들이 나타나 쇠방망이로 탑을 부숴버린다. 애써 쌓아올린 탑이 무너지면 어린 영혼들은 모래밭에 쓰러져 서럽게 울다 지쳐 잠이 든다.

"그때 지장보살님이 눈물을 흘리며 나타나는 거라. 그 어린 고사리 손을 감싸안으면서 '오늘부터 나를 어미라 불러라', 그리고 삼도의 강을 건네주는 거다."

할머니는 잊을 만하면 삼도의 강변에서 시작되는 태안지장 설화를 들려주었다. 동자상이 빼곡한 이 절에 처음 왔을 때 읽은 이야기이기도 했다. 동자상들의 빨간 두건 위로 잔비가 맺히고 있었다.

장마철이라 불을 올렸는지 요사채 방바닥은 뜨끈했다. 나는 펄펄 끓는 방바닥에 치골을 대고 엎드려 밤새 엄마를 불렀다. 뜨거워 엄마. 허벅지가 델 것같이 뜨거워. 아랫배가 절절 끓어. 엄마가 자리에서 일어나 다라니를 펼쳤다. 그래야 아이를 가질 수 있단다. 엄마가 불을 지폈다. 그래야 아이가 살아난단다. 인두처럼 달군 향 끝을 후후 불며 엄마는 순식간에 향을 들어 내 질 속으로 찔러넣었다. 방구들 밑에서 아이가 자지러지게 울어댔다. 나는 자욱하게 타들어가는 자궁을 감싸고 엎드려 새벽이 될 때까지 수면마비 상태로 헤맸다. 눈을 뜨니 아침이었고 엄마가 나를 내려다보고 있었다. 생소하면서도 익숙한 모습이었다. 그리고 대할 때마다 섬뜩한 모습이었다.

절을 내려올 즈음 비는 완전히 멎었다. 버스를 기다리는 동안 네모난 간이정류장 위로 바람이 여러 번 지나갔다. 어렸을 때부터 가끔 뺨이 서늘해 고개를 돌려보면 나를 물끄러미 바라보던 엄마가 다시 시선을 돌리던 모습. 가위에 눌려 허둥대는 나를 내려다보거나 안 보는 척 그렇게 시선을 돌리는 게 엄마가 나를 보아온 방식이었다. 영이에 대해 어떤 얘기도 입에 올리지 않던 엄마는 그렇게 내 몸짓 하나하나에서 영이를 보고 내 이마 언저리에서 영이의 이야기를 찾았는지도 몰랐다. 엄마는 알고 있을까. 자신의 한 아이가 심장이 멎기 직전 짧게 허우적거렸다는 걸.

어쩌면 영이는 지영이나 희영이 같은 이름을 가진 여자애로 자라서 나와 같은 시기에 초경을 하고 취직을 하고 사랑을 하면서 살 수도 있었을 것이다. 자신이 생명을 놓았던 시간대와는 또다른, 해가 지고 노을이 붉은 수많은 저녁을 가졌을 것이다. 영이가 삼도의 강을 건넜는지 아닌지는 알 수 없었다. 분명한 건 모든 것을 기억해낸 열다섯 살 이후로 나는 한순간도 영이와 떨어진 적이 없다는 것이었다. 교실 사물함에 넣어놓은 체육복 속에도, 수능 보러 가던 날의 필통 속에도, 비틀비틀 집으로 돌아오다 올려다본 이십대의 숱한 골목 끝에도 항상 영이가 있었다. 그것은 좋고 싫고의 문제가 아니었다. 영이는 그냥 드리워져 있었다. 내가 있는 곳이 영이가 떠도는 구만리장천의 어느 한 지점이라면, 광활한 공간에서 파동으로 존재할 영이에게 나는 모든 채널을 열어 말할 것이다. 중력이 지배하는 어떤 행성에도 내려앉지 말고 가라고.

핸드폰 전원을 켜자 요람이 보낸 사진이 나타났다. 사진 속에서는 정말로 이빨이 하나도 없는 단발머리 남자애가 무릎으로 걷고 있었다. 요람은 들떠 있었다. 운전도 마음 놓고 하고, 단발머리 남자애든 머리 하얀 할머니든 밤마다 나타나는 그들을 잘 달래 돌려보내고, 뇌에 산소를 마구 불어넣으면서 이곳이 꿈이라는 걸 알아차리는 생활. 그런 생활을 나와 함께라면 할 수 있다고 요람은 확신했다. 체질을 개선하려면 지금까지의 삶의 방식과 태도를 모두 바꾸어야 했다. 때라는 것이 정말 있고 그때가 온다면, 나는 한 번도 쓰지 않은 30수 면사 타월을 엄마의 서랍 깊숙이 넣어두고 조용조용히 횡단보도를 건너와야 하겠지.

눈썹과 눈썹 사이로 햇빛이 쏟아지려는 찰나 버스가 길을 돌아 달려오고 있었다. 나는 엄마한테 물어야 할 게 하나 있었다. 버스가 앞에 도착해 문이 열리기 전에 물을 수 있을까. 버스 쪽으로 걸어가는 엄마의 등 위로 햇빛이 자글거렸다. 빛 때문인지 엄마 등이 신기루처럼 멀어져갔다. 나는 그쪽을 바라보며 중얼거렸다.

엄마는 나 가졌을 때 뭘 제일 먹고 싶었어? 엄마 나 낳을 때 많이 아팠어? 엄마 혹시 나 가졌을 때…… 밤나무골에서 자장가 부른 적 있지 않았어?

이마 위로 햇빛이 쏟아지자마자 나는 개망초 꽃더미에 발이 걸려 그 자리에 폭 엎어지고 말았다. 푸른 망초 대 사이로 알록달록한 실뱀 한 마리가 빠르게 지나갔다. 그 빛깔이 너무 고와서 나는 엄마 몰래 가슴을 쳤다.

* 소설 속 자장가는 임동권·류형선 편사 전래자장가집 『자미잠이』(보림)에서 발췌하였습니다.

전곡숲

숲이 모든 작동을 멈췄다.
정적. 다시 여름벌레들이 일제히 끓어올랐을 때
누나는 그 자리에 없었다.

협곡의 여름은 찌는 듯했다.

벌레들이 찌르듯이 울었다. 나는 누나를 불렀다. 물가의 돌에 쪼그려앉은 누나의 치마 끝이 계곡물에 조금씩 젖어들어갔기 때문이었다. 누나, 치마가 젖어, 일어나. 아니면 누나, 치마가 젖어, 끝을 당겨서 종아리 뒤로 넣어. 나는 그렇게 말해주고 싶었다. 그러나 숲은 수천 종의 생물이 들끓는 소리로 꽉 차 있었다. 내 목소리는 금세 묻혀버렸다. 늘어진 이끼들이 발목을 감았다. 하늘에서 쏟아져내리는 것 같은 계곡 물소리. 풀 비빈 손으로 누군가 입을 틀어막는 것처럼 습한 냄새가 차올랐다. 숨이 막히고 귀가 따가웠다. 나는 숲에 갇혔다는 걸 깨달았다. 갇힌 걸 안 순간 누나가 일어났다. 치마 끝에서 물이 뚝뚝 떨어지고 있었다. 누나가 나에게로 고개를 돌렸다. 순간 강한 여름볕이 누나의 정수리 위로 쏟아져내렸다. 숲이 모든 작동을 멈췄다. 정적. 다시 여름 벌레들이 일제히 끓어올랐을 때 누나는 그 자리에 없었다.

1

숲에 들어가면 누구든 쉽게 나오지 못했다. 그걸 알면서도 사람들은 끊임없이 숲으로 들어갔다. 실종신고가 들어오면 경찰은 일단 숲부터 뒤졌다. 실종된 사람 중 상당수는 실제로 이 숲에서 발견되었다. 죽은 지 얼마 안 된 멀쩡한 얼굴로 발견되는 사람도 있었고 덜 마른 토사물처럼 부패되어 발견되는 사람도 있었다. 좋은 장소를 택한 사람은 수년, 혹은 수십 년 뒤에 완전한 백골상태로 발견되었다. 그보다 더 좋은 장소를 찾아 들어간 사람은 사람들에게 발견되지 않았다.

백골들은 대부분 체크무늬 셔츠나 면바지를 그대로 입고 있었다. 백골들의 주머니에서는 지갑과 핸드폰이 나왔다. 옆에 소주병이 놓여 있기도 했다. 소주병이 있는 경우 그 백골은 균사가 하얗게 퍼진 낙엽을 베고 누워 나무 우듬지를 보며 천천히, 취하듯 죽어갔다는 것을 알 수 있었다.

누나와 나는 매일같이 그 숲에 들어갔다. 숲은 용암대지가 만든 협곡 안에 있었다. 지진이 갈라놓은 틈새처럼, 넓고 평평한 대지 사이에는 현무암 절벽이 거대하게 파여 있었다. 이십여만 년 전의 용암이 굳어 생긴 절벽이었다. 협곡 사이로는 '검고 큰 강'이 흘렀다. 물줄기는 곳곳에 여울과 소와 폭포를 만들었고 그 틈새에 크고 작은 숲들이 생겨났다. 그러므로 숲은 대지 위에 솟은 숲이 아니라 대지 사이의 틈에 숨어 있는 숲이었다. 용암대지 위에 터를 잡고 살아온 사람들은 누구나 그 숲의 기능을 알았다. 아직도 대분출의 온도를 잊지 않은 것처럼 일 년의 반 이상이 찌는 듯한 여름인 숲. 나무에서 증발된 물 입자가 협곡에 갇혀 떠도는 숲. 늙은 나무들이 수액을 흘리고, 버섯의 포자들이 날아다니고, 미생물들이 끊임없이 이동하는 숲. 그래서 많은 것을 숨길 수 있는 숲. 용암이 만든 깊고 거대한 골짜기 안의 그 숲을 사람들은 전곡숲이라고 불렀다.

숲이 언제부터 거기에 있었는지는 모른다. 그러나 누나는 내가 태어날 때부터 내 옆에 있었다. 내가 기억하는 최초의 누나 모습은 곰인형을 무릎에 누이고 앉아 어르는 모습이었다. 그때도 누나는 표정을 가리는 볕 속에 앉아 있었다. 빛 속에서 부유하는 인형의 털들 사이로 누나의 머리방울이 반짝였다. 나는 기저귀를 끌며 필사적으로 기어갔다. 기어가서 본 누나는 인형을 어르는 게 아니라 무릎에 누인 채로 눈깔을 파내고 있었다. 새알 초콜릿 같은 단추 눈깔들이 누나 손끝에서 끈질기게 떨어져나왔다. 누나한테는 인형이 많았다. 곰인형뿐 아니라 소나 염소나 돼지 같은 유제류 인형, 쥐나 비버 같은 설치류 인형, 악어 같은 파충류 인형도 있었다. 그것들에 싫증나면 내가 누나의 인형이 되어야 했다. 나는 누나가 볶은 플라스틱 당근을 먹고 누나가 눈깔을 모두 빼놓은 유제류와 설치류와 파충류 틈에 누워 환자 역할을 하다가 누나 등에 업혀서 잠이 들었다.

숲에 가면 새알 초콜릿과는 비교도 안 되는 작고 촘촘한 알이 지천이었다. 벗겨진 나무 수피를 들추기만 해도 엄청난 알무더기들이 쏟아졌다. 누나는 징그러워, 징그러워 하면서 딱정벌레 알을 으깨고 다녔다. 더러워, 더러워 하면서 흰개미 무리를 발로 비볐다. 몸을 말고 있는 유충을 집어올려 터뜨리면 누나 손끝에서 하얀 즙이 비어져나왔다. 그때마다 누나는 징그러워, 더러워 하면서 몸을 떨었다. 누나는 즙을 바르려고 쫓아왔고 나는 잡히지 않을 만큼 달렸다.

그 놀이는 우리가 교복을 입을 만큼 자랐을 때에도 계속되었다. 누나는 징그럽다거나 더럽다는 말끝에 욕을 붙이게 되었다. 교복을 입은 아이들은 누구나 욕을 했다. 협곡에 갇힌 숲의 소음과 함께 누나는 숲속에서, 계곡가에서, 빛 속으로 한참씩 사라졌다 나타났다. 누나가 햇빛 속으로 몸을 감추던 날 나는 숲에서 첫 수음을 했다. 나는 누나가 뾰족한 손톱으로 내 하얀 알갱이들을 으깨는 상상을 했다. 터질 것 같았다. 그러나 그런 상상이 옳지 못하다는 것을 알았기 때문에 나는 내 알갱이들을 현무암 속에 숨겼다. 계곡 어디에나 검은 구멍이 숭숭한 현무암 덩어리들이 있었고 현무암은 내 하얀 알갱이를 감쪽같이 흡수해버렸다. 나는 누나가 숲에 굴러다니는 어떤 현무암도 만지지 않길 바랐다.

숲에서 지내는 시간이 많아지면서 우리는 숲을 헤매는 사람들을 만나게 되었다. 대부분 실종자 가족들이었다. 그들은 경찰서로 신고가 들어오는 의문의 사체들을 확인하는 틈틈이 숲에서 사라진 가족을 찾아다녔다. 간밤의 꿈에 기대, 점술가의 점괘에 기대 어느 바위 뒤, 어느 나무 밑의 특정한 장소를 찾는 듯했지만 보통은 저물녘이 되어서 온몸이 긁힌 채로 숲에서 나왔다. 숲은 대지 위에서 보면 협곡 사이에 커다란 잠자리채를 엎어놓은 것처럼 보였다. 작지는 않았지만 그렇다고 보통의 성인이 하루 종일 걸어다닐 만한 반경도 아니었다. 사람들이 같은 장소를 돌다 나오는 것이 아니라면 숲은 보기보다 훨씬 깊을 수 있었다. 숲으로 가는 사람들은 협곡의 주상절리 사이를 개미처럼 타고 내려온 뒤 숲 초입의 가건물을 지나 숲 안으로 들어갔다. 가건물 안에서는 협곡의 절벽이 한눈에 건너다보였다. 절벽은 용암과 강물이 만난 마지막 순간의 선들로 얽혀 있었다. 절리의 선들은 자세히 보면 모두 덩굴처럼 숲을 향해 뻗어 있었다.

실종자 가족들은 간혹 우리에게 무언가를 묻기도 했지만 우리가 썩어가는 사람들을 실제로 본 적은 없었다. 그러나 사체 하나가 던져지면 숲은 노골적으로 신호를 보냈다. 냄새, 한번 맡은 뒤로는 절대 잊을 수 없고 누군가 가르쳐주지 않아도 저절로 알게 되는 냄새. 풀냄새 같은 것. 살냄새 같은 것. 똥냄새 같은 것. 그런 냄새들이 한데 뒤섞여 숲냄새라고밖에는 말할 방법이 없는 어떤 향에 강하게 결속되어 있었다. 냄새를 신호탄으로 숲은 다른 리듬으로 움직였다. 땅 밑에서부터 하늘을 가린 우듬지까지, 숲은 하나의 아가리가 되어 사체를 귀신같이 해치웠다. 숲이 우적거릴 때마다 절벽의 절리들이 관자놀이처럼 움직였다. 일 년의 반이 한여름인 숲은 배가 부른 곤충들로 잉잉거렸다. 곤충들은 어디에서나 교미했고 숲의 모든 틈을 비집고 들어가 끈질기게 알을 깠다.

아빠는 병사들과 함께 숲에서 실종자들을 수색했다. 숲이 신호를 보내는데도 사체를 찾을 수 없을 때 마을은 불안한 공기에 휩싸였다. 아빠는 병사들을 돌려보낸 뒤에도 혼자서 숲을 헤매고 다녔다. 아빠 군복엔 늘 풀물과 나뭇진이 엉겨 있었다. 아빠 군복은 어떤 옷보다도 숲 색깔과 비슷했기 때문에 우리는 덤불숲이 일렁이거나 새들이 날아오르면 아빠겠거니 했다.

아빠 낌새가 느껴지면 우리는 가건물로 들어갔다. 오래전 채석장이 있던 자리라고도 했고 납골당에 비석을 납품하던 석재상이 있던 자리라고도 했다. 이제는 우거진 수풀 속에 샌드위치 패널로 지은 가건물 하나만 남아 있었다. 이끼와 붉은 녹으로 뒤덮여 있었지만 다닥다닥한 군인관사보다 훨씬 편안했다. 어려서는 계곡의 돌을 주워와 누나와 그 안에서 소꿉놀이를 했다. 누나는 오목한 돌 하나와 잘 벼른 돌 하나를 준비해 풀잎이 걸쭉해질 때까지 빻았다. 누나는 빻은 풀을 내 몸 구석구석에 넣었다가 꺼내서 냄새를 맡았다. 몸에서 빼낸 풀에선 풀냄새 같기도 하고 살냄새 같기도 하고 똥냄새 같기도 한 냄새가 났다. 시간이 지나면서 누나는 엄마의 마늘 절구를 가져와 살아 움직이는 것들을 빻기 시작했다. 누나는 구더기를 번식시키는 여러 방법을 알고 있었다. 식빵 봉지에 코다리 한 토막을 넣고 구멍을 뚫어놓으면 한나절도 안 돼 봉지 가득 구더기가 끓어올랐다. "아, 씨발. 징그러워." 누나의 손을 탄 구더기들은 마늘 절구를 기어오르다 도르륵도르륵 떨어져내렸다. 한여름, 한낮, 가건물 안에서 팔베개를 하고 협곡을 건너다보고 있으면 나도 모르게 낮잠에 빠질 때가 많았다. 어질어질 이어진 절리의 선들을 좇다보면 구더기 무리가 절구 속으로 떨어지는 소리가 눈 내리는 소리처럼 가물거렸다.

"꼭꼭 씹어 먹어라." 우리는 엄마한테 이 말을 제일 많이 들었다. 그다음으로 많이 들은 말은 숲에 가지 말라는 말이었다. 대충 씹어넘기는 것과 숲에 가는 것 다음으로 엄마가 싫어하는 것은 누나가 끌칼을 들고 있는 것이었다. 누나한테는 끌칼 하나만 쥐고도 이런저런 것을 슥슥 만들어내는 신기한 손재주가 있었다. 아빠한테 물려받은 것이었다. "꼭 그런 것만 빼다 닮지. 순 쓸데없는 거." 아빠나 누나가 입을 꾹 다물고 앉아 한곳만을 바라보며 다른 것에 열중하는 것을 엄마는 좋아하지 않았다. 하지만 나는 누나가 목을 길게 빼고 나무에 코를 박고 있는 모습이 좋았다. 누나가 알과 유충에서 벗어나 고요하게 가라앉을 때는 끌칼을 잡을 때뿐이었다. 끌 자국 하나가 만들어질 때마다 손끝에서 시작된 어떤 힘이, 누나의 빗장뼈를 타고 척추선까지 단숨에 이어지는 것을 나는 숨을 죽이고 바라보았다. 그러면 곧이어 이상한 허전함이, 설명할 길 없는 허전함이 차올랐다.

방학 때는 두 달 내내 숲에서 지낼 수 있었다. 가건물에는 선풍기와 담요와 간이탁자 같은 것들이 하나둘 늘어갔다. 나는 전곡에서 다리가 가장 길었고 가장 빨리 달릴 수 있었다. 그러나 누나는 내 어깨가 벌어지고 다리에 털이 무성해진 뒤로는 내 몸에 손을 대지 않았다. 우악스럽게 머리를 끌어당겨 귓밥을 파주지도 않았고 때 있나 보자고 팔을 들추거나 목을 젖히지도 않았다. 누나는 더러워, 더러워 하면서도 귓밥이 차 있거나 흙때가 새까맣게 낀 것을 너무 좋아했기 때문에 나는 집에 오는 시간엔 땀에 전 몸을 씻지 않으려고 노력했다. 몸에 손을 대지는 않았지만 나는 누나가 내 냄새만은 어쩔 수 없이 맡고 있다는 걸 알고 있었다.

엄마는 가입된 모임도, 맡은 소임도 많았기 때문에 우리가 어디서 무엇을 하는지 일일이 신경을 쓰지 못했다. 가끔 밥상에 마주 앉을 때는 어떤 사람들과 어울려야 하는지 이런저런 말을 반복했다. 종합해보면 모두 아빠와 반대되는 것들이었다. 엄마는 리더십이 있는 남자들을 무척 좋아했는데 아빠가 리더십이 없기 때문이었다. 혼자 앉아서 나무 깎는 것이 적성인 사람이 어떻게 이십 년 넘게 군인일 수 있는지 아무도 이해하지 못했다. 숲은 혼자서 뒤질 수 있어도 전쟁은 혼자 할 수 있는 게 아니었다. 아빠는 항상 여러 결의 음울함에 젖어 있었고 아빠가 웅덩이처럼 안고 사는 감정들은 어떤 식으로든 우리에게 영향을 주었다. 누나와 나는 태어날 때부터 그 기운에 둘러싸여 있었다. 엄마는 아빠를 닮은 누나와 내 앞에서 아빠한테 물려받은 특성들을 제거하고 살 것을 강요했다. 그것은 천성을 거스르는 일이었다.

"토막을 내버릴 거야." 담임한테 뺨을 맞고 온 날 누나가 샌드위치 패널 벽에 손톱을 짓이기며 말했다. 누나가 그 말을 한 몇 주 뒤에 실제로 숲에서는 토막 사체가 발견되었다. 그래서 우리는 숲에 제 발로 죽으러 들어가는 사람들 외에 누군가를 죽인 뒤에 숨기러 오는 사람도 있다는 것을 알게 되었다. 그것은 마을에 미세한 동요를 던져주었다. 사라지고 찾는 일 외에 숲에서 다른 것도 할 수 있다는 걸 그전에는 아무도 몰랐던 것이다.

육상부 하계합숙을 마치고 왔을 때 숲은 여름의 정중앙을 통과하고 있었다. 검푸르게 독이 오른 잎사귀들로 숲은 무겁고 습했다. 응달의 나무를 타고 오른 이끼들이 가지 끝까지 발아했다. 누나는 계곡가에 앉아 하릴없이 리코더를 불다 멈추다 했다. 분무기를 뿌린 것처럼 숲은 증기로 빽빽했다. 누나가 리코더를 털려고 일어섰을 때였다. 어디선가 물기 있는 것들끼리 맞물리는 찔꺽거리는 소리가 났다. 우리는 소리가 나는 곳을 향해 동시에 미끄러져내려갔다. 여자는 남자의 몸 위에 올라가 있었다. 여자는 가슴이 늘어지고 배가 출렁였지만 입술은 홍옥처럼 붉고 유두는 흑단처럼 검었다. 민달팽이가 지나간 것처럼 여자와 남자의 몸은 점액질로 미끈거리고 있었다. 남자 위에서 철벅거리던 여자가 돌연 머리를 쳐들었다. 무거운 가구를 밀 때처럼 얼굴이 일그러지더니 여자의 입과 콧구멍이 동시에 벌어졌다. 나는 누나를 보았다. 누나는 석상처럼 굳어서 여자한테서 눈을 떼지 못하고 있었다. 나는 누나의 팔을 잡았다. 한참을 굳어 있던 누나가 내 쪽으로 고개를 돌렸다. 천천히, 오래된 선풍기가 회전을 하듯이 천천히, 숲이 모든 작동을 멈췄다. 다시 여름 벌레들이 끓어올랐을 때 누나는 옆에 없었다. 누나는 달아나고 있었다. 뒷걸음질을 치던 누나가 이끼를 밟고 나동그라졌다. 나는 발목을 접질린 누나를 부축해 걸었다. 누나의 팔이 내 팔에서 자꾸 미끄러져나갔다. 똑바로 못 잡아? 물을 뒤집어쓴 누나가 악을 썼다. 나는 숲이 움직인다고 느꼈다. 숲이 우리를 덮칠 듯이 몸을 펼치고 있었다. 나는 누나의 팔을 휘어감고 필사적으로 걸었다. 어떻게든 숲을 탈출해야 된다는 생각뿐이었다. 돌아보니 숲의 우듬지층 위로 새들이 한꺼번에 날아오르고 있었다.

누나는 발목에 깁스를 했다. 보름 정도 통원치료를 해야 된다고 했다. 병원은 저녁에 아빠가 차로 데려다주었다. 누나는 아빠와 둘이 차에 있어야 하는 몇십 분간을 못 견뎌했다. 택시비를 내놓으라고 어느 저녁엔 국을 엎었다. 아빠 앞에서 국을 엎는 것은 위험한 일이었다. 아무리 리더십이 없다고 해도 아빠는 치명적인 무기를 소지한 사람이었다. 누나가 국을 엎고 나간 문밖을 아빠는 서서 바라보았다. 아빠는 엄마가 항상 건조대 바깥에 널어 말리는 가로줄무늬 티셔츠를 입고 있었다. 아빠는 여름이면 그 옷을 제일 많이 입었다. 나는 아빠 뒤에 서 있었기 때문에 땀 찬 셔츠로 아빠의 등뼈가 도드라지는 것을 보았을 뿐 아빠가 화를 참는지 슬퍼하는지 표정을 읽을 수가 없었다. 문밖을 바라보던 아빠는 누나한테 욕을 퍼붓는 엄마의 허리를 잠깐 쳐다보다가 다시 밥상에 앉았다. 그뿐이었다. 며칠이 다시 조용하게 지나가고 누나의 통원치료가 끝날 즈음, 아빠는 집을 나갔다. 그리고 돌아오지 않았다. 아빠가 이대로 소식이 없다면 아빠는 전국에서 사라진 스물두번째 사람이 되는 것이었다. 아빠가 사라지기 전 아빠와 단둘이 가장 많은 시간을 보낸 사람은 누나였다. 누나는 아무 말도 하지 않았다. 엄마가 차린 밥을 꾸역꾸역 먹더니 엄마 면전에서 손가락을 넣어보란 듯이 토했다. 그러고는 숲속 가건물에 들어가 나오지 않았다.

“말 좀 해봐, 누나. 아빠한테 이상한 낌새 없었어? 아빠가 무슨 말 안 했어?”

누나가 수십 번도 더 들었을 질문이었다. 바닥에 주저앉아 있던 누나가 나를 올려다봤다.

“아빠를 찾으면 죽을 줄 알아.”

엄마가 숲속 가건물로 찾아온 건 누나가 집에 들어가지 않은 지 일주일이 지났을 때였다. 엄마는 중대한 결심을 한 사람처럼 핏발이 선 얼굴로 문가에 서서 우리를 내려다봤다. 아빠가 사라지고 나서야 우리는 전국에서 사람들이 사라진다는 걸 실감했다. 그러나 우리는 아무것도 이해하지 못했다. 사라진 사람들이 왜 숲에서 발견되고, 또 왜 일부는 발견되지 않는지. 발견되지 않는 사람들은 지금 어디에 있는

지. 왜 유독 전곡 사람들만 사라지는지.

가건물 안으로 저벅저벅 걸어들어온 엄마는 탁자 위에 종이 한 장을 내려놓았다. 그것은 뜻밖에도 호적등본이었다. 거기에 우리의 본적이 적혀 있었다.

경기도 연천군 전곡읍 전곡리 178-1.

한여름, 한낮, 숲은 눈이 따가울 정도로 후텁지근했다. 가건물 안에서 오래된 선풍기가 삐걱거리며 돌아갔다. 누나는 고개를 묻고 앉아 나무 위에서 끌칼을 움직이고 있었다. 누나가 손끝에 힘을 모을 때마다 나무의 옹이가 댕강댕강 떨어져나갔다. 선풍기 바람은 끌칼을 쥔 누나의 이마를 지나고, 마늘 절구와 돌조각들을 지나고, 멀찍이 앉은 엄마를 건너 내 쪽으로 불어왔다.

"네 누나 낳기 며칠 전에 혼자서 바람을 쐬러 나갔었다."

호적등본을 내려놓은 엄마는 '검고 큰 강'에 나갔던 어느 해 겨울 얘기를 꺼냈다. 우리는 영문을 모르는 채로 그냥 자리에 앉아 있었다.

"만삭으로 뒤뚱거리면서 왜 추운 겨울에 거기까지 혼자 나갔는지 모르겠다. 아마 네 아빠가 또 무슨 일로 복장을 터지게 했겠지."

엄마는 할 얘기들을 집에서 몇 번 연습해온 것처럼 숨을 골랐다. 누나는 여차하면 일어나 나가겠다는 표정으로 나무만 밀었다.

"걷고 있는데 저쪽으로 미군 하나랑 한국 여자가 보였어. 딱 봐도 심상치가 않았다. 남자가 돌덩이를 들고 여자를 내리찍으려고 하더라. 그냥 두면 여자가 죽겠구나 싶어서 소리를 지르면서 뛰어갔다. 남자가 미친놈처럼 널을 뛰더라. 그런데 그게 좋아서 그러는 거였어. 여자 말로는 돌 몇 개를 줍더니 계속 그러고 있다더라. 남자가 여자한테 뭐라 당부를 하더니 돌을 주워들고 부대로 갔어. 여자가 말동무나 하면서 같이 기다리자고 하더라. 그래서 여자랑 같이 거기에 서 있었다."

엄마와 여자는 겨울 저물녘에 용암대지 위에 서 있었다.

"네 아빠도 군인이고, 그 여자 애인도 군인이니 말이 통했다. 지금이나 그때나, 연천이든 동두천이든 사방 군인들밖에 없었다. 기다리는 동안 여자가 투덜거리더라. 몇 주 만에 겨우 시간을 내서 놀러 왔는데, 김밥도 싸고 물도 끓여서 왔는데, 남자가 하루 종일 자기를 찬밥 취급했다는 둥. 그러다가 또 얼굴이 발개져서는 내 배를 보면서 자기도 애를 갖고 싶다는 둥. 남자가 그래도 마음 씀이 깊다는 둥. 맞장구를 쳐주면서 같이 있는데 강 쪽으로 바람이 불어갔다. 지금은 유원지가 됐지만 그때만 해도 사람 하나 없고 조용했어. 우리가 서 있던 데가 새 길을 내느라 강가 둔덕이 잘려나간 곳이었다. 굵기가 다른 흙들이 층층이 쌓여 있었어."

퇴적층이 쌓인 검고 큰 강의 둔덕에 엄마는 서 있었다.

"다시 강 쪽으로 바람이 불어갔다. 종알대던 여자가 갑자기 말을 멈췄어. 나도 숨을 멈췄다. 귀가 멍해지면서 아무 소리도 들리지가 않았어. 이상했다. 기분이 진짜, 이상했어. 내 생전 그런 경험은 처음이었다. 잠깐 딴 세상에 들어와 있는 것 같았어. 갑자기 몸만 쑥 이동한 것처럼, 옆에 있던 여자가 보이지 않았다. 네 누나가 뱃속에서 발로 차는 바람에 겨우 다시 돌아왔어. 남자가 저쪽에서 뛰어오더라."

남자는 부대에 가서 카메라와 군용 작전지도를 가지고 돌아와 발견

지점을 표시하고 기록했다. 남자는 고고학을 공부하다 학비를 벌기 위해 군에 입대한, 동두천 미군 2사단 헬리콥터장 기상관으로 근무하던 그렉 보웬이라는 병사였다. 그날 남자는 애인과 놀러 갔던 검고 큰 강가에서 주먹도끼 세 점, 가로날도끼 두 점, 긁개 한 점을 발견했다.

선풍기는 천천히, 그렇지만 멈추지 않고 회전했다. 너무 더워서인지 아니면 선풍기에서 들려오는 규칙적인 소음 때문인지 엄마 얘기는 비현실적으로 들렸다. 협곡의 선들을 바라볼 때처럼 몸이 나른해졌다. 선풍기는 다시 누나의 이마를 지나고, 마늘 절구와 엄마를 건너 나에게 불어왔다. 누나는 나무를 긁던 자세 그대로 끌칼질을 멈추고 어느새 얘기를 듣고 있었다. 누나의 발등 위에 검은색 나무옹이들이 쌓여 있는 것이 보였다.

퇴적층의 층위마다 불을 피우던 숯이, 먹을 것을 자르던 돌이 숨은 단면 옆에 엄마가, 정확히 말하면 엄마와 누나가 있었다. 나는 그때 엄마 뱃속에서 꿈틀대던 당사자가 내가 아니라서 다행이라는 생각을 했다.

"안심이 됐다."

엄마가 말했다. 먹기 힘든 약을 삼키듯이. 눈을 질끈 감듯이. 그 말을 하고 나면 깨진 조각을 붙일 수 있다는 듯이. 우는 아이를 일단은 달래겠다는 듯이.

"그냥, 안심이 됐어. 그 까마득한 때부터 여기에서 사람들이 불 피우고 먹고 잤다는 생각을 하니까. 안심이 됐다. 증거가 눈앞에 있으니까."

"증거?"

누나가 끌칼을 내던지며 일어섰다. 누나의 발등에 쌓여 있던 나무 옹이들이 바닥으로 굴러떨어졌다. 그것은 엄마의 흑단 같은 유두와 소름끼치도록 닮아 있었다. 엄마한테 얼굴을 들이댄 누나의 입술에서 씨이발, 이라는 말이 짓씹어져 나왔다.

"씨이발, 그럼 이게 다 진짜라는 거야?"

계곡의 일을 목격하고, 아빠가 사라지고, 엄마가 이상한 얘기를 하던 그날까지 우리가 그해 여름에 겪은 일은 잠깐의 낮잠 같았다. 엄마의 말은 다 들어맞았다. 누나가 이 용암대지 위에서 태어난 것은 전곡에서 전기 구석기의 아슐리안형 주먹도끼가 발견되던 해가 맞았다. 용암대지 위에서 자란 아이들은 소풍 때마다, 야외학습 때마다 퇴적층과 유구들을 두 눈으로 똑똑히 확인하며 자랐다. 그리고 전곡은 분명히 해마다 돼지고기를 쌓아놓고 구석기축제를 벌이는 곳이었다. 우리가 숲에서, 계곡에서, 이 대지 위에서 겪은 일들이 진짜가 아니라고 반박할 여지가 없었다. 누나는 몇십만 년의 진화를 몇 주 만에 겪어버린 것처럼 정신을 차리지 못했다. 누나가 그 일들을 흡수하고 반응하는 강도는 예상을 뛰어넘는 것이었다. 누나는 종잡을 수 없이 포악해졌다가 뜬금없이 침묵했고 나를 함부로 대했다. 그런 여름이 몇 번이고 되풀이되었다.

몇 년이 지나도 아빠한테서는 소식이 오지 않았다.

나는 구석기축제가 군郡 단독 개최로 결정됐다는 소식을 들으며 입대했다.

2

엄마와 누나는 한 번도 면회를 오지 않았다. 그래도 나는 엄마와 누나에게 꾸준히 소식을 보냈다. 끝에는 꼭 아빠 소식을 물었다. 휴가를 나와서 보면 엄마는 일을 하고 누나는 학교에 있었다. 누나는 인근 대학 기숙사에 들어가 주말에도 거의 내려오지 않는 듯했다. 엄마가 끓여준 국을 엎고 밥을 토하던 누나는 엄마가 대는 돈으로는 별말 없이 학교에 다녔다. 엄마는 다른 실종자 가족들처럼 원망과 한탄을 반복하며 아빠 생사를 확인하는 일에 나머지 시간을 쏟는 듯했다. 아빠 뒤로 전곡에서는 두 명이 더 사라진 상태였다. 사람이 죽은 자리는 메워져도 사람이 사라진 자리는 메워지지 않았다. 시신을 찾아야만 메울 수 있는 구멍 하나씩을 안고 전곡 사람들은 아슬아슬하게 계절을 넘기는 중이었다.

나는 인근 전방의 탄약대대에서 오 톤 트럭을 몰았다. 대지에서 산을 굽이돌아 들어가며 탄약을 보급하고, 다시 산을 굽이돌아 대지로 나오면서 탄피를 회수했다. 무기 대신 사람을 실어나를 때도 많았다. 대지 위에서는 사람과 짐승과 새 들이 서로서로 돌아가면서 끊임없이 전염병을 앓고 있었다. 전염병 때문에 휴가와 외출이 금지된 몇 달 동안 나는 아빠의 마지막 며칠을 반복해 떠올렸다. 아빠는 아침마다 세차를 하면서 차 문 안으로 허리를 구부리고 있었다. 아빠가 차 안을 정리한 건 누나 때문이었을 것이다. 야간자율학습이 끝나고 돌아오면 아빠는 컴컴한 거실에 비스듬히 누워 텔레비전을 보고 있었다. 한쪽 다리만 굽히고 등허리를 약간 튼 아빠 특유의 자세였다. 그 두 모습 외에는 어떤 것도 떠오르지 않았다. 사이사이 나타나는 것은 오래 전 앨범에서 본 아빠의 젊었을 때 모습이었다. 사진 속에서 아빠는 지금보다 눈이 작았고 모자를 비뚤게 쓴 채 껄렁껄렁하고 장난스런 모습으로 친구들과 웃고 있었다. 잎이 무성한 나무를 짚고 선 아빠의 팔 근육이 햇빛 아래서 도드라지는 한여름 사진이었다. 그러나 그것은 내가 한 번도 본 적이 없는 낯선 표정, 낯선 모습일 뿐이었다.

엄마한테 누나 소식을 들은 것은 상병 막바지를 지날 때였다. 누나가 학교도 가지 않고, 먹지도 씻지도 않고 숲에 틀어박혀 있다는 것이었다. 죽든지 말든지, 니네 씨가리는 진짜 이가 갈린다, 엄마는 그렇게 말하고 전화를 끊었다.

밖의 계절과 상관없이 숲은 무더웠다. 주상절리를 타고 협곡 아래로 내려가자 군복이 솜처럼 무거워졌다. 누나는 숲속 가건물 안에 있었다. 처음에는 누나를 알아보지 못했다. 누나는 기괴하게 쪼그라들어 있었다. 볼이 쏙 들어간 얼굴에서 눈만 번들거렸고 얼마 동안 씻지 않았는지 땀에 전 악취가 풍겼다. 가건물 안은 연쇄살인범을 쫓는 형사의 방처럼 이런저런 자료로 빼곡했다. 바닥엔 자갈과 모래와 정체를 알 수 없는 흙들이 흩어져 있었다. 누나가 대충 씹다 던져버린 소시지 단면에서 쉬파리의 알들이 부화하고 있었다. 나를 보자마자 누나는 극도로 흥분하며 달려왔다.

"네가 군대 가 있는 동안 내가 뭘 발견했는 줄 알아?"

누나가 종이뭉치를 흔들었다. 퇴적층이 그려진 층위 단면도였다.

"사람들이 사라진 통로를 발견했어."

누나는 내 앞에 단면도와 흙들을 펼쳐놓고 다짜고짜 무언가를 설명하기 시작했다. 누나가 펼친 단면도는 우리가 밟고 있는 땅 밑을 그린 것이었다. 맨 밑의 현무암반을 시작으로 언제부터 쌓였는지 짐작도 가지 않는 자갈층, 가는 모래층, 사질점토층, 적갈색 점토층, 부식토층이 차곡차곡 올라오고 있었다.

"숲은 이 퇴적층 중의 하나랑 연결이 돼 있어. 분명해. 얼마 전에 숲에서 이상한 흙을 발견했어. 고사리군락 부근이었어. 흙을 만졌는데 꼭 분유 분말 같은 거야. 약간 붉은빛이었고 입자가 정말 미세했어. 너무 부드러웠다고. 너도 알잖아. 어디를 걷어내도 숲은 축축해. 근데 그곳만 달랐어."

누나는 감촉을 다시 떠올리는 듯이 쉬지 않고 손끝을 비볐다.

"근데 흙이 있던 데가 어딘지 다시 찾지를 못하겠어. 아무리 뒤져도 안 나와. 분명히 있었는데. 아무튼 거기만 찾으면 돼. 내가 너 제대할 때까진 꼭 찾아놓을게. 자 봐봐, 이 퇴적층 중의 하나야. 아마 이 적갈색 점토층이 쌓이던 시기일 가능성이 커. 이 시기로 통하는 통로가 숲에 분명히 있어. 적갈색 점토층하고 숲은 같은 에너지로 묶여 있는 거지. 반대로 말이야, 이 점토층이 쌓일 때 살던 사람들이 숲으로 나올 수도 있어."

"점토층이 쌓이던 때가 언제라는 거야?"

"홍적세 어디겠지. 이런 걸 들고 다니던."

누나가 주먹도끼 도판을 구겨잡고 찍어내리는 시늉을 했다. 그러더니 다시 손끝을 물어뜯고 머리를 헝클며 가건물 안을 오갔다. 그야말로 무언가에 완전하게 사로잡힌 모습이었다. 날개 달린 성충들이 누나의 머리에 엉켜서 윙윙거렸다.

"어느 층위인지는 사실 정확하지 않아. 분명한 건 용암이 흐른 뒤라는 거야. 모래층도 점토층도 모두 현무암반 위에 있어. '검고 큰 강'은 용암이 흐르면서 바꿔놓은 새 지형 위를 흐르는 강이야. 퇴적물은 강이 현무암 위를 흐를 때 생겼어. 전곡의 모든 석기는 그 퇴적물에서 발견됐고. 사라진 사람들은 어쨌든 이 용암대지 위에 있어. 그들도 우리와 똑같은 협곡을 보고 똑같은 지형을 밟고 있다고."

"누나, 팔 년 전에 사라진 주유소 주인, 얼마 전에 백골 찾았다면서. 사람들이 사라졌는지 그냥 발견이 안 되는 건지는 아무도 몰라. 그 사람은 그냥 숲에 가서 자살한 거야."

"그래, 그 사람은 못 간 거야. 중심으로 들어가지 못하고 언저리에서 죽은 거지. 그렇지만 모두가 다 죽은 건 아니야. 분명해. 난 알 수 있어. 난 알 수 있다고!"

누나는 미친 것 같았다. 손끝을 물어뜯던 입이 피범벅이 된 걸 보고 나는 누나 손목을 낚아챘다. 열 손가락 끝에 모두 피딱지가 엉겨 있었다. 손가락마다 손톱이 벌어져 너덜거리는 걸 보고 나는 고개를 돌렸다. 맨손으로 땅을 파고 다닌 손이었다. 불현듯 엄마의 말이 떠올랐다. '내 생전 그런 경험은 처음이었다. 잠깐 딴 세상에 들어와 있는 것 같았어.' 그때 엄마는 옆에 있던 여자가 보이지 않았다고 했다. 그때 누나는 엄마 뱃속에 들어 있었다. 생각했던 것보다 훨씬 깊게, 누나는 엄마가 했던 얘기에 사로잡혀 있었다.

"그래, 사람들이 과거의 어느 층위로 사라졌다고 쳐. 홍적세도 지금만큼이나 먹고사는 게 힘들었어. 아빠가 대체 어느 층위로 사라졌다는 거야?"

"엄마가 없는 층위면 어디든 갔겠지."

누나가 내 얼굴을 뚫어지게 바라봤다. 그러고는 갑자기 두 손으로 내 볼을 감쌌다. 나는 얼어붙었다. 만진다는 행위 자체에 목적을 두고 누나가 나를 만진 것은 지난 몇 년 이래 처음이었다. 팔을 타고 누나 몸의 악취가 올라왔다. 그 냄새에 미친 듯이 코를 비비고 싶은 충동에 나는 가건물을 뛰쳐나왔다. 누나가 낄낄거리며 웃는 소리가 들렸다. 나는 한달음에 협곡을 뛰어올랐다.

그들은 이십만 년 전인 중부 홍적세 후기에 있었다.

한 손에는 불을, 한 손에는 돌을 들었다. 어깨는 구부정하고 턱은 앞으로 튀어나왔다. 낮은 이마에 광대뼈가 도드라졌고 몸에는 짐승 가죽을 둘렀다. 몸집은 지금보다 훨씬 작았지만 주먹도끼로 멧돼지의 급소를 단숨에 찌를 수 있는 다부진 근육이 있었다. 눈빛은 예리한 생기로 번뜩였다.

덥수룩한 머리는 가발로, 짐승 가죽은 호피무늬섬유로 대체할 수 있었다. 어깨는 구부정하게 들어올리고 턱은 내밀고 걸어다니면 되었다. 다만 작은 몸집과 눈빛만은 재현이 불가능했다. 그러나 축제였으므로 야생동물과의 대치나 굶주림으로 날이 선 모습보다는 밝게 웃는 편이 좋았다. 구석기축제에 투입될 구석기인의 모습이었다. 전역을 하고 돌아오자 마을은 축제 준비로 들썩이고 있었다.

누나는 집에도 숲속 가건물에도 보이지 않았다. 가건물 안은 단면도와 흙들이 말끔히 치워진 상태였다. 누나가 광분하던 흔적은 어디에도 없었다. 엄마는 자식 하나 없는 셈 치며 지내고 있었다. 집에서 엄마를 보는 것도 숲에서 누나를 만나게 되는 것도 불편했기 때문에 나는 육 개월 먼저 전역을 한 친구 집 옥탑에서 대부분의 시간을 보냈다. 친구는 축제에 투입되는 서른 명의 구석기인 중 한 명이었다. 퍼포먼스팀은 전문 연극인이었고 퍼레이드팀은 전곡 남자들로 구성되어 있었다. 전염병 대란을 겪고 난 지자체들은 지역 축제에 지역민이 참여하도록 유도했다. 가축 살처분으로 인한 정신적 고통과 실업을 위로하고 지역사회에 대한 애착심을 기른다는 취지였다. 뒤만 돌면 유적지이고 어디를 밟아도 군사시설보호구역인 곳이었다. 창고 하나도 마음대로 못 고치며 살던 마을 사람들은 축제가 열리는 초여름 며칠 동안만 미칠 수 있었다. 사라진 사람들은 돌아오지 않고, 남은 사람들은 겨우내 가축 수만 마리를 대지에 묻고 나서 맞는 축제였다. 호피 가리개 하나만 둘러야 되는 친구는 며칠째 복근을 만들고 있었다. 얼마를 준다고 해도 나는 그런 복장을 하고 마을을 돌아다닐 생각이 전혀 없었다.

협곡에도 숲에도 가지 않았지만 나는 여전히 협곡과 숲의 냄새에, 단면도를 흔들던 그날의 누나 냄새에, 누나 손끝의 피딱지가 내 얼굴을 감아쥐던 감촉에 붙들려 있었다. 찾는다던 흙은 찾은 것인지, 설마 아직도 숲에서 땅을 파고 다니는 것은 아닌지 이런저런 생각을 하다 잠이 드는 날은 누나의 환영에 시달렸다. 누나는 가건물에서 즙이 많은 아기를 낳고 있었다. 즙이 많은 아기는 팔과 다리가 수십 개씩이었다. 누나는 끌칼로 아기의 팔과 다리를 손질했다. 아기는 매끈한 기형 생물이 되었다. 기형 생물은 협곡을 타고 오르다 도르륵도르륵 떨어져내렸다. 기형 생물은 쉬지 않고 번식을 했고 순식간에 협곡 구덩이에 차오르며 몸부림쳤다. 깨고 나면 가슴이 조였다.

힘쓸 사람이 필요하다는 친구의 전화를 받고 밖으로 나간 것은 축제 전야제날이었다. 모닥불을 피울 나무들과 생나무 꼬챙이들, 부싯돌과 석기 제작 시연 때 쓰일 호박돌 들을 날랐다. 곧이어 축협에서 돼지 몸통 수십 개를 부려놓고 갔다. 머리와 내장만 없고 나머지는 다 그대로 붙어 있었다.

일을 마치고 면장갑으로 바지를 털며 허리를 폈을 때 축제장 입구의 그림이 눈에 들어왔다. 나는 대형 그림 아래로 천천히 걸어갔다. 구석기인들이 사냥물을 쫓으며 기다란 골짜기를 따라 이동하는 그림이었다. 주먹도끼를 들고 토끼와 노루를 쫓는 몇몇이 숲 아래쪽으로 보였다. 일부는 창을 들고 멧돼지를 절벽 위쪽으로 유인했다. 희미한 숲 그림자로 처리된 가건물 옆에서는 서넛이 주먹도끼로 나무뿌리를 캐고 있었다. 나는 다시 천천히 멀어지며 대형 그림 전체를 훑었다. 협곡의 선, 전곡숲의 위치, 가건물 주위에 우리가 날라다놓았던 크고 작은 돌들까지, 그림 속 골짜기는 마을의 협곡과 완벽하게 일치했다. 누나였다. 누나가 이번 축제에 관여된 게 분명했다.

축제는 시작되었다.

아침부터 가족단위 사람들이 축제장으로 몰려들었다. 나는 친구한테 이끌려 석기 제작 시연팀에서 이런저런 일을 거들었다. 혹시나 하는 마음에 주위를 살폈지만 누나는 보이지 않았다. 불 피우기와 창던지기, 족외혼을 위한 구애 퍼포먼스까지 프로그램이 다양했지만 축제의 핵심은 석기 제작 – 원시 도살 – 고기 먹기로 이어지는 '구석기 바비큐 체험'이었다. 바비큐 체험은 축제기간 내내 계속되고 가장 많은 사람들이 몰려드는 구석기축제의 간판 프로그램이었다.

석기 제작 시연사가 망칫돌을 들고 돌을 깨나갔다. 구석기시대의 대표 작품, 주먹도끼를 만드는 중이었다. 주먹도끼는 찍는 날과 자르는 날이 모두 있는 날카로운 도구였다. 손잡이 부분은 뭉툭하더라도 끝 부분은 예리하게 날을 세우는 게 핵심이었다. 시연사의 시범을 본 사람들은 모두들 호박돌 몇 개씩을 안고 앉아 돌을 깼다. 돌 양면에 날을 세운 사람들은 고기를 잘라보기 위해 옆으로 이동했다. 축협에서 공수해온 돼지 몸통은 둥글었다. 시연사가 돼지 몸통에 주먹도끼를 긋자 웅크려 있던 돼지발들이 엑스자로 펼쳐졌다. 사람들이 주먹도끼를 들고 모여 돼지의 질긴 생살을 파헤쳤다. 지그재그 형태의 거친 날이 파고들자 살덩어리와 갈빗대 들이 금세 분해되었다. 칼만큼 잘 들어! 부모들이 아이 손에 주먹도끼를 쥐여주고 어서 해보라며 등을 밀었다. 아이들이 돼지 몸통으로 와 하고 달려들어 체험학습을 했다. 가족들은 자른 고기를 들고 모닥불로 이동했다. 생나무 꼬챙이에 고기를 끼우고 익힐 차례였다. 단체 아이들을 이끄는 안내자가 모닥불 앞에서 손을 흔들었다.

"자, 고기에 불이 붙으면 무조건 큰 소리로 환호하는 거예요. 고기를 익혀먹을 수 있게 된 건요, 길러서 먹게 된 것만큼이나 축복이었어요. 그때부터 우리 인간은요, 씹는 데 오랜 시간을 안 들여도 되었답니다."

고기에 불이 붙자 함성이 솟아올랐다. 축제장은 순식간에 삼삼오오 둘러앉아 고기를 뜯어먹는 가족들로 들어찼다. 고기 굽는 연기가 대지 위로 쉬지 않고 피어올랐다. 그 사이를 횃불을 든 구석기인들이 느릿느릿 걸어다녔다.

늦은 오후가 되자 사람들이 한차례 빠지고 석기 제작장엔 한두 가족만 남았다. 한숨을 돌리던 중이었다. 뒷머리가 벗어진 남자가 걸어왔다. 술이 불콰한 얼굴로 남자가 주먹도끼를 만지작거렸다.

"이봐, 학생. 이게 뭐하는 데 쓰는 거야?"

"사냥도 하고, 칡도 캐고, 다용도로 쓰였다고 합니다."

"오 그래? 이야, 이게 결 따라서 제대로 깬 거네. 짱돌하고는 차원이 다르구만. 하긴 뭐, 이렇게 잘 드는 걸 먹을 거 자를 때만 썼겠어? 고기 손질하다가 맘에 안 드는 놈 있으면 찌르고 그랬겠지. 왜 지금도 회칼로 서로 배 쑤시고 그러잖아. 사과 깎던 걸로 신랑 찌르고. 그지?"

남아 있던 가족들이 얼굴을 찌푸리며 자리를 떴다. 둘만 남자 남자가 이를 드러내고 웃었다.

"어머닌 잘 계시고?"

누구더라. 남자를 본 적이 있었다. 그러나 어디서 봤는지 도무지 기억이 나지 않았다. 남자는 계속 석기 제작장 주위를 맴돌았다. 여기저기에 낮술에 취한 전곡 사람들이 앉아 있었다. 그 사이로 창을 든 구석기인들이 느릿느릿 걸어다녔다. 중앙무대로 사람들이 모여드는 것이 보였다. 구석기 가발 때문에 땀범벅이 된 친구가 손짓을 했다. 5사단 군악대 공연에 이어 관광학과 치어리더쇼가 한창이었다. 공연이 끝나자 무대가 잠시 술렁였다. 얼마 뒤 오십대로 보이는 부부 한 쌍이 무대 위로 올라왔다. 부부 옆으로 정장을 말끔히 입고 서서 그들을 안내하는 여자가 보였다. 여자는 놀랍게도 누나였다. 누나는 더할 수 없이 활짝 웃는 얼굴로 부부를 그렉 보웬과 그의 한국인 부인이라고 소개했다. 박수와 축포가 터져나왔다.

자신이 발견한 주먹도끼의 모형을 들어올리는 그렉 보웬의 눈에 눈물이 그렁그렁했다. 전역 후 미국에 돌아가 고고학 박사학위를 받은 그는 곳곳의 발굴 현장을 누비다 악성 관절염에 걸린 상태였다. 전곡에서 석기가 발견되기 전까지 아슐리안형 주먹도끼 문화는 유럽과 아프리카에만 존재했었다는 게 정설이었다. 자신의 인생을 바꾸어놓았고 세계구석기지도를 바꾸어놓은 젊은 날의 발견 순간을 회고하며 그렉 보웬이 부인을 뜨겁게 포옹했다. 플래시가 터지는 사이사이로 누나가 보였다. 퀭한 눈으로 가건물을 서성이던 모습은 찾아볼 수 없었다. 누나는 보기 좋게 살이 오르고 얼굴엔 홍조까지 띠고 있었다.

"우리 누나가 어떻게 저기 있지?"

"몰랐어? 올해 입찰받은 축제 대행사, 니네 누나 거기 있어. 그렉 보웬도 니네 누나가 불렀을걸?"

그러나 누나의 관심은 그렉 보웬이 아니라 그의 부인한테 있었다. 무대에서 내려온 그렉 보웬이 초등학생들에게 주먹도끼를 보여주는 동안 누나는 부인 옆에서 한시도 떨어지지 않았다. 퇴적층이 쌓인 검고 큰 강의 둔덕에 만삭의 엄마와 함께 서 있던 여자. 누나는 여자한테 확인하고 싶은 게 있는 것이었다.

"니네 누나 작품이 하나 더 있어."

친구가 누나를 눈으로 좇으며 말했다.

"내일 아주 특별한 수렵 체험이 있을 거야."

"수렵 체험?"

"한 손에 주먹도끼를 들고, 한 손엔 불에 벼른 창을 들고 숲으로 들어가는 거지. 아 진짜, 몸 근질거려 죽는 줄 알았는데 존나 기대돼."

친구가 잡고 있던 창끝을 손바닥 위에서 돌리며 실실거렸다. 다리에 힘이 풀렸다. 누나는 결국 숲으로 들어가려는 것이었다.

그렉 보웬 부부가 돌아가자 인파들은 흩어졌다. 다시 모닥불이 올라오고 부싯돌 긋는 소리가 들려왔다. 조금씩 어스름이 내리는 것을 보며 나는 소나무 움집 옆에 기대앉았다. 누나를 말려야 한다는 생각에 입이 탔다. 가족단위로 왔던 외부인들이 빠져나가고 축제장엔 전곡 사람들이 서성였다. 정리를 거들려고 일어섰을 때였다. 꼬챙이에 꿴 고기를 뜯어먹으며 구석기인 하나가 앞으로 지나갔다. 내 고개는 저절로 그쪽으로 돌아갔다. 친구인가. 그러나 친구라고 하기엔 이상하리만치 키가 작았다. 구석기인은 파장 무렵인 축제장을 느릿느릿 거닐며 협곡 쪽으로 가고 있었다. 나는 홀린 듯 뒤를 따랐다. 멧돼지 모형을 만져보고 나무 평상을 툭툭 차보던 구석기인은 협곡 위에서 멈춰 섰다. 다 뜯어먹은 꼬챙이를 아래로 던지고는 협곡의 절리를 능숙하게 타고 내려가 숲으로 들어갔다. 나는 따라 내려갈 엄두를 못 내고 협곡 위에 우두커니 섰다. 축제의 소음들이 서서히 잦아들고 석기를 패는 탁탁 소리만이 메아리처럼 골짜기를 메우고 있었다. 토끼와 멧돼지와 나무뿌리가 있던 선을 따라서 하나둘 불이 밝혀지는 것이 보였다. 나는 완전히 어두워져서야 협곡으로 내려갔다. 누나는 가건물 안에 있었다.

"왔니."

누나는 피로에 젖은 얼굴로 서 있었다. 정장을 입은 누나는 낯설었다.

"수렵 체험은 취소해. 사람들을 숲으로 몰지 말라고."

폭죽이 터지는 소리가 들렸다. 불꽃놀이가 시작된 듯했다. 자신이 서 있는 세계가 꿈속이 아니라고 안도하며 사람들은 밤늦게까지 환호하고 있었다.

"대체 무슨 일을 벌이려는 거야, 누나."

"무슨 일이 일어날진 모르지. 그렇지만 적어도 한 사람은 쥐도 새도 모르게 없어지게 될 거야."

사람들이 협곡으로 내려와 불을 지피는 소리가 들렸다. 낮부터 취한 전곡 사람들이 잉걸불 위에 독한 술과 생고기를 올려놓고 다시 취해갔다.

"그 남자는 아니야, 누나. 우린 그때 엄마밖에 보지 못했어. 누나는 그때 엄마밖에 보지 않았다고. 술 덜 깬 사람들 데리고 아무 짓도 하지 마."

"그래? 그럼 넌 그 남자인 걸 어떻게 알지?"

누나가 코앞으로 걸어와 나를 들여다봤다.

"엄마가 누구랑 붙어먹었든 관심 없어. 내가 제일 미치겠는 게 뭔 줄 알아? 그 더러운 유두를 너랑 같이 빨아먹었다는 거야. 너랑 같은 곳을. 너랑. 바로 너랑!"

취한 사람들이 아무 곳에나 옷을 벗어놓고 검고 큰 강으로 들어갔다. 팔을 그으며 뒤엉켜 싸우고 바위 뒤로 숨어들어 맞붙었다. 마을이 암묵적으로 미치는 초여름 며칠간, 일 년에 딱 이때만 만나 누나를 만지며 살 수도 있을 것 같았다.

"지옥이었어. 지옥 알아? 아마 죽을 때까지 지옥이겠지."

누나가 덩굴 같은 손아귀로 내 얼굴을 끌어당겼다. 언 땅을 파는 것 같은 힘으로 누나의 혀가 곧장 밀려들어왔다. 누나와 내 몸의 요철들이 저절로 맞물리게 내버려둔 채 이대로 누나와 함께 검고 큰 강으로 떠내려가도 좋을 것 같았다. 내가 바라온 것은 어쩌면 그것 하나뿐이었다. 나는 다리로 누나의 허리를 당겨 눌렀다.

"내일 꼭 참가해."

그러나 누나는 이미 가건물 밖을 걸어나간 뒤였다.

누나가 가고 나서도 협곡에선 밤새 불티 소리가 들렸다.

엄마가 보였다. 덤불투성이로 숲에서 가족을 찾아다니던 낯익은 얼굴들이 보였다. 낮술에 취해 축제장 곳곳을 서성이던 사람들이 보였다. 친구가 보였다.

지역민의 참여를 유도하는 수렵 체험 명목으로 누나가 숲 앞에 모은 사람들은 반 이상이 실종자 가족들이었다. 혼자서 숲 언저리만 돌다 지친 가족들은 단단한 채비를 하고 모여 있었다. 나머지는 주먹도끼와 창을 든 구석기 퍼레이드 참가자들이었고, 일부는 상금을 보고 지원한 전곡 사람들이었다. 핏발이 선 실종자 가족들과 술이 덜 깬 사람들의 흐트러진 눈빛이 뒤섞여 숲 앞에서는 이상한 긴장이 맴돌았다. 처음에는 친구와 함께 출발했다. 그러나 몸이 근질거린다던 친구는 한참 전에 어딘가로 사라진 뒤였다. 관목을 헤치고 가다보니 나는 어느새 혼자였다.

나는 아까부터 고사리군락을 향해 가고 있었다. 그러나 걸어도 걸어도 고사리숲은 가까워지지 않았다. 내가 같은 장소를 도는 게 아니라면 숲은 주름을 접었다 폈다 하며 나를 밀어내는 듯했다. 어렴풋하게 숲 너머의 소리가 들려왔다. 함성, 비명, 기합. 그런 것들이 혼합된 용암대지 위의 소리였다.

깊이 들어갈수록 고사목이 앞을 막았다. 처음 보는 버섯이 무리를 지어 있고 쓰러진 나뭇등걸이 발을 잡았다. 축축한 부식토가 내뿜는 숨 때문에 종아리를 타고 더운 김이 올라왔다. 숲에 있는 수천 종의 생물들이 숨어서 나를 지켜보는 것처럼 뒷목이 끊임없이 스멀거렸다. 다시 비명, 발소리. 어쩌면 그것은 숲 안에서 들리는 소리 같기도 했다. 멀리서 간간이 축포 소리가 들렸다.

나는 계속 걸었다. 숲 사이에서 일렁이는 은빛을 한참 좇다보니 잡히지 않던 고사리숲이 어느새 발치로 다가왔다. 고사리들은 멀리서 보는 것보다 훨씬 크고 굵었다. 나는 이상한 서늘함에 붙들려 고사리숲의 한쪽 덩굴에서 더 나아가지 못하고 있었다. 나는 숨을 멈추고 그 자리에서 조금씩 몸을 굽혔다. 덩굴 아래로 눅눅한 기운이 고여 있는 것이 느껴졌다. 그 안에 무엇인가가 있다는 생각이 직감적으로 들었다. 나는 조심스럽게 고사리잎을 젖혔다. 그리고 주저앉았다. 아빠였다. 두개골 위로 새치가 섞인 머리카락이 그대로 보였다. 텔레비전을 보며 누워 있던 특유의 자세 그대로 백골은 누워 있었다. 뼈들이 조금씩 흩어져 있는데도 한눈에 그 자세를 알아볼 수 있었다. 비바람에 변색이 된 가로줄무늬 티셔츠와 각도를 튼 한쪽 정강이뼈, 신경 치료를 하고 금을 씌운 아래 어금니가 차례차례 눈에 들어왔다. 아빠의 두개

골은 두 눈이 검은 웅덩이처럼 뻥 뚫려 있어 표정을 전혀 알아볼 수 없었다. 지갑에는 만원권 지폐 세 장, 천원권 지폐 두 장이 들어 있었다. 아빠는 사라지지 못했다. 아빠는 어디에도 다다르지 못했다. 아빠는 그냥 자살한 것뿐이었다.

아빠를 보고 나서야 나는 내가 누나의 말을 어떻게든 믿었다는 것을 깨달았다. 나는 미친 듯이 고사리 수풀을 헤쳤다. 분유 분말처럼 부드럽다는 흙을, 말할 수 없이 입자가 곱다는 그 흙을 찾아야 했다. 나는 두 손으로 땅을 파기 시작했다. 한참을 파자 손톱이 벌어졌다. 다시 한참을 파자 열 손가락에서 피가 흘렀다. 나는 울면서도 파고 웃으면서도 팠다. 누나의 처참하던 손끝을 떠올리며 파고, 아빠의 백골을 쳐다보면서 팠다. 한참을 엎드려 땅을 헤집고 났을 때였다. 누군가 다가와 있는 것이 느껴졌다. 나는 고개를 들었다. 주먹도끼를 든 구석기인이 땅을 파는 나를 내려다보고 있었다. 어둑한 빛에 가려 얼굴이 잘 보이지 않았다. 친구인가. 나는 피투성이가 된 손으로 그의 다리를 붙들었다.

"아빠를 찾았어. 나를 좀 데리고 나가줘. 여기서 좀 데리고 나가줘."

미동도 없이 서 있던 구석기인의 입에서 내가 알아들을 수 없는 소리가 새어나왔다. 나는 미간을 모으고 소리를 들었다. 말을 하는 것이 아니었다. 그는 울고 있었다. 돌을 든 구석기인이 나를 내려다보면서 조용히, 어깨를 떨면서 울고 있었다.

"씨발, 장난하지 마. 일으켜달라고!"

땅을 파는 나를 보고 우는 것인지, 아빠를 보고 우는 것인지, 대지를 보며 우는 것인지 알 수 없었지만 홍적세인은 울고 있었다.

나는 뒷걸음질을 쳤다. 눈을 질끈 감고 입구를 향해 정신없이 달렸다. 주름을 접었다 폈다 하며 나를 놓아주지 않는 숲에 갇힌 채 나는 무릎이 해지고 발목이 꺾일 때까지 쉬지 않고 내달렸다.

3

눈을 뜬 것은 빛 때문이었다. 숲의 우듬지층이 조용히 일렁이면서 빛무리가 흩어져내렸다. 숲이 반짝이는 것은 바람 때문이었다. 숲 위로 바람이 불어왔다. 후텁지근하면서도 졸린 바람. 나는 바람이 불어오는 방향으로 손을 뻗었다. 이마에서 흘러내린 땀방울이 콧등에 걸려 있다. 선풍기 바람은 누나의 콧등을 지나 나를 향해 불어오는 중이었다. 바람은 마늘 절구와 돌조각을 지났다. 누나가 손질해놓은 간이 탁자를 지나고, 매미가 울던 계곡가의 누나, 리코더를 털어서 침을 빼던 누나, 내가 도달할 수 없는 곳과 내가 가질 수 없는 것 들을 훑으면서 바람은 천천히, 너무도 느리게 돌아오고 있었다.

이윽고 바람이 나에게 당도하고 숲이 모든 작동을 멈추었을 때, 나는 퇴적 알갱이들이 골짜기 위로 날아오르는 것을 보았다. 현무암 파편과 잘고 흰 모래 들이, 적갈색 점토 입자들이 협곡을 채우며 꽃씨처럼 날아오르고 있었다. 나는 언제까지고 숲에 누워서 반짝이며 명멸하는 그것들을 넋을 잃고 바라보았다.

간밤 강가

봄은 소리없이 찾아왔다.
모든 게 간밤의 일일 뿐이라고 속삭이는 것처럼
볕은 강가의 잔얼음을 감쪽같이 걷어갔다.

1

미숙이가 집을 나가던 날은 아침부터 강에서 습한 바람이 올라왔다. 창문만 열어도 콧속과 겨드랑이가 금세 축축해지는 날이 며칠째 이어졌다. 그날 별다른 징후가 있었던 건 아니었다. 대륙고기압의 영향으로 중부 내륙지방에 안개가 짙게 끼겠다는 예보가 있었고 점심 즈음 미숙이가 자두씨를 삼켜 소금물을 타주고 토하도록 도왔을 뿐이었다. 한여름의 안개도 장폐색을 일으킬 수 있는 과일씨도, 위험하지만 살다보면 만날 수 있는 것들이었다.

오후가 지나면서 눅눅한 구름이 대기를 눌러왔다. 미숙이가 일 년 중 제일 못 견뎌하는 장마 뒤끝의 후텁지근한 날씨가 시작된 것이다. 이때만 되면 미숙이는 생기를 잃고 비루먹은 것처럼 힘들어했다. 그래서 장마가 끝나면 미숙이 피부가 정말로 헐지는 않았는지 미숙이

털들을 세심하게 들춰보아야 했다. 물을 얼릴 페트병을 얻으러 가든 슈퍼로 내려간 것이 다섯시경. 근처 수련회팀의 식사 예약이 잡혔는지 가든식당은 분주했다. 막 배가 불러오기 시작한 주인집 딸이 땀과 수염으로 뒤덮인 내 얼굴 앞에서 잠깐 짜증스런 표정을 지었고 이어 페트병 서너 개를 건넸다. 강변 사람 누구도 중단된 공사현장 컨테이너에서 미숙이만 보며 사는 시커먼 남자를 좋게 보지 않았다. 해를 등지고 땀으로 미끈거리는 슬리퍼를 끌며 돌아온 것이 한 시간 뒤. 그때는 이미 미숙이의 한 평짜리 조립식 별채가 잘못 구른 버스처럼 뒤집혀진 뒤였다.

충격적인 일이었다. 미숙이의 평소 성정으로 봤을 때 고릴라처럼 벌떡 일어나 자기 집을 밀어버리는 광경은 연관짓기 어려웠다. 누가 잡아간다고 끌려갈 미숙이가 아니었으므로 제3자가 미숙이를 납치했을 리도 없었다. 그렇다면 미숙이는 아주 어렵게, 더위에 지친 몸으로 이를 악물고 그르렁거리면서 집을 밀었을 가능성이 컸다. 더운 숨을 오래 고른 뒤 강가의 습한 잎사귀들을 헤치고 어슬렁어슬렁 걸어나갔을 미숙이의 뒷모습. 상상 속의 그 모습은 미숙이가 돌아온 뒤에도 오랫동안 나를 외롭게 했다.

그날 저녁 내내 나는 온 강가를 돌며 미숙이를 찾았다. 미숙아— 미숙아아—! 야아! 거짓말을 해도 화를 내도 시선만으로 묵묵히 나를 쓰다듬던 미숙이. 털끝 하나 부드럽지 않은 데가 없는 따사롭고 푹신한 우리 미숙이. 어둑해진 강돌 위에 맥없이 앉아 있으려니 눈물이 나려고 했다. 뒤에서 나타난 새가 소리도 없이 강을 가로질러갔다. 물풀이 흔들렸고, 어디선가 모기 한 마리가 날아와 귓가를 감질나게 맴돌았다. 나는 물에 빠진 당나귀처럼 컴컴한 공중으로 팔을 휘저으며 머리를 마구 흔들다 집으로 돌아왔다. 그때는 몰랐다. 그 여름에 그 강가에는 미숙이와 나 말고도 수많은 생물체가 날아다니고, 헤엄치고, 기어다니고 있었다는 것을. 집을 나간 하룻밤이 미숙이에게 얼마나 치명적일 수 있었는지를. 바람이 불고 해가 지고 강물이 흘렀을 뿐인 그 저녁에 말이다.

2

흙냄새가 짙고 귀가 멍멍한 걸 보니 밤새 비가 퍼부은 모양이었다. 미숙이 집을 손보다 미숙이 집에서 그대로 쪽잠이 들었던 것 같다. 꿈이었는지 실제였는지 모르지만 간밤에 미숙이의 하울링 소리를 들은 것도 같았다. 어느 고독한 절벽에 다리를 곧게 딛고 서서 하늘을 향해 우우— 우는 미숙이의 목선. 꿈속의 그 모습은 언제나 나를 설레게 하지만 현실 속의 미숙이는 조립식 패널의 군용담요 위나 강가의 시든 나무 아래에서 힘겹게 목을 젖히고 운다. 하울링이 잦은 건 괜찮다기보다 괜찮지 않다는 쪽에 가깝다.

고독한 절벽 꿈을 꾸는 날은 절벽 위에서 항상 나 혼자 떨어진다. 첨벙, 하고 정신을 차려보면 그곳은 청성부대 취사장 짬통 옆이다. 그때부터 나는 꽁꽁 언 돼지고기를 다지기 시작한다. 다지고 다져도 부식차 행렬은 내 앞에 끊임없이 고깃덩어리를 쌓아놓고 간다. 그것을 다 다져야만 부대를 나갈 수 있다는 것이다. 나는 지난 이 년 동안 계속 같은 꿈을 꾸었고 꿈에서 깨면 미숙이의 풍성한 털 속에 한참 동안 얼굴을 비벼야 정신이 들었다.

웅크린 채 고개를 드니 미숙이가 아침 습기 속에 앉아 있었다. 간밤에 어디를 헤매다 젖었는지 털들은 아무렇게나 구불거리면서 마르는 중이었고, 몹시 피곤해 보였다. 벌떡 일어나 자리를 내주자 미숙이는 자기 집으로 들어가 앞다리에 턱을 괸 채 눈을 감고 엎드렸다. 궁금한 것투성이였지만 아무것도 물어서는 안 될 것 같은 분위기였다. 벌써 발정철인가 싶었지만 미숙이가 시시껄렁한 동네 수캇을 찾아 집을 버스처럼 뒤집어놓고 나갔다고는 믿고 싶지 않았다.

어둑해져서야 나는 미숙이의 기척을 살폈다. 목덜미를 쓰다듬자 미숙이가 움찔 떨며 눈을 떴다. 미숙이의 촉촉한 콧김이 볼에 와 닿자 그제야 마음이 놓였다.

"미숙아, 내가 용접도 잘하지 않니. 널린 게 공사장 파이픈데 주워다 집 멋지게 만들어줄게. 햇빛 가릴 지붕도 만들고 페인트도 새파랗게 칠하는 거야. 그러니까 미숙아, 다시는 집도 밀지 말고 집도 나가지 마라, 응?"

그날 이후로도 미숙이는 평소와 다름없이 지냈다. 설원에서 썰매를 끌던 조상을 가진 미숙이에게 고온다습한 온대 내륙의 여름은 그 자체로 큰 난관이었다. 나는 미숙이가 여름을 무사히 나는 것만으로도 고마워서 수시로 마당에 물을 뿌리고 수건을 얼려 미숙이의 발바닥에 대주었다. 얼음을 얼린 페트병을 던져주면 미숙이는 그게 새끼라도 되는 것처럼 하루 종일 배 밑에 품고는 더위를 식혔다. 아주 가끔씩, 강물 위로 햇빛이 자글자글 사위거나 하늘이 소란스러울 때, 마치 집을 나갔던 그날 밤 외계의 존재에게 다른 종을 이식받거나 알아서는 안 될 비밀을 목격한 것처럼 미숙이의 속눈썹이 파르르 떨렸지만 나는 미숙이도 나이를 먹어가는 것일 뿐 다른 변화가 생겼다고는 생각하지 않았다.

일주일에 한두 번은 미리안에게 전화가 왔다. 그때마다 미리안은 미숙이 언니는 잘 있나? 비꼬듯 묻고는 올라오라, 내려가겠다, 엄포를 놓았지만 나는 어떻게든 다른 일을 만들었다. 산책을 나가면 미숙이는 여전히 인기가 좋았다. 미숙이와 함께 수련원이나 펜션 단지 쪽을 돌면 올라타려는 아이들부터 꺄, 하고 달려드는 여자애들까지 여기저기서 탄성이었다.

미숙이는 묵묵하고 조용했지만 어딜 가도 주눅드는 법이 없었고 다른 개가 짖어도 짖나보다, 별 신경을 쓰지 않았다. 먼 산을 바라보는 것처럼 멍하다가도 어느 순간 털을 바짝 세우며 호기심으로 킁킁거렸고 내년이 지나면 노견으로 넘어가는데도 풍성하게 말려올라가 허공을 향해 펼쳐진 꼬리는 황홀했다. 나는 쌍꺼풀이 없으면서도 눈이 크고 돌출돼 있어 가만히 있으면 좀 멍청해 보이는 인상이었기 때문에 일면 무섭고 카리스마가 느껴지는 미숙이와 함께 있으면 어깨가 으쓱해지는 게 사실이었다. 알래스칸 맬러뮤트 동호회에서도 미숙이에 대한 관심은 꾸준했다. 정모 때 모이는 풍채 좋은 개들 속에서도 미숙이는 단연 빛났다. 나는 미숙이 얘기라면 몇 시간이고 말할 거리가 있었고 어떤 친구보다도 많은 에피소드가 있었다. 미숙이를 처음 만난 두 해 전만 해도 상상하지 못하던 일이었다.

군 전역 직후 나는 중독처럼 개 관련 정보를 뒤지고 개 사진을 보며 시간을 보냈다. 군대 얘기랑 개 얘기밖에 할 게 없냐고 미리안이 투덜거린 건 그래도 시간이 지난 뒤의 일이었다. 그때는 군대 얘기든 개 얘기든 한마디도 할 수 없던 시기였다. 그런데도 나는 수전증환자처럼 손목을 덜덜 떨며 온갖 사이트를 뒤졌다. 그러다 어느 애견 직거래 분양사이트에서 미숙이를 보게 된 것이었다. 사진에는 까만 고글을 쓴 것 같은 맬러뮤트 새끼들이 오종종 모여 앉아 이쪽을 쏘아보고 있었다. 그러나 내 눈을 잡아끈 것은 분양을 기다리는 사랑스러운 새끼들이 아니라 그들 너머, 뒷배경 한쪽에 흐릿하게 앉아 있는 성견이었다. 앉은 자세만으로도 암컷의 포스가 단번에 느껴지던, 한순간에 내 시선을 붙들었던 사진 속의 미숙이. 미숙이는 무언가를 서늘히 보고 있었지만 그게 저희들끼리 신이 난 강아지인지, 돌멩이인지, 사람인지 분명치 않았다. 시선 둘 곳을 찾지 못한 채 눈동자가 부유하는 것을 나는 보았다. 오랫동안 욕망한 것을 갖지 못한 어떤 이글거림. 오래 사른 잔불 같은 화기가 분명히 미숙이를 감싸고 있었다.

애견농장이 있는 소읍의 터미널에서 나는 리드줄을 들고 한참을 서 있었다. 농장은 온갖 분비물 냄새가 뒤섞인 대형 번식장일 뿐이었다. 좁은 철제 견사에 몸을 끼워넣은 각종 개들 사이에서 미숙이가 걸어 나왔다.

"아무리 교배를 시켜도 새끼를 가져야 말이지. 어차피 짝퉁 암컷인데 중성화수술 신경 안 써도 되고. 거저 가져가시는 거야! 게다가 우리 농장에선 제일 혈통 있는 애란 말이지."

분양업자는 조악한 혈통서와 예방접종확인서를 내밀며 몇 번이고 '거저'를 강조했고 나는 서둘러 웃돈을 얹어주곤 미숙이를 데리고 나왔다. 한쪽으로 선명하게 패어올라간 분양업자의 입꼬리는 어딘지 모르게 부사관을 연상시켰다. 더러워서 피하고 싶어도 결국은 요구하는 것을 하게 만드는, 그래서 상대를 스스로 모멸감에 빠지게 하는 이상한 힘 같은 것. 새끼를 못 갖는 몸인데도 식용으로 안 넘겨지고 농장에서 버틴 게 기적 같을 따름이었다.

미숙이는 거친 상태였다. 제대로 돌봐졌다면 은은하고 고급스러웠을 울프그레이의 긴 털은 색이 바래 뻣뻣이 엉켜 있었고 피부는 여기저기 헌 상태였다. 눈과 귀는 모든 사물에 대한 경계심으로 신경질적으로 곤두서 있었고 내 팔을 문 것도 여러 번이었다. 그러나 내겐 개라는 종이 다시 나를 사로잡을 수 있다는 사실, 나를 사로잡은 상대가 정말로 내 옆에 있게 되었다는 사실, 그것만으로도 충분했다.

시간이 지나면서 미숙이는 점차 본모습을 찾아갔다. 단단한 호박색 눈빛도 더 또렷해지고 까만 코도 촉촉하게 습기를 머금었다. 혓바닥도 분홍색으로 깨끗해지고 눈에서 목을 타고 가슴과 다리로 이어지는 흰 털에도 윤기가 살아났다. 킁킁거리며 다가와 드디어 내 냄새를 맡았을 땐 세상을 다 가진 것 같았다. 미숙이는 도 닦는 것처럼 조용하다가도 가끔씩 대마왕처럼 굴 때가 있었지만 나는 그게 더 편했다. 사람들은 미숙이한테 복종훈련이나 서열훈련을 안 시켜서 나를 아래뻘로 보거나 심지어 집을 뒤집기까지 한다고 했지만 그건 모르는 얘기였다. 미숙이는 자기 관리도 철저했고 내 기분을 살피는 배려심도 있었다. 살아온 시간도 환경도 습관도 달랐지만 우리에게는 신뢰가 있었다. 시간이 지나 늙고 현명한 미숙이 옆에서 착한 동생처럼 웃을 수 있다면 나는 그것으로 충분했다.

"미숙아, 미숙아아-"

미숙이가 힐끗 쳐다보더니 다시 다리를 괴고 엎드린다. 결국 달려가는 건 내 쪽이다. 쪼르르 건너가 미숙이 목을 끌어안고 가슴팍에 얼굴을 비비면 그제야 미숙이는 답신하듯 내 얼굴을 핥아준다. 산처럼 우직하면서도 흙처럼 포근하고, 생전 짖지도 않고 호들갑스럽지도 않고. 무엇보다 미숙이는 내 군대 얘기를 잘 들어줬다.

"미숙아, 내가 군대 얘기해줄게."

이렇게 서두를 시작하면 미숙이는 벌써 얘기 들을 자세를 취한다. 곰처럼 크고 두툼한 발바닥에 얼굴을 얹고 나를 지그시 바라보는 것이다.

"저번에 어디까지 얘기했지? 맞아. 자대 배치받고 얼마 안 돼서 미리안이 면회 왔었단 얘기했지. 에휴, 그때 미리안이 줄기차게 면회만 안 왔어도 내가 지금 이렇게 묶이진 않는 건데 말이야."

나는 모기향에 불을 붙였다.

"아무튼 군에서 총기사고 같은 거 일어나잖아. 그게 경계근무 교대 때 많이 일어나거든. 그게 너무 겁나서, 사실 경계근무 열외라기에 취사병 지원한 거야. 나중엔 훈련, 작업 다 좋으니까 제발 밥만 안 했으면 좋겠다고 할 만큼 끔찍했지만 말이야."

미숙이가 뒷다리로 귀밑을 긁더니 내 등에 발을 쿵 올려놓는다. 나는 이쯤에서 매번 가슴이 두근거렸다.

"그때 말이야, 취사장 옆에서 키우던 개가 있었어. 그냥 조그만 누렁이였는데 똘망한 게 나를 얼마나 잘 따랐나 몰라. 사실 그 개 이름이 미숙이었어. 다들 미숙아, 미숙아 불렀지. 너는 큰 미숙이니까 누렁인 작은 미숙이쯤 되겠구나."

미숙이가 등장하기 시작하면 미숙이도 더욱 귀를 기울였다.

"아무튼 일병 때부터 내가 미숙이 식사 담당이었어. 아침 배식이랑 설거지 끝나고 점심 준비하기 전까지 잠깐 짬이 나는데 그때 주로 미숙이랑 놀았지. 너무 먹을 거 갖다준다고 선임한테 혼나기도 했지만 그만큼 운동도 많이 시켜줬으니까. 지금 생각하면 말이야, 그때 미숙이가 없었으면 군생활을 어떻게 버텼을까 싶어. 여름에는 식중독 관리한다고 내내 취사장 청소 매달리고. 혹한기에 훈련이라도 나가봐. 칼바람 불고 물은 없고, 버너까지 속 썩일 땐 정말 눈물났었어. 취사병한텐 주말도 없다. 그 징글징글한 한겨울에, 새벽 네시에 기상해서 물에 손 담그려면 정말 으. 근데 말이야, 컴컴한 아침에 취사장에 나가면 작은 미숙이가 막 꼬리를 흔들면서 뛰어오는 거야. 미숙이 몸에 손을 녹이면 얼마나 따뜻했는지 아니. 지금도 그 말랑말랑하고 따끈하고 꼬물거리는 느낌, 생생해. 아침에 부식차 오면 나보다 먼저 달려가서 쌀자루 옆을 뱅뱅 돌고. 지금도 눈에 선하다."

눈에 선하다, 라고 말을 하고 나니 방 안 공기가 서늘했다. 모기향 타는 냄새가 매캐했다. 나는 손갈퀴로 털을 가르며 미숙이 등을 쓸었다. 길게 일렁이는 털의 결을 보고 있으면 미숙이 몸에서 바람이 부는 것 같았다. 이렇게 큰 미숙이인데도 몸속의 여린뼈들이 손끝에 그대로 묻어왔다. 그 뼈들 사이에 얼굴을 묻고 울어도 하나도 창피하지 않을 것 같았다. 얘기를 하고 또 해도 언제까지나 들어줄 것 같은 미숙이. 하늘과 땅은 좋은 거라고 나에게 말해줄 것 같은 우리 미숙이. 그리고 내 유폐의 시절, 그 막사를 잔인하게 확인시키고 또 걷어가줄 것 같은, 아니 꼭 걷어가야만 할 미숙이.

3

처서가 되었다. 강변은 여전히 더웠지만 여름내 뛰어다니던 수련원 아르바이트 일은 숨을 돌릴 만해졌다. 간혹 수련회를 왔던 중학생 여자애들이 미숙이의 안부와 함께 교관 오빠 안녕하시냐는 메일을 보내올 뿐 미리안의 전화도 뜸했다. 예정대로라면 유스호스텔 건물의 상량식이 있고도 남았지만 반도 못 올라간 건물은 콘크리트 철근만 내놓은 채 아직 멈추어 있었다. 공사가 중단된 건 이 부근이 자연생태계 보호구역으로 지정되었기 때문이라고 했다. 강변에서 희귀 곤충이 발견되었다는 것이었다.

미숙이와 나는 공기가 선선한 새벽 무렵에 강가를 뛰거나 산책했다. 강에서 올라오는 새벽안개 속에 앉아 있으면 쓰륵쓰륵, 찰박찰박, 스읏스읏 강가의 온갖 소리들이 진동처럼 미세하게 몰려왔다. 미숙이가 하루 중 제일 편안해하는 시간이었다. 미숙이와 나는 대체 희귀 곤충이 어떤 이상한 소리를 낼까 귀를 기울이다 집으로 돌아왔다.

공사장에서 주워온 파이프를 몇 개 골라놓고 평상에 널어두었던 달걀 껍데기를 빻았다. 날씨가 선선해졌으니 제대로 된 미숙이 집을 만들어볼 생각이었다. 문 밑을 긁던 미숙이가 옆에 와서 엎드렸다. 달걀 껍데기는 털갈이 때가 되면 미숙이 사료에 뿌려주는 칼슘영양제였다. 가을로 들어서면서 미숙이는 먹는 것이 시원치 않았다. 산책도 부쩍 힘들어했고 조금만 뛰어도 헐떡거리는 날이 잦았다.

"미숙아, 너도 늙냐? 체력보강 좀 해야겠다."

미숙이 목에서 가릉거리는 소리가 들릴 때마다 걱정이 안 되는 건 아니었지만 아무리 미숙이라고 시간까지 비껴갈까, 나는 하루하루를 훙얼거리듯 넘겼다.

반바지 아래의 맨종아리에 미숙이가 얼굴을 갖다대면 나는 겨드랑이라도 간질여진 새댁처럼 다리를 꼬며 푸하하, 웃다가 표정이 근엄한 미숙이 코에 얼굴을 비빈다. 미숙이는 듬직하게 내 옆을 지키고 나는 훙얼훙얼 달걀 껍데기를 빻는 평화로운 아침. 서울이었다면 누리지 못했을 아침이다. 일 년 전 이 가시거리 백 미터의 강에 내려온 건 근처 펜션 단지에 먼저 일터를 잡고 있던 선배의 권유 때문이었다. 이 지역에 대규모 청소년수련시설이 개장된다고 했다. 벌써 공사가 착공되고 정직원을 모집한다는 얘기였다.

나는 망설일 이유가 없었다. 일하는 곳이 미숙이가 뛰어다닐 여건이 된다는 것, 낮에 미숙이를 혼자 두지 않아도 된다는 것, 그것만으로도 충분히 매력적인 조건이었다. 자기 집인 것처럼 내 방을 들락거리던 미리안과도 자연스럽게 떨어져 있을 수 있었다. 유스호스텔 교육지원팀 일을 하다보면 만나게 될 청소년 지도사나 보조 교관으로 내려오는 여자애들은 미리안과는 차원이 다를 것이기에 나는 휘파람을 불었다. 사오십대 중년 부국장들 틈에서 머리만 굴리고 입만 걸어진 미리안은 왠지 나를 주눅들게 하는 데가 있었다. 건성피부인 것도 사실 마음에 안 들었다. 무엇보다 미리안은 자기 언니 이름이 미숙이라며 미숙이를 싫어했고 미숙이와 셋이 산책을 나가면 팔짱 끼기가 불편하다, 나한테 키스를 하면서 왜 코를 핥느냐, 내가 미숙이만도 못하느냐, 으르렁대기 일쑤였다. 상대의 반려견을 이해 못 하는 건 종교가 다른 것만큼이나 같이 사는 데 불편한 일이었다.

청소년을 좋아하는 여자애라면 분명 미숙이도 좋아해줄 것이다. 그런 애라면 취사병이라고 군대에서 칼질만 하며 놀다 온 줄 알지도 않을 것이고, 비 오는 날이면 알맞게 매운 카레를 식탁에 올리고 나를 위해 창문을 닫아주기도 할 것이다. 미숙이한테 바치는 시간과 돈을 이해해주는 여자라면 그녀가 매일 군대 똥국맛이 나는 된장국을 끓여준다고 해도 좋아할 수 있을 것 같았다. 갑자기 발견된 희귀 곤충 때문에 계획이 당분간 미뤄지긴 했지만 나는 미리안한테도, 서울로도 돌아가지 않을 것이었다. 강과 산이 가까운 곳에서 직업을 찾고 경력을 쌓고 터를 내리는 것. 계획의 중심에는 이제 미숙이가 있었다.

산이 서서히 색을 바꿔가자 강가엔 아침저녁으로 미숙이의 털이 날리기 시작했다. 빗질을 해주면 죽은 털들이 구름처럼 뭉실뭉실 뭉쳐 나왔다. 미숙이가 털갈이를 시작하면 강가도 온통 수런거리며 부풀어 올랐다. 강도 몸을 뒤척이며 계절을 바꾸는 소리였다.

저녁부터 귀가 차가워지는가 싶더니 미숙이가 음식을 물리고 집으로 들어갔다. 한낮을 부유하던 공기들이 강바닥에 두껍게 내려앉자 미숙이는 조용히 앓기 시작했다. 이 의식이 한차례 지나가고 털 빠지는 것이 잦아지면 곧 발정이 시작될 것이다. 발정기가 되면 몸이 붉게 부풀고 털이 예민하게 곤두서 나조차도 다가가기가 힘들었다.

미숙이의 페로몬 냄새가 강가에 낮게 깔리는 날이면 동네 수캐들이 하룻밤에 한둘은 어슬렁거렸다. 처음엔 어떻게든 수캐들을 쫓으려 했지만 놈들은 새벽까지 나무 자재를 붙들고 허리를 흔들며 낑낑대다 돌아갔다. 나는 미숙이를 기웃대는 그 시시한 놈들이 참을 수 없이 싫었지만 그건 내 생각일 뿐이었다. 미숙이는 찾아오는 수캐들을 거부

하지 않았고 나무둥치 뒤에서 말없이 부푼 배를 내주었다. 가든식당 콜리도, 수련원 허스키도, 민박집 풍산개에 쥐똥만한 몰티즈한테까지, 미숙이는 짖지도 쳐다보지도 않은 채였다. 새끼를 못 갖는 몸이라고 해도 걱정이 안 될 수 없었고 신경이 쓰이지 않을 수도 없었다.

수컷들을 보내고 난 밤, 미숙이는 하늘을 향해 오래 울었다. 발정기가 되면 미숙이의 하울링은 더 잦아졌다. 서늘한 강가에서 땅을 파듯 우는 나이든 암캐의 목소리는 감당하기에 쉬운 소리가 아니었다. 좀체 짖는 법이 없는 미숙이지만 한번 울음을 시작하면 그 소리는 사람 마음을 후벼놓는 데가 있었다. 그런 밤이면 나도 같이 앓았다. 우우— 우우— 땅 밑에서부터 올라오는 듯한 굵고 짙은 울부짖음. 나는 미숙이의 소리를 들으면서 짖는 것도 우는 것도 아닌 울부짖는다는 말이 어떤 것인지 비로소 알았다.

설원을 달리지 못해서 답답한 것일까, 새끼를 가질 수 없어서 저렇게 허허로운 것일까, 이리저리 짐작해보기만 할 뿐 미숙이가 울부짖는 이유를 알 수는 없었다. 나는 사람이고 미숙이는 개였다. 나보다 생의 선을 더 달린, 다른 종種이고 다른 성性인 미숙이를 온전히 이해한다는 건 불가능했다.

밤새 비가 무섭게 쏟아졌다. 이마로 열이 올라오면서 등을 움직이기 힘들 만큼 몸이 저려왔다. 앓는 소리를 들었는지 미숙이가 기척도 없이 옆에 와 앉았다. 자신이 하늘을 보고 우는 날은 나도 같이 앓는다는 걸 미숙이도 이젠 알았다. 간질거리는 콧김에 눈을 뜨니 마치 시선으로 나를 치료하려는 것처럼 미숙이가 내 눈을 보고 있었다. 일렁이는 촛불을 오래 바라보는 것처럼, 산란하게 들끓던 마음들이 미숙이의 눈동자 속으로 천천히 가라앉아갔다. 언제나 내 얘기를 다 흡수해가는 눈이었다.

"미숙아, 군대 얘기해줄게."

컨테이너 위로 밤새 비가 내렸고 미숙이의 촉촉한 콧김이 이마 위에서 오래 어른거렸다.

4

친한 선임이 그랬어. 정 주지 말라고. 군대에 있으면 자칫 산나물이나 개나 까마귀한테 정을 주기 십상인데, 그러면 나중에 꼭 골치 아픈 일이 생긴다고. 그냥 파도 타듯이 하루하루 보내다 전역하면 되니까 쓸데없이 맘 묶어두지 말라고 말이야.

그 취사장을 거쳐간 개들은 대대로 이름이 미숙이였대. 내가 그 부대에 가기 전에도, 그리고 지금도 거기엔 미숙이가 있겠지. 일병 때부터 시작해서 나는 이미 작은 미숙이랑 정이 들 대로 들었어. 유격 나가서 몇백 인분 밥 해대느라 하루에 세 시간밖에 못 자면서도 미숙이 걱정뿐이었으니까. 아무튼 상병 달고 취사반장도 하면서는 미숙이랑 지낼 시간도 더 많아지고 살 만해졌지. 근데 말이야, 시간이 지나도 절대 익숙해질 수 없는 게 있는데, 그게 사람이야.

나 이병 때부터 정말 안 맞는 부사관이 하나 있었는데, 보면 그냥 기분 나쁜 사람 있잖아. 부사관도 내가 그랬나봐. 밥 질다, 반찬 짜다, 너는 눈 튀어나온 게 기분 나쁘다, 끝까지 물고 늘어지던 놈이었지. 나중엔 개랑 친해서 싫다는 거야. 허우대는 크고 멀쩡한데 제대로 사이코여서 어쨌든 기피대상 1호였어. 행정반 일병 한 명이 수도병원에서 자살을 한 적이 있었는데, 일병을 병원으로 보낸 게 그놈이란 얘기가 있었어. 병사들을 자기 게임아이템쯤으로 알던 놈이었지. 간부들 사이에서도 평판이 그저 그랬고. 아무튼 야간근무 서다가 술 안줏거리 찾겠다고 취사장 뒤집어놓고 가는 것도 그놈이 제일 많이 하는 짓이었어.

기회 되면 한마디 해야겠다고 작정하고 있었는데, 이상하게 그놈 앞에선 말이 잘 안 나오는 거야. 나중엔 더러워서 피하고 싶어도 이상하게 자기가 원하는 걸 나한테 하게 만들어. 취사반장 하면서는 어쩔 수 없이 이것저것 부딪칠 일이 많았는데 정말 할 수만 있다면 그놈 앞에선 투명인간이 되고 싶을 때가 많았어. 날 볼 때마다 실실거리면서 그랬지. '너 언제 한번 제대로 걸린다.' 다른 상황에선 다 괜찮은데 어느 한 놈하고만 있으면 이상하게 내가 쪼그라드는 거, 너 그 기분 아니.

취사병 하면서 안 그래도 많이 위축돼 있었거든. 밥하느라고 그 흔한 축구 한번 맘 편하게 못 하고. 다른 애들 훈련 끝나고 점호하는 소리 있잖아. 나 그 소리 듣는 게 참 그랬어. 남들 행군하면서 파이팅 외칠 때 어두컴컴한 취사장에서 닭죽 젓고 있는 거. 훈련 힘들다 힘들다 하면서도 얼굴들 상기돼서 이번엔 어땠다 저땠다 왁자지껄 떠드는 소리. 다른 데는 간부들이 취사병들한테 삼겹살도 구워주고 술도 사준다는데 우리 부대는 그런 것도 없었어.

근데 그날 밤에, 미숙이 재우고 일찍 취침에 들었는데 당직사관이 부르는 거야. 대대 중위였는데 야참을 해달래. 그 중위가 내가 하는 닭볶음탕을 예전부터 좋아했거든. 해다 주고 왔는데 아무래도 냉장고가 이상해. 보니까 다음날 점심에 쓸 돼지고기가 뭉텅이로 없어진 거야. 그 부사관놈이 당직이더라고. 지통실로 달려갔지. 뻔했어. 부대원들 다음날 점심반찬으로 나갈 몇십 인분 고기를 전날 밤 술안주로 반 이상을 해치우는 게 간부라는 것들이었으니까.

다른 간부들은 영외 방석집으로 벌써 2차 나가고 부사관이 맥가이버칼로 창틀 그으면서 혼자 근무 서고 있더라고. 근데 말이야, 이번엔 진짜 한마디 하려고 했거든. 근데 그놈이 씩씩대는 나를 보고는 기다렸다는 듯이 씩 웃더니 따라오라는 거야. 그러고는 저벅저벅 걸어가서 순식간에 미숙이 목줄을 끌고 취사장 뒤쪽 수풀로 들어갔어. 뭐라고 할 새도 없이 미숙이를 나무기둥으로 몰아붙이고 다리로 누르는데, 이 사이코 같은 새끼가 또 무슨 짓을 하려고 하나, 기가 막혔지. 자다 끌려나온 미숙이가 영문도 모르고 끙끙댔어.

"야, 이상병. 내가 얠 먹고 싶은데 너 어떻게 생각하냐?"

나는 하려던 얘기를 꺼냈어. 내일 병사들 반찬으로 쓸 부식인데 말입니다. 김하사님 매번 이러시면…… 내가 들어도 목소리가 점점 작아졌어. 덩치 좋은 부사관이 미숙이를 압박하면서 건들대고 있었으니까.

"야, 이상병. 너 상병 말호봉에 짬장이라고 보이는 게 없냐? 돼지고기 손질해놓은 게 아깝다 이거지. 그래도 짬장 자격이 있네. 전우들 영양보충해준다는 자부심이 없으면 그런 말 못 하지. 그것도 나한테 씨발. 얘 다져넣어."

미숙이가 답답한지 목을 빼려고 낑낑거렸어. 나는 그게 무슨 말인지 한참 생각했어.

"내 말 헛들었냐? 고기 삼십 인분이 모자란다며. 그래서 지금 나한테 가뜩이나 튀어나온 눈 부라리고 있는 거 아니야. 딱 됐네. 미숙인지 개숙인지 다지라고."

나는 부사관이 술을 먹었다는 걸 떠올렸어. 그래 술김이니까, 이쯤에서 꺾어지는 게 미숙이한테도 좋다고 생각했지. 김하사님, 왜 이러십니까. 저 사회 있을 때 동물자유연대 임원이었단 말입니다. 내 딴에는 농담 반으로 말꼬리를 내렸어. 근데 말이야, 놈이 돌았는지 더 난리를 치면서 미숙이 목줄을 홀쳐쥐고 맥가이버칼 끝을 미숙이 눈에 갖다대는 거야.

"좋아. 개를 사랑하는 애견인이라 못 다지겠다 이거지. 그럼 다른 방법으로 먹어볼까?"

칼끝이 와 닿자 미숙이가 몸을 심하게 버둥거렸어. 놈은 약기운이 떨어진 중독자 같았어. 어떻게든 칼부터 거두게 해야 돼, 그 생각이 우선 들었어. 미숙이가 끼깅댈수록 조바심이 나서 돌 것 같은데도 발은 안 움직이고. 어느 기회를 잡지, 어느 기회를 잡지. 나는 엉거주춤한 자세로 계속 숨만 몰아쉬었어.

"참고로 나도 애견인이야, 새끼야. 이틀 간격으로 삼 회 교배에 이십만원. 우리 집이 대대로 개 번식업 아니냐. 너 같은 놈이 모란시장 개 골목에서 개 붙는 냄새를 아냐? 내가 제일 싫어하는 것들이 바로 너같이 어설프게 애견하는 것들이야, 씨발! 너 오늘 나한테 애견하는 거 제대로 보여라."

놈이 윽박지르면서 팔을 움직일 때마다 미숙이 관자놀이에서 피가 조금씩 흐르기 시작했어. 숨이 막힌 미숙이가 몸을 뒤틀자 놈이 칼등으로 미숙이 머리를 후려쳤어. 놈이 끝장을 볼 작정인 걸 나는 그제야 알았어. 미숙이 머리에서 어른대는 칼, 놈이 조이고 있는 미숙이의 목줄. 그때 나는 두 손을 어떻게 써야 했을까. 미숙이를 놔달라고 비는 데 써야 했을까. 칼을 빼앗고 부사관의 목을 조르는 데 써야 했을까. 총, 나한텐 총이 필요했어.

"너 지금 내 말을 코로 듣냐? 옛날부터 여기서 미숙이를 왜 키웠는지 진짜 몰라? 만두소에서 새끼손가락이 나와야만 씨발, 사람고기 넣었는지 아느냐고, 이 밥통 새끼야!"

놈이 고함과 동시에 칼로 미숙이 등을 내리그었어. 동물이 내지르는 비명에 곡선이 있다는 걸 나는 그때 알았어. 등가죽이 찢긴 미숙이가 미친 듯이 발버둥을 쳤어. 그 큰 대대 안에, 그 많은 사람 중에, 왜 취사장 숲을 살피는 사람은 없는 걸까. 미칠 것 같았어. 누가 와서 나를 밀지 않으면 지뢰라도 밟은 것처럼 죽을 때까지 움직일 수 없을 것 같았어. 미숙이 발을 타고 떨어지는 게 피인가, 아닌가. 여기는 어디지. 내 숨소리밖에는 들리지가 않아. 땀인지 콧물인지 얼굴에서 뭐가 흘러내렸어. 찝찔한 무언가를 삼키면서 나는 놈의 얼굴을 봤어. 놈이 미숙이 꼬리를 말아쥐고 나한테로 걸어오는 걸 봤어. 놈이 내 코앞까지 주저 없이 걸어오는 걸. 내 앞에서 전투복 까고 붙어보라고 이 개애새끼야. 놈이 미숙이 꼬리를 확 젖혀올렸지.

미숙이 배를 보자마자였어. 나는 미숙이의 몸 위에, 새벽이면 취사장 옆에서 내 손을 덥혀주던 털들 위에 그날 먹은 라면을 전부 토했어. 병든 올챙이 같은 라면가락들이 미숙이의 몸을 덮고는 꼬물꼬물 기어다녔지. 그날 이후로 다시는 작은 미숙이를 보지 못했어.

5

참나무에 잎이 서너 개 남았을 때 미숙이의 집이 완성되었다. 미숙이가 몇 바퀴를 굴러도 괜찮을 넓고 멋진 견사였다. 아시바 파이프를 용접해 기둥을 만들고 차양막을 올리고 페인트를 칠하는 동안 산은 나뭇잎을 떨구었고 나는 두꺼운 점퍼를 꺼내 입었다.

강은 미숙이의 계절인 겨울을 위해 11월을 청명하게 맞는 듯 보였다. 그러나 서리가 내리고 입동이 지나자 미숙이 몸에서 이상한 소리가 들려오기 시작했다. 그 속에 누군가 들어앉은 것처럼 심장박동이 쿵쾅거렸고 간혹 들리던 가릉거리는 소리가 숨을 쉴 때마다 거칠게 넘어왔다. 여름에는 아플지언정 겨울에는 누구보다도 눈을 빛내며 강변을 뛰어다녀야 정상이었다. 그러나 미숙이는 조금만 움직여도 힘들어하며 그냥 누워 있는 날이 많았다. 땅을 파며 하울링을 하는 대신 지친 듯 앉아 마른기침을 쏟아냈다. 그리고 좀체 밥을 먹지 못하던 며칠이 지난 뒤, 거짓말처럼 배가 부풀기 시작했다.

나는 설마, 아니라고 생각했다. 어떻게든 빨리 낳게 해서 빨리 팔려는 개 번식장에서 자랐기 때문에 미숙이는 첫 발정 때부터 무리하게 교배를 당했을 가능성이 높았다. 대형견들은 골격도 덜 자라고 미숙한 상태로 첫 발정을 맞기 때문에 세번째 발정이 올 때까지 교배시기를 기다리는 게 보통이었다. 그러나 번식장에서 그런 것이 지켜졌을 리 없었다. 미숙이 또한 세균이 우글대는 좁은 케이지에 어렸을 때부터 던져졌을 것이었다. 개도 사람과 마찬가지로 신체적 충격으로도 정신적 충격으로도 불임이 될 수 있었다. 그렇다면 미숙이의 배를 부풀게 하는 건 뭐란 말인가.

동호회 형은 상상임신으로 생긴 일시적 증상일 수 있으니 당분간 더 지켜보라고 했다. 샌드위치 휴일이 끼어 며칠 동안 펜션 단지 일을 도우며 정신없이 보내고 나니 금방 다시 주말이었고 미리안이 내려왔다. 미리안의 요지는 시골에 있는 고모댁에 미숙이를 맡기고 서울로 가자는 것이었다.

"네 오기는 끝이 없구나."

미리안은 팔짱을 낀 채 견사며 컨테이너를 훑어보다 한숨을 내쉬었다.

"사람들 다 갔는데 여기서 혼자 뭐하는 거야? 그 대단한 공사 재개 기다리다가 취업은 어느 세월에 하냐?"

미리안은 언제나 그렇듯 제 성질을 자기가 못 이겨 서서히 목소리를 높이는 중이었다.

"무슨 말 좀 해봐. 언제까지 이렇게 뒤치다꺼리 인생으로 살 건데, 이 한심아!"

나는 미리안이 제발 입을 닫고 꺼져주길 바라며 말대꾸를 하지 않았다. 너는 죽었다 깨어나도 몰라. 절대 몰라. 나는 미리안을 이해시킬 생각이 없었다. 미리안은 한참을 분이 올라 씩씩대다가 제풀에 지쳐 올라갔다.

산책을 가자고 아무리 졸라도 꿈쩍 않는 미숙이를 겨우 설득해 가든식당까지 내려간 게 미리안이 다녀간 다음날이었다. 외부 평상에 사람들이 몇몇 모여 있었지만 아무도 미숙이를 돌아보지 않았다. 미숙이는 윤기 있던 풍채 대신 며칠 새 부쩍 야윈 채 배만 기형적으로 부풀어 있었다. 털도 퍼석해졌고 눈과 잇몸에 누런 고름 같은 것이 끼고 있었다. 아무래도 심상치 않았다. 신경을 못 쓴 며칠이 더없이 후회스러웠다.

숨쉬기도 힘든 듯 겨우 걷는 미숙이를 보면서 내일은 무슨 일이 있어도 병원에 가야겠다고 생각하던 중이었다. 미숙이가 우뚝 멈춰 서서 한곳을 주시했다. 그르렁거리며 가래 끓는 소리가 새나왔다. 미숙이의 시선 끝에 있는 것은 허리를 짚고 선 가든식당집 딸이었다. 계절이 바뀌는 사이에 배가 만삭으로 부풀어 있었다. 순식간이었다. 리드줄을 잡아챌 새도 없이 미숙이가 그쪽을 향해 달리기 시작했다. 그렇게 달리기 위해 몇 달을 아파온 것처럼 필사적이었다. 절뚝거리는 것인지 뒤뚱거리는 것인지 균형을 못 잡고 달리는 몸에서 쉬익- 쉬익- 바람 가르는 소리가 났다. 그러나 반도 못 가 미숙이는 발작하듯 그대로 고꾸라지고 말았다. 굵은 흙알갱이 위로 미숙이의 거구가 쓸려가며 일대에 진동을 일으켰다. 마른하늘이 갈라지는 것 같은 엄청난 순간이었다. 흙먼지에 싸인 미숙이의 입에서 흰 거품이 끓어올랐다.

혈액키트검사를 끝낸 의사는 심장초음파를 제안했다. 초음파 결과를 보고 의사가 한 첫마디는 '세상에……'였다.

"세상에…… 대단해요. 이 정도면 성충이 이미 백 마리가 넘어선 거예요. 대단한 번식력이네요. 세상에…… 미숙씨 몸이 최적의 숙주가 되고 있어요. 성충 길이가 삼십 센티미터는 되겠어요."

의사는 기막힌 사례라도 발견한 것처럼 흥분했다.

"무슨 말입니까? 알아듣게 얘기 좀 해주세요!"

"미숙씨 심장에 사상충이 살고 있단 말입니다. 정확히는 우심방과 폐동맥. 이미 자기들끼리 짝짓기하고 새끼 쳐서 심장에 터 잡고 우글거리면서 살고 있다고요. 보세요."

나는 초음파 사진을 보자마자 입을 틀어막았다. 국수가락 같은 하얀 성충 수십 마리가 그물망처럼 얽혀서 미숙이의 심장을 옭아매고 있었다. 심장사상충이었다. 말기, 라고 말하는 의사의 은귀고리가 찰랑찰랑 빛났다.

"수술하면 괜찮죠, 선생님? 수술할 수 있는 거죠, 네?"

"수술이요? 무슨 철거도 아니고, 수술은 힘들어요. 약물치료는 가능하지만 이 상태면 거의 소용이 없다고 봐야죠. 생존율이 얼마나 되려나. 아무튼 대단해요. 세상에……"

"이봐요! 지금 개를 치료하는 겁니까, 기생충을 치료하는 겁니까? 그렇게밖에 말 못 해요?"

의사는 아랑곳 않고 나를 빤히 쳐다봤다. 얄미울 정도로 반질반질해서 뺨을 확 긁어주고 싶은 표정이었다.

"미숙씨 식구로서 맘 아픈 건 알겠는데요. 솔직히 전 댁 같은 사람들 보면 화가 나요. 직업에 회의를 느낀다고 할까. 심장사상충 예방은 상식입니다, 상식. 미숙씨 같은 대형견에 노견을, 게다가 유원지 수풀에 사신다면서요. 한여름에 모기 득실대는 거 모르시나요? 아…… 정말, 사상충은 무조건 예방이에요. 증상 나타나면 이미 치명타라고요. 예방약 그거 얼마 한다고, 치료비에 비하면 껌이지."

의사는 손부채질을 하며 말을 쏘았다. 나는 할 말이 없었다. 미숙이는 죽어가는 중이었고 나는 부주의했던 것이다. 테이블을 뒤집고 싶은 심정이었다. 목이 타면서 소주 생각이 간절했다. 독한 소주 한 모금만 들이켜면 가슴을 쥐어뜯지 않고도 얘기를 들을 수 있을 것 같았다.

"그리고 바로 병원에 오셨어야죠. 저렇게 복수 찰 때까지 뭐하셨어요."

"복수요? 복수가 찼단 말입니까? 전 그냥…… 상상임신인 줄 알고…… 곧 괜찮아질 거라고 생각했습니다."

"사람들 참, 보면 다 개 의사예요. 자기들끼리 진단하고, 상상하고. 보세요, 사상충이 미숙씨 혈류를 방해하고 있어요. 혈액순환장애 증상들이 몇 달 전부터 보였을 텐데요. 숨차하고, 식욕 없고, 안 움직이려고 하고, 기침하고, 폐에 물 차고. 미숙씨 아마 많이 어지럽고 힘들었을 거예요. 점점 심해질 거고요. 객혈도 하고 제대로 걷지도 못하게 될 테니 준비하세요. 쇼크를 일으킨 것도 뇌혈관 흐름이 안 좋아서입니다."

대륙고기압의 영향으로 안개가 짙게 끼었던 지난여름이 되살아났다. 미숙이가 자기 집을 뒤집어놓고 나갔던 하룻밤. 그때 미숙이가 조우한 것은 무엇이었을까. 사상충 알을 머금고 있던 모기였을까. 강가에서 살던 희귀 곤충이었을까. 아니면 주사기를 든 외계인이었을까. 어떤 경로였든 사상충의 알이 미숙이의 몸속에 침투하던 그날 밤, 습도와 온도와 안개는 모든 여건을 만들어주었을 것이다. 알은 미숙이의 살갗에 머물다 유충이 되면서 혈관을 탔을 것이다. 아시바 파이프로 기둥을 세우고 차양막을 올리고 페인트를 칠하는 동안 유충은 미숙이의 몸속에서 성충으로 자라났을 것이다. 산이 마른 가지를 드러내고 내 점퍼가 두꺼워지는 동안 성충은 산란을 위해 미숙이의 심장으로 이동했을 것이다. 터를 잡아 새끼를 낳고, 낳고 또 낳고, 또 낳고. 그렇게 우글거리면서 미숙이 몸을 집 삼아 지금껏 살고 있을 것이었다.

미숙이는 하루가 다르게 쇠약해져갔다. 발정기마다 자근자근 앓으면서 수컷을 만나고도 새끼를 갖지 못한 미숙이가 다른 생명체를 몸속에 번식시키며 죽어가고 있는 것이었다. 우심방과 폐동맥이 아니라 일그러진 자궁에 성충을 키우는 것같이 미숙이는 차라리 달뜬 표정이었다. 어떤 날은 분주해 보이기까지 했다. 정말 임신이라도 한 개처럼 냄새를 맡으며 땅을 파고, 몸을 떨면서 한자리를 빙글빙글 돌기도 했다.

산은 맨가지를 드러내며 겨울을 맞았다. 공기가 시리고 햇빛이 좋은 날이면 미숙이는 앞발에 턱을 괴고 엎드려 한참 동안 빛을 쪼였다. 언젠가 한 번은 감내해야 할 일이었다는 듯, 사실을 담담히 받아들인 뒤의 휴식 같아 보이기도 했다. 그러다가도 내가 잘못 다가가면 급격히 예민해지며 으르렁댔다. 입덧을 하는 것처럼 눈알이 벌게지도록 헛구역질을 쏟아내기도 했다. 그 끝은 언제나 빈혈을 동반한 졸도였다. 미숙이는 버둥버둥 일어나다 쓰러지고 또 쓰러졌다. 분명한 것은 미숙이는 더이상 홑몸이 아니라는 것이었다.

나는 미숙이 옆에서 밤마다 술을 마셨다. 제정신으로는 도저히 그런 미숙이를 볼 수 없었다. 술을 마신 밤이면 미숙이를 만난 처음부터 어제까지를 또 곱씹었다. 미숙이의 예방접종확인서를 내밀던 분양업자라도 만나야 속이 풀릴 것 같았지만 수소문해도 소용이 없는 채로 강은 겨울을 지나고 있었다. 겨울만 되면 미숙이에게 북극의 설원이 되어주었던 강둑에선 이제 아무 소리도 들리지 않았다. 얼어버린 강물을 보며 나는 하루하루 적의를 쌓아갔다. 눈덩이 같은 화가 머리 끝까지 차올랐고 술만 먹으면 가슴이 터질 것 같았다. 세상 모두가 이 강가에서, 나한테서, 미숙이한테서 등을 돌린 것 같았다.

강가에 그해 들어 눈이 가장 많이 내린 날, 나는 미숙이한테 눈사람을 만들어주었다. 차양막을 걷어주자 미숙이는 포대기에 파묻힌 아이처럼 행복해하며 가만히 엎드려 눈을 맞았다. 고름이 엉킨 털 위로 눈 입자들이 소리없이 녹아들었다. 설원 속으로 다시 돌아간 것처럼, 생의 마지막 겨울인 걸 아는 것처럼 그날만큼은 뼈만 남은 미숙이도 눈부시게 빛났다. 나는 군용담요를 깔아주고 조심스럽게 미숙이 등을 안았다. 앙상해도 거칠어도 내가 언제고 파묻히고 싶은 등. 저녁마다 내 얘기를 걷어가주던 등. 그사이 몇 배로 늘어났을 성충들의 움직임이 그대로 전해지는 것 같았다. 미숙이의 심장은 이제 미숙이만의 심장이 아니었다. 나는 가슴이 내보내는 소리를 오래오래 들었다. 저녁이 되자 미숙이는 나를 조용히 밀치더니 흰 발등이 덮일 때까지 피를 토했다.

6

봄은 소리없이 찾아왔다. 모든 게 간밤의 일일 뿐이라고 속삭이는 것처럼 볕은 강가의 잔얼음을 감쪽같이 걷어갔다. 맬러뮤트 동호회의 봄맞이 정모가 근처 펜션 단지에서 열린다는 소식이 왔다. 타 지역 사람들까지 꽤 모이는 듯했다. 미숙이를 생각하면 어디에도 외출할 마음이 아니었지만 이쪽에서 모이는 거라 잠깐 얼굴만 비출 생각으로 나갔다. 덩치 큰 맬러뮤트 십여 마리가 한곳에 모여 있는 광경은 언제나 설레는 장관이었다.

사람들은 미숙이의 안부를 물으며 위로의 말을 건넸다. 개들을 한 놈씩 쓰다듬으며 인사를 하고 돌아서려던 참이었다. 얼굴이 낯설지 않은 한 사람이 시선을 끌었다. 큰 체격에 헐렁한 점퍼를 걸친 남자가 시골에서 도자기를 굽다 온 사람처럼 담백하게 웃으며 맬러뮤트 목줄을 잡고 있었다.

나는 잘못 본 것이라고 생각했다. 그런데 한쪽으로 패어올라가 왠지 사람을 비웃는 것 같은 입꼬리는 어쩔 수 없이 그 모습이었다. 술이 덜 깬 건가. 아무래도 믿기지 않아 머리를 흔들었지만 틀림없었다. 남자는 청성부대 김하사, 나의 부사관이었다.

단지를 산책하는 내내 나는 남자를 살폈다. 이렇게 보니 그 약 맞은 눈빛은 어딜 가고 꽤나 사람 좋아 보이는 얼굴이었다. 정모에 처음 얼굴을 보인 걸 보면 막 가입을 했거나 이 근방에 살고 있을 것이었다.

"그래, 네가 미숙이 죽기 전에 제 발로 찾아왔구나. 그때 너한텐 내가 필요했겠지. 지금 나한테도 네가 필요하다 새끼야. 제대로 걸렸다고 생각해라."

나는 그길로 집으로 달려갔다. 초크체인은 보관함 속에 단단하게 똬리를 틀고 있었다. 미숙이가 한창 힘이 좋던 시절 산책할 때 쓰던 줄이었다. 자꾸 웃음이 비어져나왔다. 얼마나 오랫동안 이 순간을 상상해왔던가. 전역 후 지금까지 나는 수도 없이 상황극을 만들어왔다. 그 속에서 부사관은 매일 밤 돼지고기를 훔쳐갔고 매일 밤 미숙이의 목을 눌렀다. 나는 매일 밤 부사관을 죽였다. 놈의 머리에 짬통을 뒤집어씌우고 발가락부터 빈틈없이 다져나갔다. 그날 밤 취사장 수풀에서의 그놈 고함과 동선을 나는 빠짐없이 기억하고 있었다. 놈이 미숙이를 나무로 몰아붙이면 나는 앞을 막아선다. 미숙인지 개숙인지 다지라고. 놈이 미숙이 눈에 칼끝을 갖다대면 나는 곧바로 놈의 팔을 꺾는다. 사람고기 넣었는지 아느냐고 이 밥통 새끼야! 놈이 마지막 고함을 지를 때 나는 칼을 낚아채 놈의 목을 그대로 내리찍는다. 미숙이가 지켜보는 앞에서, 나는 강변을 배경으로 수도 없이 재연을 해왔던 것이다.

맥주 캔 하나를 따고 숨을 고르다 나는 야구모자를 눌러썼다. 체인을 감은 손을 주머니에 찌르고 나서려는데 묵직한 시선이 뒷덜미를 잡았다.

돌아보니 미숙이가 봄 햇빛 속에 앉아 나를 보고 있었다. 처음 분양사이트에서 봤던 그 자세였다. 뒷다리를 한곳에 모아 누이고 앞발을 의연하게 펼친 모습. 언제나 나를 황홀하게 했던 목과 가슴과 등의 곡선. 털들이 금방이라도 연기처럼 흩어질 듯 미숙이는 이미 반 정도 다른 세상의 문턱에 가 있었다. 가슴이 꽉 막혀왔다. 나는 강을 등지고 붙박인 듯 앉아 있는 미숙이에게 다가가 마른 김이 뿜어져나오는 코에 입을 맞추었다. 미숙이의 배 밑으로 검은색 소변이 흘러나와 있었다.

"미숙아, 내가 그 자식 죽여서 이 앞으로 끌고 올게. 그러면 다 끝나는 거야. 너도 마음이 편해질 거야. 기다리고 있어."

얼굴을 들고 일어서려는데 미숙이의 입이 아주 잠깐, 내 볼에 머물다 힘없이 물러났다. 강가를 뛰어나오는 내내 미숙이의 시선이 등에 어룽거리고 있었다.

사람들은 둘러앉아 점심을 시켜 먹은 뒤였다. 남자는 동호회 형과 앉아 얘기를 나누고 있었다. 나는 사이로 들어가 남자가 데리고 온 개를 쓰다듬었다.

"이놈 참, 시커먼 게 털 한번 거치네요. 눈동자가 뻥 뚫린 것이, 혹시 허스키랑 믹스한 놈입니까?"

"네?"

남자가 황당하다는 듯이 쳐다봤다. 끝까지 시치미를 뗄 작정인 것 같았다. 나는 주머니 속의 초크체인을 만지작거리며 맞바로 물었다.

"저 혹시, 김하사님 아니십니까?"

이번엔 동호회 형이 놀란 눈으로 나와 남자를 번갈아 보았다.

"하하, 김하사님 맞죠? 저 정말 모르시겠습니까? 언제 제대하셨습니까? 중사 진급 떨어지셨습니까? 진짜 세상 좁습니다. 저 전역하고 말입니다, 우연히라도 김하사님 만나면 사회 말투로 인사해야 되나 군대 말투로 해야 되나 진짜 생각 많이 했거든요. 하하, 미치겠네 진짜."

남자가 불쾌한 표정을 짓더니 사람을 잘못 봤다며 일어섰다.

"혹시 그 유명 시장 근처에서 개 번식장 하지 않으십니까? 이틀 간격으로 삼 회 교배에 이십만원?"

남자가 급기야 실소를 하며 맞바라봤다. 그제야 약 맞은 표정이 조금 살아오는 것 같았다. 나는 주머니에서 초크체인을 꺼내 무릎 위로 둘러쳤다.

"야, 너 왜 이래. 술 덜 깼어? 이 회원님은 이천에서 과수원 하는 분이야!"

동호회 형이 내 어깨를 잡아끌었다.

"이거 놔, 씨발. 형이 몰라서 그래. 저 새끼가 지금 군복을 안 입어서 그렇지, 눈빛이 달라진다고. 웃는 게 완전 그놈이라니까. 저 새끼, 여기 장사하러 왔어. 내가 저놈 목을 이걸로 감아버릴 거야. 질근질근 다져서 우리 미숙이한테 약으로 갖다줄 거라고!"

나는 닥치는 대로 초크체인을 휘둘렀다. 정말로 눈에 아무것도 보이지 않았다. 남자는 데리고 온 개부터 감싸더니 공원 회양목 뒤로 자리를 피했다. 동호회 사람 몇 명이 달려와 내 사지를 붙들었다. 나는 티셔츠가 가슴 위로 말려올라갈 때까지 끈질기게 버둥거렸다.

동호회 형은 결국 나를 질질 끌고 가든슈퍼 앞에 던져놓고 갔다. 슈퍼에서 소주를 사들고 병째 마시며 올라오는데 헛웃음이 새나왔다. 소주가 입에서 목으로 흘러내렸다. 저만치에서 컨테이너와 아시바 견사가 아지랑이에 싸인 것처럼 어른거렸다. 소매로 입을 훔치다가 나는 발걸음을 늦췄다. 집에 다가갈수록 이상한 적요가 피어올랐다. 나는 그 자리에 소주병을 떨어뜨리고 마당으로 달려갔다.

뜰 한가운데에 미숙이가, 내 앞에서는 한 번도 흐트러진 적 없이 수굿이 앉아 있던 미숙이가 눈을 하얗게 뒤집은 채 네 다리를 펼치고 쓰러져 있었다. 허공을 향해 들린 다리는 이미 뻣뻣이 굳어가고 있었다. 미숙아. 대답이 없다. 포옹을 바라는 것처럼 미숙이의 네 다리와 둥근 배는 나를 향하고 있었다. 모든 것이 정지한 순간, 미숙이 배의 흰 털이 봄 햇빛에 부서지며 미풍을 타고 흔들렸다. 나는 눈을 감겨주는 대신 미숙이의 배를, 새끼 대신 다른 종을 품고 죽어간 미숙이의 가슴을 오래 쓰다듬었다.

조금 뒤 성충 한 마리가 미숙이의 벌어진 입 밖으로 꿈틀대며 기어나왔다. 칼국수 면발처럼 굵고 통통해진 벌레가 한 마리, 두 마리, 미끈미끈 얽힌 채 몸을 뽑아내고 있었다. 빠져나온 성충들은 몸에서 지네 다리 같은 가는 날개를 하나둘 펼치기 시작했다. 그대로 날기라도 할 것처럼 저희들끼리 날개를 비비며 구불거렸다. 날개 위로 햇빛이 뿌려지자 성충의 몸이 초록빛으로 튀어올랐다. 꿈에서도 본 적이 없는 희귀한 생물체였다. 나는 미숙이의 몸에서 끝도 없이 나오는 그것들을 보며 미숙이의 흰 배 위에 오래오래 토했다. 노란 위액이 나올 때까지 미숙이는 나의 구토를 받아내고 있었다. 꺽꺽거리는 내 등뒤로 미숙이의 털들이 꽃가루처럼 분분했겠지. 강가는 완연한 봄이었다.

7

작은 미숙이와 큰 미숙이는 그렇게 번갈아 나에게 왔다 사라졌다. 나는 카레를 잘 만드는 청소년 지도사와 사귀는 대신 건성피부인 미리안과 다시 만났고, 강을 떠나 도시로 왔다. 나는 여전히 수전증환자처럼 손목을 덜덜 떨며 개 사이트들을 헤매고 다니고, 여전히 부사관을 죽이기 위해 초크체인을 감추고 산다. 그리고 매일 미숙이의 하얀 털에 파묻혀 한없이 꼼지락대는 꿈을 꾼다.

울고 간다

신발과 노트와 뼛가루가 함께 살아 있는 곳,
영희는 아직 그 안에 살고 있다.

문에는 아직 상품코드와 용량과 소비전력이 적힌 스티커가 붙어 있다. 내외부 재질은 고급 엠보싱이라고 했다. 미려하고 잡기 편한 손잡이, 편리한 이동바퀴, 신개발 자동닫힘 도어. 지금은 유명 보일러 회사와 합병된 한 중소기업에서 한때는 유력상품으로 생산했던 그것. 화분에 물을 주듯, 때맞춰 환기를 시키듯, 영희는 일주일에 한 번 그 안에 냉기를 불어넣는다. 신발과 노트와 뼛가루가 함께 살아 있는 곳. 영희는 아직 그 안에 살고 있다.

위가 부었네요.

맵고 짠 것과 밀가루 음식을 피하고 자기 전엔 먹지 말며 당분간 식사량을 줄이라는 상식적인 얘기를 끝으로 의사는 몇 분간의 진료를 마친다. 나 죽으면 가슴부터 열어봐라. 그날 먹은 고구마가 명치께에서 싹을 틔우고 있을 거다. 영희는 임모씨가 종종 하던 말을 떠올려본다. 암. 그렇지. 병원 문을 밀고 나오면서 영희는 왼쪽 주먹을 말아쥐고 손목을 안쪽으로 구십 도 가까이 꺾는다. 어깨를 구부정하게 말고는 손등뼈로 가슴팍을 세 번 정도 두드린다. 정확히 십이 개월 하고도 이 일 전부터 생긴 버릇이다.

병원 아래층의 보습학원에서 몰려나온 아이들이 옆 문구점으로 우르르 들어간다. 영희는 건물 입구에 서서 제자리뛰기를 두 번 정도 한다. 가슴에서 콩 굴러가는 소리가 난다. 두번째 착지를 하고 나자 그 소리는 귓바퀴에 와서 멈춘다. 이 또한 일 년 하고도 이 일 전부터 들어온 소리다.

영희는 처방전을 말아 패딩코트 주머니에 넣는다. 몸을 올록볼록한 외투 속에 한껏 오그려넣자 고치 속에 들어가 있는 것처럼 아늑하다. 이대로라면 누군가 다가와 옆구리를 푹 찔러도 끄떡없다. 늦겨울 보도블록에서는 질척한 물기가 묻어난다. 지하철이나 동네 갈빗집 앞에서 졸업용 꽃다발을 든 사람들과 마주치는 것도 꼭 이 무렵이다. 눈 녹은 길가에서 비켜서며 영희는 목 끝에서 올라오는 눅눅한 들기름 냄새를 맡는다. 트림이 나올 것도 같아 목을 쭉 빼보지만 미지근한 햇빛만이 이마를 훑고 갈 뿐이다. 삼백육십칠 일 전부터 맡아온 냄새다.

골목으로 꺾어들려고 보니 오늘도 어김없이 모퉁이에 열쇳집 노인이 있다. 장난감 같은 네모난 가건물 안에 앉아 있는 노인은 가만히 보니 졸고 있다. 느슨하게 펼쳐진 마른 허벅지 위로 열쇠에서 반사된 빛이 쏟아진다. 수문장처럼 눈을 부릅뜨고 있으면 있었지 생전 조는 일이 없는 늙은이가 고개를 늘어뜨린 모습이 생경하다. 어쨌든 성가신 말참견을 안 받는 것만으로도 오늘은 방으로 돌아가는 길이 순탄

한 셈이다. 영희는 노인이 깰세라 도둑걸음으로 살금살금 몇 걸음을 걷는다. 레깅스를 입은 풍만한 여자가 목욕바구니를 들고 내려온다. 상추 찌꺼기가 흩어져 있는 식당 뒷문을 지나 영희는 골목을 오른다.

골목 끝에 햇빛이 스쳐가는 영희의 방이 있다. 방엔 상품코드 FR-187RD, 용량 1670리터, 소비전력 820W/H의 장롱이 있다. 내외부 재질은 고급 엠보싱이다. 미려하고 잡기 편한 손잡이, 편리한 이동바퀴, 신개발 자동닫힘 도어. 영희의 모든 것이 이 안에 있다.

아랫단 오른쪽 문을 열고 파일철을 꺼내 영희는 오늘 받은 처방전을 끼워넣는다. 이로써 처방전은 모두 열두 장이 되었다.

지하철역에서 어떻게 가면 되죠?

방을 보러 오기로 한 남자의 전화를 받고 영희는 창문을 열었다. 열자마자 보일러실 지붕을 타고 넘어가는 고양이의 뒷다리가 보인다. 임모씨와 함께 살던 집에서는 찢어진 방충망 틈으로 고양이가 들어온 적도 있었다. 그때 임모씨는 짧은 고함과 함께 이렇게 말했다. 아니 내가 얼마나 우스웠으면 감히. 그러고는 사나흘 내리 신세한탄과 고양이 험담을 하며 방 구석구석을 쓸고 닦았다. 동네 슈퍼 여자가 인사를 제대로 안 받았다고 분개하며 그길로 미용실에 다녀온 적도 있다.

어느 집에선가 꽁치 굽는 냄새가 풍겨나온다. 영희가 임모씨와 헤어진 뒤 이 방에서 이 년을 보내는 동안 문틈으로 들어온 건 옆집 벽을 타고 넘어오는 애 우는 소리와 바람에 실려온 먼지와 철수였다. 새어나간 것은 영희의 숨소리와 보일러 연료와 역시 철수였다. 며칠 전 생활정보지 사이트에 방을 내놓으면서 영희는 '지하철에서 도보로 십

분' 외에 이런 말을 덧붙였다. '혼자 쓰기에는 방이 넓은 편입니다. 통풍이 잘되고 근처엔 능이 있어 산책하기에 좋습니다.' 영희가 이 방을 구할 당시 '기타정보'란에 적혀 있던 말을 그대로 옮겨적은 것이었다. 둘이서는 생활이 불편하고, 웃풍이 세며, 능까지 산책이라도 가기 위해선 온갖 냄새와 아우성이 새어나오는 골목을 한참 통과해야 한다는 걸 영희는 이 집에서 살아보고 나서야 알았다.

전화를 끊은 뒤 이십 분 만에 도착한 남자는 정면 벽을 메운 채 방의 삼분의 일은 차지한 냉장고에 우선 압도당한 표정이다. 퇴근 후에 바로 달려왔는지 야근 전에 잠깐 온 건지는 모르겠지만 금방이라도 펼칠 수 있는 태세로 한 손에 다이어리를 쥐고 있다.

"지금은 냉장고가 있어서 그렇지, 보기보다 넓어요. 주인집도 별로 안 까다롭고. 살 만해요."

한밤중에 이유 없이 차단기가 내려간다거나 장마철엔 가끔 변기가 넘친다거나 샤워를 제대로 하기엔 수압이 감질나다는 따위의 얘기는 당연히 하지 않는다. 지금까지 이사를 다니면서 방을 주고받아온 사람들과 지켜온 불문율이다. 너도 한번 살아봐라. 보증금과 열쇠만 무사히 주고받고 나면 다음은 각자가 알아서 감당할 일이다.

"벌써 짐을 옮기셨나봐요?"

남자가 엉거주춤 서서 방을 다시 한번 둘러본다. 들어서자마자 시야를 장악하는 냉장고 말고는 간이옷걸이 하나 안 보이니 방 풍경이 뜨악하기도 할 것이다. 영희는 남자의 얼굴을 야금야금 훑어본다.

"전 원래 짐이 별로 없어요."

남자는 결코 알 리 없겠지만 영희의 숱한 짐은 다 냉장고 속에 있다. 방 상석은 보통 아홉 자나 열 자짜리 장롱, 하다못해 비키니 옷장이라도 놓이는 자리지만 영희의 방엔 장 대신 상·하단으로 나뉘어 문이 여섯 개가 달린 업소용 대형 냉장고가 들어서 있다. 냉장고에는 새빨간 냉동육이나 야채 대신 영희의 옷가지와 책, 화장품, 그릇, 각종 서류, 그리고 임모씨가 들어 있다.

영희는 매일 냉장고 상단 가운데 문을 열어 수건과 드라이어를 꺼내고 하단 왼쪽 문을 열어 신발을 꺼낸다. 이불은 상단 오른쪽 칸에 있고 인스턴트식품은 하단 가운데 칸에 쟁여져 있다.

"이 방으로 하겠습니다. 시간은 언제든 상관없다고 하셨으니까, 이번주 일요일쯤 어떨까요? 제가 이사가 좀 급해서요."

남자는 건성으로 개수대 수도꼭지를 한 번 돌려보더니 마음을 굳힌 듯 돌아서며 말한다. 잠자고 옷 놓을 데로 이 정도면 됐다는 투다. 갑자기 명치께에서 뭔가 꿈틀한다. 영희는 반사적으로 목을 쭉 뺀다. 때맞춰 트림이 나온다. 남자가 시선을 천장 쪽으로 돌리자 비로소 냉장고 소리가 윙 울려온다. 영희는 왼쪽 주먹을 말아쥐고 손목을 구십 도로 꺾는다. 그러고는 손등뼈로 가슴을 두드린다. 한 번, 두 번, 세 번.

"하하, 꼭 노크하는 것 같네요."

남자가 눈을 둥그렇게 뜨고 크게 웃는다.

"노크요? 뭐가 있다고. 그럼 이번 일요일로 하죠."

그렇게 말을 하고 나자 영희는 명치에 오글오글 모여 있을 녹두 알갱이들이 생각났다. 식도와 위를 연결하는 통로에는 식은 녹두부침개 조각들이 입천장에 붙은 김처럼 찰싹 들러붙어 있을 것이다. 십이 개월 하고도 이 일 전에 먹은 그것들이 아직도 거기에 틀어앉아 있는 것이 분명하다. 트림을 할 때면 들기름이 밴 부침개 속 실고추 냄새까지 도 생생하게 올라온다. 몸을 기우뚱 움직이면 왼쪽 귀에서 오른쪽 귀까지 녹두알 굴러가는 소리가 자글자글하다. 그것들 덕분에 영희는 만성소화불량이나 신경성 위염 등의 이름이 붙은 지병을 얻었다.

남자는 주인집 연락처를 받은 뒤 서둘러 돌아간다. 일요일이면 내일 모레 글피다. 영희는 앞에 버티고 선 거대한 냉장고를 바라본다. 한때는 날카로운 은빛으로 빛났을 몸체는 최근 일이 년 새에 급격하게 녹이 슬었다. 이동식 바퀴가 달려 있지만 영희가 어떤 힘을 동원해 밀어도 움직이지 않는다. 예전엔 그 안 가득 하얀 서리를 품고 먹거리의 수명을 길고 길게 연장했을 거구. 지금은 일주일에 한 번 냉기가 돌 뿐 뭘 넣어도 시들어버릴 것처럼 검은 공간만이 뻥 뚫려 있다.

영희는 상단 왼쪽 문을 열고 팔을 끝까지 들이밀어 자색 보자기로 싸인 통을 꺼낸다. 보자기를 풀자 투명 밀폐용기가 드러난다. 통 속에는 연회색 가루가 들어 있다. 영희는 손가락을 갈퀴처럼 펼쳐 가루를 휘저어본다. 미지근한 분말이 영희의 손목까지 휘감는다. 가루에서는 임모씨의 담뱃재 같기도 하고 살비듬 같기도 한 냄새가 난다.

듣기로 냉장고는 임모씨의 파격적인 혼수용품이었다. 예비신부이던 임모씨는 예비신랑과 알토란 같은 미래를 꿈꾸었다. 대대로 이어질 식당 창업이 그 꿈이었다. 너나 할 것 없이 오동나무 장롱을 혼수로 해가던 때에 임모씨는 모든 것을 생략하고 업소용 냉장고 하나만을 마련해 결혼을 했다. 당시에는 잘나간다는 대형 식당에나 놓이던, 최신상 최고가의 냉장고였다. 그 냉장고를 혼수품으로 결정하기 위해 임모씨는 친정부모 앞에서 일주일을 굶었고 결혼해서는 수년 동안 시댁 눈치 속에서 살았다고 했다.

어느 밤, 임모씨와 그녀의 남편은 식당 쪽방에서 냉장고의 진동음을 들으며 사랑을 나누었을 것이다. 영희는 그 밤을 틈타 임모씨의 몸에 들어앉았다. 영희는 그날 분명 임모씨가 절정에 이르지 못했을 거라고 생각한다. 최고 희열의 순간에 잉태됐다면 자신이 이렇게 임모씨의 나쁜 점만 골라 닮진 않았을 거라고 영희는 일찍부터 믿어왔다. 엄마들은 보통 딸에게 '냉장고를 너무 믿지 마라. 어떤 음식이나 재료도 오래 두면 상하니 냉장고에 넣었다고 방심하지 말고 그때그때 먹어라'라고 가르친다. 그러나 세상에서 임모씨가 믿는 것은 오직 자신의 대형 냉장고뿐이었다. 임모씨는 아무리 시든 풀뿌리라도 냉장고 안에만 들어가면 영원한 생명을 얻을 수 있을 것처럼 생각했다. 자신의 꿈도, 마음대로 안 맞춰주는 가족도, 젊은 몸과 높은 하늘도, 냉장고라면 하얗게 동결해 오래도록 보존해줄 거라고 임모씨는 믿었는지도 모른다.

몇 년 동안 이어진 적자로 재산 대부분을 잃은 뒤 업소용 냉장고는 주방 대신 마루 한쪽에 자리잡았다. 아무도 냉장고를 팔거나 버리자고 임모씨를 설득하지 못했다. 빈 곳이 남아돌던 냉장고는 점차 수납공간이 되어갔다. 임모씨는 냉장고를 '장'이라고 부르며 기쁠 때나 슬플 때나 사람 대신 부여잡았다. 세상에 속깊은 건 '장'뿐이라며 영희의 보충수업료나 우유대금 영수증 하나하나까지도 냉장고 속에 모아넣었다. 냉장고에만 몰두해 있는가 싶다가도 어느 순간 화르르 달려들어 영희의 자잘한 것까지 챙기려 들었고 그럴수록 시큼한 위액 냄새도 짙어졌다. 냉장고엔 영희의 세 살 적 덧신부터 열 살 적 머리띠까지 걸리게 되었다. 영희는 냉장고의 '장'과 장롱의 '장'이 같은 글자가 아니라는, 즉 둘은 용도와 원리가 다르다는 사실을 알고 나서도 어려서부터의 습관대로 냉장고를 '냉장롱'이라고 불렀다.

영희의 초등학교 일기장에는 냉장롱에서 귀신을 보았다거나 옷에서 냉장롱 냄새가 나서 지긋지긋하다거나 언젠가는 냉장롱한테 깔려 죽고 말거라거나 하는, 냉장롱에 대한 얘기가 수도 없다. 엎드려 숙제를 하다가 잠에서 깬 어둑한 저녁이면 하얗게 늙은 여자가 냉장고 문을 열고 하아하아, 서리 같은 입김을 내뿜었다. 조그만 영희의 손힘으로는 차마 열리지 않던 문짝 틈에선 밤마다 주홍빛 불빛이 새어나왔고 그것은 이 세상 어떤 것도 빨아들일 것처럼 무시무시했다. 집을 흔드는 것 같은 냉장고 진동음이 밤낮으로 이명처럼 따라다닌 것도 오래였다.

영희는 냉장롱에 대한 오래전 일기들을 자의반 타의반으로 아직 가지고 있다. 뭐 하나 못 버리던 임모씨는 자연히 영희의 일기들을 냉장고 깊이 쌓아두었고 임모씨가 그러지 않았어도 영희 또한 별수 없이 버리지 못했을 것이다.

"……"

일기를 보여줬을 때 철수는 말을 하지 않았다.

"어제 내가 올린 글 봤어?"

"……으응, 아직."

"야, 너 하루에 한 번은 들어가라고 했지. 안 그러면 커플 블로그가 무슨 의미가 있어. 하루라도 'ⓝ' 안 떠 있으면 알지?"

철수는 좋다는 건지 싫다는 건지 우물거리다가 고개를 끄덕였다.

저럴 땐 좀 멍청해 보이기도 하지만 영희는 철수가 진국이라는 걸 안다. 예전엔 만만해서 이것저것 부려먹고 막 대한 것도 사실이지만 이제는 아니다. 임모씨 빈소 앞에 서 있던 휴가병 철수의 모습은 훌륭했다. 장례를 마치고 이 방을 구했을 때 영희는 냉장고를 빼고는 모든 가구를 버릴 수밖에 없다는 것을 알았다. 냉장고가 있는 이상 다른 게 들어올 자리는 없었던 것이다. 얼마 뒤 제대를 한 철수가 이 방으로 들어왔을 때 영희는 기꺼이 냉장고 문 한 칸을 철수의 공간으로 내주었다. 이 방에서 영희는 병원으로 출퇴근을 했고 철수는 취직시험을 준비했다. 아침이면 같이 찌개를 끓여 먹었고 저녁이면 근처 대학가로 놀러 다녔으며 밤이면 꼭 끌어안고 잠을 잤다. 철수는 영희가 임모씨한테 갖고 있는 감정을 이해하는 유일한 친구였고 영희가 냉장롱을 열어 보여준 최초의 사람이었다.

영희는 냉장고 아래칸에 쪼그리고 앉아 얼마 전에 사다넣은 인스턴트 죽을 찾았다. 라면과 카레 따위를 헤치며 어깨까지 넣어 휘적거리고 있는데 등에 시선이 느껴졌다. 힐끗 돌아보니 철수가 표정을 알 수 없는 얼굴로 이쪽을 바라보고 있었다. 영희가 냉장고 앞에서 뭔가를 찾을 때마다 철수는 말을 않은 채 영희를 쳐다볼 때가 많았다.

"뭘 그렇게 봐?"

냉장고 안에 겔포스와 담배를 함께 쟁여넣던 임모씨의 뒷모습은 게 껍데기처럼 딱딱하고 갑갑해 보였다. 누군가 다가와 옆구리를 푹 찔러도 끄떡없을 껍데기였다. 위 속으로 음식 넘기듯 냉장고 깊숙이 몸을 구부려 이것저것 넣고 뒤지던 임모씨의 등을 바라볼 때마다 영희는 임모씨한테서 한 발 한 발 달아나고 있었다. 뭘 그렇게 봐? 시선을 느낀 임모씨가 힐끗 돌아보면 그때야 표정을 추스르고 집을 나서던 아침들, 냉장롱 냄새는 하늘가를 맴돌았다.

"저 이사가거든요."

"오호, 어디로?"

열쇳집 노인이 미간을 모으고 눈을 옴츠린 채 영희를 올려다본다. 사실 오늘도 졸고 있길 바랐다. 아니면 은색 셔터가 감쪽같이 내려져 있었으면 싶었다. 그러나 오늘도 노인은 조용히 지나가려던 영희의 발을 건다.

"그건 아직 몰라요."

"오, 호호."

노인은 모든 걸 알겠다는 듯이 고개를 한 번 끄덕하더니 계속 눈알을 굴린다. 매번 봐도 어이없고 기분 나쁜 늙은이다. 젊었을 때는 꽤나 날렵하다는 소리를 들었을 인상이지만 사방에 열쇠를 걸어놓고 앉아 지나가는 사람들을 쏘아보는 노인을 보면 귀기까지 느껴진다. 근방에선 오지랖도 제일 넓다. 하지만 큰길에서 영희의 방이 있는 골목으로 꺾어들려면 열쇳집을 지나지 않고는 방법이 없었다. 노인은 쉬는 날도 없이 일찍부터 밤늦게까지 은색 가건물에서 열쇠만 지키고 있는 것이다.

"냉장고 그거, 동사무소에서 딱지 사면 몇 만원은 족히 들지. 청소하는 김영감한테 담뱃값 좀 쥐여주면 갖고 갈 수도 있고. 아차, 요새는 그거 수거업체에서 가져가던가?"

이건 또 무슨 소린가. 영희는 실소가 나오려다 말고 명치께가 따끔

거려와 슬그머니 주먹을 말아쥔다.

"전 냉장고 버린다고 안 했는데요."

"오호, 그래?"

노인은 내기라도 하고 싶다는 듯이 실쭉 웃는다. 열이 오르는 걸 누르며 영희는 새침하게 노인을 쏘아본다. 노인은 냉장롱을 본 적이 있다. 이사를 온 뒤 주인에게 받은 열쇠를 복사한 건 노인한테서였다. 열쇠는 맞지 않았다. 두어 번을 다시 깎은 뒤에야 노인은 '그럼 한번 가볼까', 발을 직직 끌며 따라와 방을 흘깃거렸다.

노인의 참견은 그렇게 시작되었다. 싫어도 출퇴근길에 두 번은 마주쳐야 했다. 철수가 등장하던 날도, 철수가 달아나던 날도 노인은 열쇠를 거느리고 앉아 밖을 지켜보았다. 임모씨 기일에 제수음식을 사가지고 갈 때도, 영희가 직장을 그만두던 날도 노인은 눈을 반짝반짝 빛내며 영희에게 시비를 걸었다. 귀신같은 늙은이. 영희는 패딩코트 깊숙이 목을 움츠리고는 지하철역으로 향했다.

어쨌든 오늘은 일 년 하고도 삼 일째의 날이고 내일모레면 이사를 가야 한다. 그러나 영희는 방을 구해놓지 않은 상태였다. 방 같은 것은 이제 정말 구하고 싶지 않았다. 방을 구하면 냉장롱을 가져가야 하지만 전세금으로 여행이라도 떠난다면 냉장롱을 가져갈 수는 없을 것이다. 놓을 수 있는 조금의 공간이라도 있으면 거기가 몇 달 얹혀사는 친구네 쪽방이라고 해도 결국은 냉장롱을 지고 갈 것을 영희는 알고 있었다. 그렇기 때문에 어떻게든 반대상황으로 자신을 몰아넣고 싶었다. 그렇다고 구체적인 대책이나 용기가 있는 것도 아니었다. 이러지도 저러지도 못한 채로 이삿날만 닥쳐오게 된 상황에서 열쇳집 늙은

이가 단돈 얼마면 냉장롱을 버릴 수 있다고 단언한 것이다. 노인의 표정이 어른거려 영희는 고개를 저었다.

물리치료실에서는 여전히 헬리콥터 소리가 났다. 여름에는 천장에서 때 낀 선풍기가 돌아가고 겨울에는 소리만 요란한 스팀이 뿜어져 나오는 곳. 영희가 지난주까지 만 오 년을 일했던 곳이었다. 영희가 그만두었어도 사람들은 여전히 칸칸이 커튼을 닫고 누워 곯은 몸 위에 적외선을 쏘이고 있었다. 안마기에서 시작되는 헬리콥터 소리도 변함없이 나른했다. 어디로 가게 될지는 모르지만 내일모레면 나는 이 동네를 떠난다고, 정말 당신들한테는 미련도 뭣도 없다고, 영희는 커튼을 열고 칸칸마다 소리라도 지르고 싶었다. 경력증명서를 하나 받아서 영희는 건물을 빠져나왔다. 첫 직장이었지만 정은 없었다. 적성에도 전혀 맞지 않는 일이었다. 어차피 물리치료과는 임모씨의 강압과 취업률 때문에 써넣은 과였다. 영희가 취직을 하자 임모씨 목소리는 한층 높아졌다.

"머리가 그게 뭐냐, 선머슴처럼 껑충한 게. 앞머리는 눈을 찌르고. 그리고 나이가 몇인데 아직도 운동화짝을 끌고 다녀. 다른 애들처럼 옷도 좀 잘록하게 입고 화장도 하고 그러라니까. 하루라도 젊었을 때 가꿔야지. 이건 말을 해도 듣는 둥 마는 둥, 싹싹하길 하나 그렇다고 시원시원하길 하나, 도통 속에 뭐가 들었는지 알 수가 있어야지. 환자들이 너 보고 도망은 안 가냐?"

"안 가."

그런 임모씨가 구토를 반복하던 끝에 냉장고 옆에 몸져누운 것은 위암 3기말 진단을 받고 나서였다. 육 개월 정도 살 수 있다는 선고였는데 임모씨는 당장 내일이라도 죽을 것처럼 시름시름 가라앉았다. 영희는 올 것이 왔다는 생각이 들었다. 임모씨가 달고 사는 속이 쓰리다, 생목이 오른다, 윗배가 더부룩하다, 명치가 아프다는 얘기는 영희가 어려서부터 매일같이 들어온 말이었다. 냉장고 속에서 흩날리던 노루모 가루, 시큼한 트림 냄새, 오래 삭혀졌다 올라오는 욱하는 성질, 자질구레한 집착과 전전긍긍. 몇십 년 전부터 임모씨의 몸속엔 이미 스멀스멀 암꽃이 피어났는지도 모른다. 그것이 긴 세월 동안 냉장롱의 물건들과 함께 자라왔을 것이다. 그러나 임모씨는 뜻밖에도 자신의 암을 고구마 탓으로 돌렸다.

"너 막 유치원 들어가던 해였나. 근 십오 년 만에 미순이가 불쑥 찾아왔더라. 스물에 헤어지고 처음 보는 거였다. 망나니 같은 남편 만나 꽤 고생하고 산다는 얘길 친정오빠한테 듣긴 했지만 맘만 있었지 어디 만날 새가 있었냐. 네 아빠 죽고 나선 나도 아등바등 바빴고. 얼마나 반가운지 그날 밤새도록 손 붙잡고 종알댔다. 지 살아온 얘긴 안 하고 옛날에 둘이 붙어다닐 적 얘기만 하더라. 걔 눈썹을 보니까 글쎄 내가 옛날에 그려준 모양 그대로인 거야. 눈썹이 자랄 때마다 그 선대로 다듬고 다듬고 그렇게 십오 년을 살았다더라. 얼굴이 퍼석하게 상했는데도 헤실헤실 잘 웃는 건 여전하데. 걔가 말총머리에다 달리기 하난 잘하고 그랬어야. 산도 얼마나 잘 탔는지 봄만 되면 같이 두릅 따러 다니고 그랬다. 아카시아 줄기 모아서 서로 파마해준다고 머리에다 말고. 허구한 날 그렇게 깔깔대고 다녔지.

아무튼 그날 밤에 옛날 얘기하면서 감자도 쪄 먹고 고구마도 삶아 먹고 그랬다. 그러고 아침에 잘 갔는데 저녁쯤에 친정오빠가 전활 하더라. 그것이 목을 맸대. 그 소릴 듣는데 이상하게 허기가 지는 거야. 그래서 걔랑 간밤에 먹다 남은 고구마를 꾸역꾸역 먹었다. 바로 얹히더라. 그뒤론 무슨 수를 써도 안 내려가. 뭐만 먹어도 명치에서 탁 걸리고, 찌륵찌륵 아픈 게. 나 죽으면 가슴 째고 고구마부터 꺼내봐라. 괜찮아지겠지 하루 넘기고 이틀 넘긴 게 병이 됐지. 너도 뭐 걸렸다 싶으면 대수롭잖게 넘기지 말고 병원부터 가. 괜히 병 키우지 말고."

임모씨의 사연을 듣고 있자니 영희는 조금 숙연한 기분이 들었다. 그렇지만 그런 사연이 있다고 해서 모두 위암에 걸리는 건 아니다. 영희는 병원에 입원해서 위절제술을 하고 본격적으로 항암치료를 받자고 권했으나 임모씨는 하루만 이틀만 하면서 방을 떠나려 들지 않았다. 마지막이라는 어떤 비장함에 사로잡혀 매일 '장'을 쓰다듬으며 모종의 정리 발언을 하려고 들었다. 영희는 보다 못해 농촌살림살리세연대에서 밭마늘과 죽염을 구해와 임모씨의 식사를 마련했다. 수술을 않는 이상 소용없다는 걸 알았지만 매일같이 뭇국을 끓이고 콩을 갈았다.

그러게 끊으라는 담배는 왜 그렇게 피워대. 꼭 뭐든 자기 맘대로 딱 떨어져야 되지. 안 되면 자기 못난 탓이고. 그러니 속이 배겨내? 맨날 나한테 미련하다 말만 하지 시원시원하게 못 산 건 엄마 아니냐고. 그 나이에 무슨 궁상으로 재혼도 안 하고 나만 들들 볶았어?

"그러게 담배 끊고 잘 살았어야지."

"너도 한번 살아봐라 이것아. 살아봐야 알지. 네가 나 살아온 걸 어떻게 아냐."

물론 모른다. 임모씨는 잔소리만 길었지 속깊은 얘길 조근조근 늘어놓는 사람이 아니었다. 가슴에서 싹을 틔웠을 거라는 고구마에 친구 자살 사연이 있다는 것도 사형선고를 받고서야 들려주지 않았는가. 무덤까지 가지고 갈 어떤 사연이 더 있는지 영희로서는 알 길이 없었다. 퇴근해서 돌아오면 임모씨는 여전히 냉장고 속으로 몸을 구부려 뭔가를 뒤지거나 정리를 하고 있었다. 위암 말기 판정 뒤의 임모씨한테선 인생의 다른 국면으로 접어들었다는 달뜬 분주함과 살아온 대로 살다 죽겠다는 체념 어린 태평함이 뒤섞여 있었다. '나 죽으면'으로 시작하는 말도 여전했다.

"나 죽으면 내 무덤에 수입 잔디는 쓰지 마라. 거 싸구려 잔디 삐죽삐죽 솟아 있는 무덤 보면 참 보기 싫지 않디?"

무덤을 쓰라는 것인지 화장을 하라는 것인지 영희는 갑자기 헷갈렸다.

뭐 더 하고 싶은 말 없어? 아예 유언인 셈치고 이참에 다 말해봐.

"그밖엔?"

임모씨는 심호흡인지 한숨인지 모를 소리를 뱉으며 말을 받았다.

"남의 눈에 눈물 빼면서 살지는 마라. 그렇다고 네가 질질 짜지도 말고. 누굴 만나든 적당히만 해. 거 왜 녹두장군 울고 간다는 말도 있지 않니. 난 옛날부터 그 노래만 들으면 이상하게 가슴이 휑한 게 눈물이 나더라."

"녹두장군이 아니라 청포장수겠지."

임모씨는 대꾸도 안 하고 저벅저벅 걸어가더니 건조대에서 빨래를 걷기 시작했다. 방 안에 한동안 눅눅한 침묵이 맴돌았다. 건조대 앞에 선 임모씨의 등은 어떤 것이 내려앉아도 그대로 미끄러질 단단한 각질로 둘러싸인 것 같았다. 이십여 년을 보아온 등이었다. 그때였다. 임모씨가 다가와 수건 몇 장을 건네며 영희에게 말했다.

"이거 '장'에다 좀 넣어라."

아주 짧은 순간이었다. '장'이라는 단 한 음절, 이응 받침의 울림과 동시에 임모씨의 퀭한 동공이 영희의 눈에 멈추었다 거두어졌다. 순간 영희는 쇳덩어리에 깔린 것처럼 그 자리에서 옴짝달싹할 수가 없었다. 냉장롱의 진동음이 어마어마한 망치가 되어 영희의 뒤통수를 치고 있었다. 임모씨가 떠나도 냉장고를 결코 버릴 수 없음을 알아버린 순간이었다. 명령이든 애원이든 냉장고를 버리지 말라는 말을 직접 했으면 그렇게 아찔하진 않을 것이었다. 영희는 진심으로 임모씨가 얄미웠다. 그날 이후로 영희도 임모씨도 냉장고에 관한 한 어떤 말도 꺼내지 않았다. 결국 임모씨는 자신처럼 생겨먹은 사람은 어떻게 살아야 하는지, 자신처럼 생겨먹은 영희에게 어떤 기타정보도 남기지 않고 죽었다. 영희는 국산 금잔디를 입히는 대신 임모씨의 발가락뼈 하나까지 모두 불태웠다. 마트에서 은나노 밀폐용기를 산 것은 화장터에서 돌아온 다음날이었다. 그곳에 임모씨의 유골을 쏟아붓는 동안 영희는 천식 환자처럼 기침을 했다. 통 위에는 임모씨가 평소 아끼던 자색 보자기를 씌웠다. 영희는 그 통을 냉장고에 넣은 채 냉장고 하나만을 가지고 방을 옮겼다.

철수야, 철수야아.

꿈이었다. 영희는 자신의 헛말에 놀라 눈을 떴다. 날이 밝아오는지 창이 어렴풋했다. 잔잔한 뱃속에 시큼한 잉크 한 방울을 떨어뜨린 것처럼 통증이 싸하게 번져나갔다. 아, 속 쓰려. 영희는 몸을 돌아뉘었다. 몸을 따라 녹두알이 구른다. 십이 개월 하고도 사 일째의 날이 밝은 것이다. 냉장고 속이 무너지던 소리가 생생히 되살아났다. 요새 들어 계속 같은 꿈이었다.

"아무리 봐도 넌 임 아줌마랑 닮았단 말이야. 눈이랑…… 여기 볼도."

발단은 그 말이었다. 컵을 씻어 냉장고에 넣던 철수가 마치 임모씨 사진이라도 보는 것처럼 그렇게 말했다. 그게 영희가 가장 싫어하는 말이라는 걸 누구보다 잘 아는 게 철수였으므로 철수는 그렇게 말하면 안 되는 거였다.

"다시 말해봐."

영희가 일어나 앉았다. 철수의 얼굴에 아차 싶은 표정과 에라 모르겠다는 표정이 동시에 스쳤다.

"갑자기 그런 말하는 심보가 뭐야? 너 요새 왜 그래!"

영희는 순식간에 옆에 있는 사전을 들어 철수한테 집어던졌다. 철수가 냉장고 안쪽으로 넘어지는 동시에 쌓여 있던 그릇들이 와장창 쏟아져나왔다. 일부러 그릇을 부수며 싸움이라도 한 것처럼 깨진 조각 위로 날선 긴장이 맴돌았다. 입을 꾹 다물고 숨만 한참 몰아쉬던 철수가 그대로 방을 걸어나가며 말했다.

"난 네가 락앤락 김치통에 뭘 넣어놨는지 다 알아. 넌 미쳤어."

철수가 열어놓고 나간 현관문에서 찬바람이 몰려왔다. 물건을 게워낸 냉장고를 노려보다가 영희는 열쇳집 맞은편 놀이터로 뛰어나갔다.

놀이터 너머로는 늦겨울 해가 붉게 넘어가고 있었다. 영희는 벤치에 자리를 잡고 앉아 철수를 기다리기 시작했다. 이 추운 데서 난 너를 기다리겠다. 영희는 오기로 입술을 악물었다. 삼십 분이 지나자 초등학교 앞에서 땅을 파던 굴착기가 사라졌다. 한 시간이 지나자 자전거를 타고 어지러이 오가던 꼬마들도 없어졌다. 두 시간이 지나자 열쇠집 노인이 다가와 귤을 건넸다. 가로등이 하나둘 켜지고 트레이닝복을 입은 중년들이 능을 향해 걷기 시작했다. 시간이 어떤 속도로 흐르는지 알 수 없었다. 오기는 바들바들한 한기로 변해갔다. 열쇠집 불빛이 가물거리며 건너왔다. 영희는 무언가를 보고 있었다. 같은 자리에 그렇게 몇 시간을 앉아 영희는 기괴한 빛을 내쏘는 열쇠들 위로 누구도 열 수 없는 거대한 문이 철커덕, 내리닫히는 소리를 들었다. 그 소리 속에서 영희는 어느 날 저녁의 임모씨를 보았다. 임모씨는 대문 밖 가로등 아래에 앉아서 끈덕진 표정으로 영희를 기다리고 있었다. 임모씨가 멋대로 정리해놓은 속옷을 찾으려고 냉장롱을 뒤지다 말다툼 끝에 집을 나가 한밤중에야 돌아온 날이었다. 임모씨는 손을 부들부들 떨면서도 왔니, 한마디만 했다. 앉은자리에는 담배꽁초가 수북했다. 오도 가도 못 하겠고, 이제 지긋지긋한데, 어쩌지도 못하겠고, 그래서 영희는 그 자리에 서서 울상을 지었다. 골목을 그대로 돌아나와 임모씨가 없는 세상 밖으로 그만 달아나고 싶었다.

몸이 얼어 굳어갈 즈음 철수가 저쪽에서 걸어왔다.

"색시가 저기 앉아서 다섯 시간을 기다렸지."

노인이 고개도 들지 않고 내뱉었다. 순간 영희는 철수의 얼굴에 스치는 울상을 보아야 했다. 그날 밤 영희는 옆에 누운 철수의 바지 속으로 손을 집어넣었다.

"차가워."

철수가 힘없이 돌아누웠다. 그런 철수를 이해 못 할 것이 없었으므로 영희는 더 어쩌지 못했다.

다음날 몸이 안 좋아 조퇴를 하는 길에 영희는 철수의 전화를 받았다. 동네 근처에 있는 대학에서 선배의 졸업식이 막 끝난 참이라고 했다. 졸업식 인파가 오가는 정문 앞에서 철수가 영희를 기다리고 있었다. 부슬비가 내리는 통에 사방이 질벅거리며 붐볐다. 차들이 눈비 묻은 바퀴를 끌며 엉키는 사이사이로 꽃다발을 든 사람들이 외투 끝을 들어올리며 북적댔다. 영희와 철수는 '파랑새'로 들어갔다. 둘이 지난 여름에 종종 들르던 곳이었다.

"고향 선배가 방을 같이 쓰재."

술을 한 잔 마시고는 철수가 말을 꺼냈다.

"이 집 겨울에 오니까 별로네."

영희는 한기를 느끼며 술을 삼켰다. 곧이어 동그란 녹두전 다섯 장이 담겨 나왔다. 실고추 위로 지글지글 기포가 끓어올랐다. 파랑새는 녹두 전문 음식점이었다. 녹두죽부터 녹두찰편, 녹두칼국수에 전까지, 한 끼를 해결하기에도 술을 마시기에도 적당했다. 철수는 특히 청포묵 샐러드를 잘 먹었다. 파랑새의 실내에는 통로마다 푸른 잎 녹두들이 피어나 있었고 화분 흙 위에 놓는 노란 펄라이트 알갱이처럼 녹두 줄기 아래로 녹두콩을 소복이 장식해놓고 있었다. 여름이면 녹두꽃을 볼 수도 있었다. 그러나 비 오는 늦겨울에 들어온 파랑새에는 지난여름의 청명함이 없었다.

영희는 테이블을 사이에 두고 철수를 건너다봤다. 문득 철수가 부럽다는 생각이 들었다. 철수야 어떤 핑계를 대서라도 영희한테서 달아나면 그만이었지만 영희는 '다른 엄마가 생겼어'라며 영정사진을 갈아 끼울 수도 없는 노릇이었다.

"독감 안 걸리게 푹 쉬어."

철수가 테이블 모서리를 바라보며 말했다.

"이미 걸렸어."

영희는 의자에 등을 기대며 눈을 감았다. 테이블 위로 녹두 냄새가 맴돌았다. 그때야 파랑새를 자욱이 채운 방울 소리가 들렸다. 청포장수의 방울 소리를 따라 어디선가 낮은 목소리가 흘러나오고 있었다. 새야 새야 파랑새야 녹두밭에 앉지 마라 녹두꽃이 떨어지면 청포장수 울고 간다. 새야 새야 파랑새야 녹두밭에 앉지 마라 녹두꽃이 떨어지면 청포장수 울고 간다.

영희는 방울 소리를 들으며 녹두알 몇 개를 만지작거렸다. 철수도 멍하니 앉아만 있었다. 녹두밭을 맴도는 파랑새와 청포장수만이 서로 깊어지다 울고 울리며 이별을 반복했다. 그렇게 한참을 앉아 있던 철수는 열쇠를 현관문 옆 가스통 밑에 두고 가겠다는 말을 남기고는 훌쩍 일어나 돌아섰다. 휑한 바람이 허공을 돌아 가슴으로 들어찼다. 여러 테이블을 굽이돌아 출입문을 열고 나가는 철수의 동선을 좇으며 영희는 철수와의 숱한 밤을 건너, 냉장롱의 진동음을 건너, 말총머리 고구마를 건너 어느 아득한 하늘 아래에서 녹두꽃이 떨어지는 소리를 들었다. 영희는 앉은자리에서 식은 녹두전을 꾸역꾸역 먹기 시작했다. 그러고는 녹두 알갱이를 한 움큼 집어 그대로 입안에 털어넣었다. 철수는 떠났다. 바퀴가방 끌고는 풀 죽어 가더만. 열쇳집 노인이 끌끌

혀를 찼다. 철수의 짐이 빠져나간 냉장고 안에서는 임모씨만이 거봐란 듯이 눈을 뜨고 있었다.

"철수야, 철수야아!"

영희는 그날 저녁 컴컴한 육교 위에 올라가 소리를 질렀다. 가로등 아래마다 다 지난 겨울비가 부슬거렸다. 토하고도 싶었으나 아무것도 나오지 않았다. 휙휙 다가오는 차량들의 헤드라이트 불빛만이 영희를 되쏘았다. 영희는 육교 난간에 붙어서서 꾸덕꾸덕 굳어가는 가슴을 움켜잡은 채 손등뼈로 명치만을 쳐댔다.

날은 이미 어둑했다. 하루 종일 벽에 기대앉아 냉장고를 버리고 챙기기를 수십 번 반복하다 이사 전날이 고스란히 지나가고 있었다. 영희는 짐을 싸는 대신 일찍부터 술을 마시는 중이었다.

남은 한 잔을 비우고 나서 영희는 벌떡 일어나 냉장고 전원을 연결했다. 순식간에 윙 하는 진동음이 방 안을 장악했다. 잉태되던 순간에도, 태중에서도, 태어나서도, 영희가 내내 들어온 진동음이었다. 영희는 임모씨의 유골을 넣어놓은 냉장고 상단 왼쪽 문을 열었다. 컴컴한 방 안으로 냉장고의 주홍 불빛이 새어나왔다. 그 안에서 빛을 발하는 자색 보자기통은 여전히 품위를 잃지 않고 있었다. 영희는 청하 한 병을 더 따 자색 유골통 앞에 따라놓고는 마주 앉아 한 모금 두 모금 홀짝거렸다.

"저 유성펜 자국은 철수가 장난하다가 만들어놓은 거. 저 하얀 칼자국은 내 중2 때 키높이. 아, 저 손잡이는 내 입학 기념으로 엄마가 새로 색 입혔던 거잖아. 크크. 담뱃값이 얼만지는 몰라도 그거면 이걸

다 버릴 수 있다는군."

임모씨는 말이 없었다.

"어떻게 해줄까 엄마. 그래도 내가 화분에 물 주는 것처럼 일주일에 한 번은 콘센트에 꽂아줬잖아. 김치통에 넣었다고 서운해하진 마. 냉장고 속에서는 제일 빛나는 게 김치통이니까. 엄만 아직 싱싱해."

영희는 술을 마저 들이켜고는 내일부터 이 방에서 살게 될 남자의 명함을 꺼냈다. 그러고는 바로 전화번호를 눌렀다.

"아, 안녕하세요. 하하, 소화는 잘되세요?"

남자는 잘도 웃었다.

"저기, 정말 여기로 이사오고 싶으세요? 후회 없으시겠어요?"

"왜요. 막상 이사가려니 서운하세요? 전세금이 빨리 필요하다고 아침 일찍 와달라고 하셨잖아요. 몇 시간 안 남았습니다. 하하."

남자의 말을 듣고 있자니 천장이 빙글빙글 어지러웠다. 취했나. 영희는 숨소리를 과장되게 내뿜고는 무슨 비밀이라도 말하는 것처럼 속삭였다.

"저, 냉장고는 버릴 거예요. 안심하세요."

"네? 하하, 그러죠."

남자는 속삭인 쪽 머쓱하게 수화기가 울리도록 크게 웃었다. 그렇게 말을 하고 나자 영희는 정말로 냉장고를 버릴 수도 있을 것 같았다. 그렇다면 인사 핑계 겸 노인한테 한번 가볼까. 전화를 끊고 나자 방 안의 정적이 살아났다. 영희는 왠지 한기가 느껴져 온풍기 버튼을 눌렀다. 순간 철커덕 소리와 함께 차단기가 내려갔다. 냉장고 진동음과 주홍색 불빛이 한꺼번에 사라지며 방 안은 순식간에 암흑으로 변했다. 또 시작이군. 보일러 온도를 높이거나 온풍기를 틀면 차단기가 내려갈 때가 많았다. 영희는 벽을 더듬거리며 현관문 쪽으로 다가갔다. 발끝을 들고 차단기를 들어올리려는데 어디선가 앰뷸런스 경보음이 들려왔다. 차단기는 잘 올라가지 않았다. 영희는 선뜩한 기분에 빛이라도 들어오라고 현관문을 열다가 동작을 멈췄다. 영희는 경보음에 끌려 휘적휘적 골목을 내려갔다. 열쇳집 앞에 사람들이 모여 웅성대고 있었다. 막 돌아가는 119 구급차가 보였다.

"열쇠 깎고 일어서다가 그냥 쓰러졌다는구만." 누군가 상기된 목소리로 말했다. "그렇다고 그렇게 단번에 갈 수가 있나, 참나." 누군가 혀를 찼다. "원래 날 풀리면 노인들이 픽픽 잘 쓰러진다잖아. 내 동생 시아버지도 봄으로 넘어가는 이맘때 갑자기 죽었다니까." 네모난 가건물에서 형형한 빛이 새어나왔다. 이렇게 때맞춰 죽다니. 영희는 끝까지 노인한테 골탕을 먹은 것 같아 무릎이 꺾였다. 내일은 일요일이라 동사무소든 수거업체든 연락할 방법이 없다. 청소 영감한테 담뱃값은 얼마를 쥐여줘야 하는지도 알지 못한다. 영희는 주먹으로 녹두알을 두드렸다. 삼백육십구 일이 지나도 소화되지 않는 철수가 아직 여기 명치께에 있는데. 영희는 골목을 올려다봤다. 냉장롱 속에는 아직도 임모씨가 살고 있는데. 영희는 큰길을 한번 훑었다. 내일이 이삿날인데.

주렁주렁 매달린 열쇠 사이로 진눈깨비가 날아들었다. 누군가 걸어가 은색 셔터를 드르륵 내려닫았다.

정말로 아침 일찍 남자가 왔다. 영희는 차단기도 올리지 않은 채 냉장고 옆에 쓰러져 선잠이 들었던가보았다.

"전세금 들어왔을 겁니다. 준비는 다 하셨어요?"

남자는 머리카락이 붕 뜬 채 엉거주춤 서 있는 영희를 쳐다보더니 냉장고로 시선을 옮겼다.

"제 짐은 점심 지나면 도착할 겁니다. 사실 짐이랄 것도 없지만요."

남자는 청소도구를 챙겨온 모양이었다. 영희가 얼른 냉장고를 빼줘야 청소라도 하고 자기 짐을 들여놓을 것이었다. 이삿짐은 싸놓은 것이 하나도 없는데 방은 곧 비워줘야 하고, 그런데도 영희는 몸을 움직이기가 싫었다. 간밤에 몽유병 환자였던 것처럼 온몸이 뻐근했다. 주머니 속의 열쇠를 만지작거리다가 영희는 차단기 내려가는 문제를 남자한테 말해줄까 잠시 생각했다. 어차피 전세금까지 받은 이상 이 방에서 살아남기 위한 기타정보를 다 말해버릴까. 아니야, 그러면 재미가 없겠지. 어차피 살아보면 알게 될 터였다. 통풍부터 난방까지, 이 방에서 영희가 부딪친 각종 문제를 남자 또한 고스란히 겪게 될 거라고 생각하니 영희는 남자가 좀 안됐다는 생각이 들었다. 그나저나 냉장고 속에 뭐가 들었는지 모를 남자는 영희가 웬만한 짐은 이미 뺐다고 생각할 것이다.

영희는 냉장고 문에 등을 기대고 섰다. 냉장고 속에는 철수와의 이별을 소화시키도록 조치한 처방전이 열두 장이나 들어 있다. 물론 요약된 얘기만 적혀 있을 것이다. '영희와 철수가 사귀다 안 맞아서 결국 헤어졌다'는 식으로 말이다. 위가 부었다는 말은 코에 걸면 코걸이다. 남자가 보일러실 쪽으로 간다. 영희는 몸을 움직여 녹두알 굴러가는 소리를 듣다가 임모씨처럼 자신의 몸에도 암 새싹이 자라나고 있을까 생각해본다. 몇십 년쯤 후에는 활짝 피어나기도 할까. 녹두밭에

않도록 생겨먹은 죗값 치르는 셈으로 암 보험이나 들어볼까 영희는 잠깐 생각한다.

"이 동네도 고양이가 많나보네요?"

남자가 손을 털면서 걸어들어온다.

"보셨어요? 고양이 똥은 밤에 봐야 돼요. 야광이거든요."

남자가 큭큭 웃더니 개수대 물을 틀어 손을 씻는다. 벌써 제 집인 것처럼 자연스럽다. 조금 전까지도 내 방이었는데. 영희는 문득 방에게 배신감을 느낀다. 당장 갈 데도 없고 냉장롱도 묵묵부답인데 여기서 며칠 치대볼까. 다행히 남자는 그리 까다로운 성격은 아닌 것 같다. 일도 바쁠 것이다. 며칠 더 골똘히 생각하면 냉장고를 어떻게 할지 결정할 수 있을지도 모른다. 아마도 외출은 못 할 것이다. 열쇳집 늙은이가 정말 귀신이 되어 쏘아볼지도 모르기 때문이다. 아니면 남자한테 냉장고를 맡겨놓고 정말 먼 데로 가버릴까. 영희는 머리를 헝클었다. 이런 일생일대의 결정을 해야 하는 때가 세상에서 제일 싫었다. 이제는 더 미룰 기한도 없었다. 이대로 한두 시간 지나가면 남자는 서서히 곤란한 표정으로 바뀔 것이다.

남자가 공구를 들고 욕실로 들어간다. 영희는 살금살금 걸어가 냉장고 전원을 연결한다. 820W/H의 소비전력이 갑자기 큰 진동음을 몰고 온다. 임모씨도 철수도 진동음과 함께 영원한 시간을 얻는 순간이다. 영희는 왼쪽 주먹을 말아쥐고 손목을 구십 도로 꺾는다. 손등뼈로 냉장고 문을 두드려본 뒤 영희는 냉장고 문을 연다. 그리고 착한 이불이라도 된 것처럼 몸을 접어 그 안으로 구깃구깃 들어간다. 대낮인데도 냉장롱 불빛은 진한 주홍빛이다.

해설 | 권희철(문학평론가)

살아가기 위해서 우리는 비극을 읽는 것입니다

1. 삶이라는 유죄판결

최은미의 소설은 삶에 대한 유죄판결 위에 쓰여진다. 『너무 아름다운 꿈』에 실린 여덟 편의 아름답고 슬픈 이야기들은 한결같이 삶이란 고통스러운 것이라는 인식에서부터 출발한다.

> 내가 그림에서 눈을 떼지 못하자 남자가 말했다.
> "지옥 그림입니다." (……)
> "이게 다…… 언제 그려진 건가요?"
> (……)
> "지옥 그림은 항상 그려졌어요. 사는 게 고통 아닌 때가 없었나보죠."(「너무 아름다운 꿈」, 109~110쪽, 이하 강조는 인용자)

삶은 곧 고통이다. 단지 삶을 이어나가는 데에 너무 많은 주의와 수고가 요구된다는 얘기가 아니다. 우리가 아무리 많은 주의와 수고를 기울이고 쏟아부어도 결국 어떤 운명적인 혹은 사회적인 불행의 일격(가난, 사고, 질병, 전쟁 등)이 우리를 쓰러뜨리게 되리라는 뜻만도 아니다. 이러저러한 노력과 행운 속에서 삶을 안정되게 하는 데 성공하더라도 우리에게 남겨지는 것은 삶 그 자체 외에는 아무것도 없다. 모든 위험으로부터 안전하게 보살펴진 건강한 삶에서 삶 그 자체를 반복하고 증식하며 길게 이어나가는 것 외에 어떤 의미나 가치 혹은 목적이 있을까. 삶은 이어나가기에 수고로울뿐더러 이어나가봐야 무의미하고 무가치한 부조리의 덩어리에 다름아니다. 종종 종교적이고 형이상학적인 위로가 그렇지 않다고 주장하는 것처럼 보이지만, 그러한 주장도 참된 의미와 가치는 '삶 너머에' 있다고 가르친다는 점에서 삶 그 자체는 결국, 고통의 덩어리일 뿐이다.

그러한 덩어리의 인력에 매여 있는 것이 우리의 현존이다. 우리들은 종종 자신의 삶을 붙잡기 위해 노력하고 있다고 생각하지만 실상은 그와 반대다. 자살이라는 극단적인 선택을 하지 않는 이상 삶이 우리를 붙잡고 놓아주지 않는다. 우리는 삶의 손아귀에 붙들려 죽음이 도착할 때까지 부조리의 소나기를 맞고 있는 중이다. 피로, 우리에게 맡겨져 있는 것처럼 보이는 삶의 순간들에 즐겁게 몰입할 수 없다는 이물감이자 동시에 그러한 순간들에서 결코 벗어날 수 없다는 구속감, 언제나 우리를 무겁고 축축하게 만드는 피로 속에서, 우리는 머리 위로 쏟아지는 이 부조리의 소나기를 느낀다.

그러나 이 피로에서 우리를 깨어나게 하고 활력을 선물하는 순간들이 있다. 지금까지의 무기력과 무의미를 씻어버릴 것만 같은 도취와 황홀경의 순간들. 이를테면 사랑의 순간들. 그런 순간들이 삶을 살아갈 만한 것으로 바꿔주는 것이 아닐까? 그런 순간들이 구원의 입구가 아닐까? 하지만 '진리의 말씀'은 그러한 순간들이 오히려 부조리의 고통 위에 쓰라림의 고통을 더한다고 가르친다. "사랑하는 사람을 가지지 마라. 미운 사람도 가지지 마라. 사랑하는 사람은 못 만나 괴롭고 미운 사람은 만나서 괴롭다. 그러므로 사랑을 지어 가지지 마라." (「애호품愛好品 2~3」, 『법구경法句經』) 사랑은 우리를 부조리의 소나기로부터 구원하는 것이 아니라 더욱 세찬 소나기 아래로 내몬다. 사랑을 바라기보다 차라리 조용히 내리는 비를 바라야 할지도 모른다. 조용히 내리는 비, 영零, 다시 말해 제로. 사랑에 도취되어 어떤 황홀경에 이르기보다는 아무런 동요도 없이 제로에 다가가 꺼지듯 소멸할 수 있기를.

어떤 의미에서 삶은 무無가 잘못된 길로 접어들어 쓸데없는 소란을 일으킨 것이며, 길을 잘못 든 무無가 본래의 자리로 돌아가 고통스러운 소란이 끝나기만을 바라는 대기상태이다. 삶이 주어진다는 것은 곧 그러한 대기상태에 결박되는 것이다. 살아 있다는 것은 우리가 아직 고통의 소나기가 내리는 대기상태의 감옥으로부터 빠져나가지 못했다는 뜻이다. 이것은 삶에 대한 유죄판결일까? 아니, 어쩌면 삶이라는 것이 곧 우리에게 내려진 유죄판결일지도.

매일 밤 수치와 무력감과 담배에 찌든 탁한 몸을 벌레처럼 구겨넣으며 잠이 들었다. 꿈을 꾸면 나는 긴 통로 한가운데에서 오도 가도 못하

고 서 있었다.(「너무 아름다운 꿈」, 98쪽)

"어떤 곳을…… 지옥이라고 하나요?"

(……)

"사방이 막혀서 빠져나갈 기약이 없는 곳. 문헌에는 그렇게 기록되어 있습니다."(「너무 아름다운 꿈」, 111쪽)

2. 사방이 막힌 좁고 긴 통로—삶까지 파고드는 죽음 1

표제작 「너무 아름다운 꿈」에서부터 삶이라는 유죄판결의 세목들을 확인해보자. 이 소설은 2013년 4월 1일 중국의 황토고원에서 벌어진 작은 소동과 이 소동이 뿌리내리고 있는 십 년 전의 사건들을 함께 보여주고 있다. 십 년 전, 그러니까 2003년 우리에게 무슨 일이 있었던가? 홍콩의 영화배우 장국영이 투신자살해 많은 팬들에게 큰 충격을 주었고, 대구 지하철 화재사고로 192명이 사망했으며, 사스SARS가 크게 유행해 세계적으로 오백 명 이상이 사망했다. 미 · 영 연합군이 일으키고 한국 또한 파병한 이라크 전쟁에서는 미군에서만 사천 명 이상의 전사자가 발생했다. 「너무 아름다운 꿈」은 우리가 실제 삶 속에서 통과해온 이 사건들에 약간의 변경(이라크에 파병된 한국군 열다섯 명이 실종된 것, 장국영을 모델로 한 리가 영화 〈공중화空中華〉를 연출한 것)을 가한 뒤, 흩어져 있는 듯 보였던 이 사건들이 하나로 연결된 채 십 년 후 반복되는 것으로 그려 보이고 있다. 2013년 봄 마치 2003

년의 사스의 재림이라는 듯 원인이 불분명한 바이러스성 폐질환에 대한 공포가 확산되는 가운데, 황토고원에 인접한 도시 란저우에서 리의 영화 〈공중화〉가 그의 십주기 추모제에 맞춰 상영된다. 그 영화를 보기 위해 한 여자가 서울에서 란저우로 날아갔고, 그녀는 친구 쥔과 함께 2003년의 사건들과 2013년의 사건들 사이에서 어떤 연관관계를 밝혀내려 한다.

2003년의 삶이란 무엇이었는가. 그때 어떤 사람들은 "좁고 긴 지하통로에 갇"혀 "숨이 막힌다는 말과 뜨겁다는 말"밖에는 할 수 없었다. 거기서 어떤 여자는 아이들을 맡겨둔 자신의 어머니에게 이런 문자메시지를 보냈다. "어머니, 애들 좀 잘 봐주세요. 지하철에 불이 났는데 아무래도 죽지 싶어요."(100쪽) 이 절망적인 '좁고 긴 통로 안에 갇혀 있음'은 2003년의 삶 도처에서 발견된다. 서울에 거주하는 중국인 쥔은 전염병의 공포 속에서 "마포만두 옆 삼층 건물의 어둡고 긴 복도, 그 끝 방에서 (……) 열시부터 불을 끄고 누워 무서운 꿈을" 꾼다.(108쪽) "지금 있는 부대만 아니면 지옥이라도"(96쪽) 가겠다는 심정으로 파병단에 지원한 청년은 "긴 통로"처럼 생긴 마을(108쪽)을 오가며 임무를 수행하다 모래폭풍에 휩쓸려 사라진다. 리가 자살하기 직전까지 편집에 매달렸던 영화는 중국 간쑤성 허시회랑河西回廊에서 촬영되었는데, 회랑回廊이라는 말이 곧 긴 통로를 뜻하거니와 그곳은 다시 한번 "좁고 긴 통로"(119쪽)였다. 이 통로는 거대한 절벽으로 둘러싸여 있으며 그 절벽에는 발목이 잘린 시체들을 담은 검은 목관이 박혀 있다. 그리고 이 모든 이야기들을 회상하고 있는 여자는 2003년 "긴 통로 한가운데에서 오도 가도 못하고 서 있"(98쪽)는 꿈을 반복해서 꿨다.

이렇게 해서 흩어져 있는 것처럼 보였던 2003년의 사건들이 '절망의 회랑回廊'이라는 하나의 이미지로 묶인다.

소설 속 설명에 따르면 오도 가도 못하고 빠져나갈 희망을 찾지 못하는 장소에 붙여진 신화적 이름이 '지옥'이며 인간은 언제나 지옥을 그려왔다. "사는 게 고통 아닌 때가 없었"으므로. 절망의 회랑은 2003년의 역사적 사회적 형상이 아니라 보편적인 삶의 지형도인 셈이다. 단지 권과 여자가 어느 시대에나 발견되는 '절망의 회랑'을 2003년에 새삼스럽게 발견한 뒤로 그 이미지에 붙들린 채 나머지 삶을 살아내고 있는 것이다. 두 사람은 정신적으로 2003년의 기호들(리의 죽음, 모래폭풍, 동생의 실종, 바이러스성 폐질환)에서 벗어나지 못한 채 십 년의 세월을 보낸다. 이들이 2003년의 기호들에 갇힌 채 그 긴 세월을 보내고 있다는 이야기의 구조 자체가 다시 한번 '절망의 회랑'에 다름아님을 반복할 필요가 있을까.

두 사람은 2013년 바이러스성 폐질환이 유행하자 2003년의 기호들 가운데 하나가 되돌아온다고 생각하고 그 반복 속에서 자신들이 어떤 운명적인 수수께끼에 다가가고 있다고 느낀다. 이 수수께끼를 푸는 열쇠는 아마도 리의 유작 〈공중화〉에서 찾아야 할 것 같다. 리의 마지막 대사는 이런 것이었다.

> 꿈속에서는 무엇을 해도 진실이 아니야. 그 꿈을 깨야지. 꿈을 깰 수 있는 가장 확실한 방법이 뭔지 알아? 바로 뛰어내리는 거야.(113쪽)

단지 절망의 회랑에 갇혀 있는 것이 우리에게 주어진 삶의 전부라고? 그럴 리 없다. 그것은 삶이 아니라 단지 나쁜 꿈일 뿐이다. 우리가 삶이라고 생각한 것은 실상 절망의 회랑으로 구성된 악몽일 뿐이며 악몽에 갇혀 있는 한, 진짜 삶은 시작되지도 않았다. 진짜 삶을 시작할 수 없게 만드는, 그러나 우리가 그것이 삶이라고 착각하고 있는, 이 죽음과도 같은 악몽에서 깨어나야 한다. 그렇다면 나는 차라리 이 꿈의 세계에서 뛰어내려 진짜 삶을 찾아가겠다. 이것이 〈공중화〉의 메시지이자 리의 죽음의 메시지이다. 그는 꿈에서 깨어나기 위해, 진짜 삶을 찾기 위해, 투신자살했다.

살기 위한 자살이라니. 진부하고 지루한 일상의 평온한 대지로부터 저 아래 출렁이는 매혹의 심연으로 공중도약해 꿈을 맛보는 것(파스칼 키냐르, 『섹스와 공포』, 문학과지성사)이 문제가 아니다. 문제는 있지도 않은 꽃이 눈에 아른거리는 꿈의 공중누각으로부터 각성의 대지로 투신해 악몽을 끝장내고 진짜 삶을 맛보는 것이다. '죽음까지 파고드는 삶'의 황홀경을 체험하는 것(조르주 바타유, 『에로티즘』, 민음사)이 문제가 아니다. 문제는 '삶까지 파고드는 죽음'의 절망에서 어떻게 탈출할 수 있겠는가 하는 것이다. 리의 대답은 기묘하다. 살기 위한 자살이라니. 그것은 삶까지 파고드는 죽음으로부터의 탈출 시도였지만, 이 자살충동이야말로 순수하게 '삶까지 파고드는 죽음' 그 자체가 아닌가.

리가 〈공중화〉를 촬영한 장소, 좁고 긴 통로인 '허시회랑河西回廊'이라는 말을 들을 때 「너무 아름다운 꿈」의 화자는 한 마리의 뱀을 떠올렸던 것 같다. "사막과 산맥 사이를 빠져나가는 길고 구불구불한 생물(……) 조금씩 서쪽으로 기어가는 생물"(94쪽)을. '절망의 회랑 – 뱀'

은 고통으로 꿈틀거리는 유죄인 삶의 동물이기도 하겠지만 삶이라는 꿈을 미끄러지듯 빠져나가는 죽음의 동물처럼 보이기도 한다. 이 뱀은 다시 리를 자살로 이끌었던, 삶까지 파고드는 죽음의 동물이기도 한 것일까.

공중도약과 투신자살을 강조한다면 「수요일의 아이」를 「너무 아름다운 꿈」의 예고편으로 읽을 수도 있겠다. 「수요일의 아이」의 마지막 장면은 "날카로운 못 수십 개가 허공을 벼르고 있"(152쪽)는 쇠못 발판 위로 소년과 소녀가 함께 뛰어내리는 것으로 되어 있다. 그들의 삶은 몸속의 '좁고 긴 통로'인 비강과 혈관에 콧물이 가득 차 있는 탓에 오랫동안 고통받아왔다. 그들은 고통으로부터 벗어나기 위해서라면 뭐든 할 수 있다. 그래서 그들은 수십 개의 쇠못 위로 뛰어내려 '통로의 막혀 있는' 상황을 뚫어버렸다. 그들에게 청량감을 안겨주는 이 쾌락의 순간은, 그러나 물론 죽음의 순간이다. 살과 뼈를 찢고 들어오는 저 날카롭게 빛나는 길쭉한 쇠못이란 단단한 공격성으로 무장한 뱀, 다시 한번 삶까지 파고드는 죽음의 형상이 아닌가.

3. 우글거리는 벌레들—삶까지 파고드는 죽음 2

「간밤 강가」와 「전곡숲」, 그리고 「전임자의 즐겨찾기」에서 삶은 '한 마리의' 뱀 또는 사방이 막힌 좁고 긴 '하나의' 통로가 아니라 우글거리는 '너무 많은' 벌레들 혹은 바로 그 벌레들의 징그러운 '우글거림'으로 되어 있다. 이 우글거림은 죽음의 고통으로 감염된 삶의 이미지,

「너무 아름다운 꿈」과 「수요일의 아이」의 뱀의 운동을 다수적으로 분열시키고 또 증폭시켜놓은 것처럼 보인다.

「간밤 강가」의 경우. 한 청년이 군복무 시절 '미숙'이라는 개에게 애착을 갖게 된 탓에 이러저러한 군생활의 시련을 견뎌낼 수 있었다. 그러나 청년은 악질적인 부사관과의 갈등 속에서 미숙이를 잃고 큰 충격을 받았으며, 제대 후 미숙이의 빈자리를 대신한다는 듯이 새로운 개를 기르며 그 개에게 또다시 미숙이라는 이름을 붙여준다. 청년은 새로운 미숙이를 위해 애인과의 관계도 포기하고 미숙이에게 적합한 환경을 찾느라 도시를 떠나 집까지 옮기는 등 온갖 정성을 들이지만 미숙이는 심장사상충에 감염되어 죽음에 이른다. 미숙이에 대한 청년의 관심과 애정을 묘사하는 섬세한 대목들에서 우리는 이 소설을 청년과 그의 반려동물 사이에 생겨난 애틋한 사랑과 우정이 죽음으로 끝을 맺는 슬픈 이야기로 읽고 싶어지기도 하지만, 「간밤 강가」에는 그런 식의 애잔한 슬픔을 넘어서는 지독한 장면들이 있다. 예컨대 이런 대목들.

(A) 나는 (첫번째) 미숙이의 몸 위에, 새벽이면 취사장 옆에서 내 손을 덥혀주던 털들 위에 그날 먹은 라면을 전부 토했어. 병든 올챙이 같은 라면가락들이 미숙이의 몸을 덮고는 꼬물꼬물 기어다녔지. 그날 이후로 다시는 작은 미숙이를 보지 못했어.(240쪽, 이하 괄호 안은 인용자)

(B) 뜰 한가운데에 (두번째) 미숙이가, 내 앞에서는 한 번도 흐트러진 적 없이 수굿이 앉아 있던 미숙이가 눈을 하얗게 뒤집은 채 네 다리를 펼치고 쓰러져 있었다. (……)

조금 뒤 성충 한 마리가 미숙이의 벌어진 입 밖으로 꿈틀대며 기어 나왔다. 칼국수 면발처럼 굵고 통통해진 벌레가 한 마리, 두 마리, 미끈미끈 얽힌 채 몸을 뽑아내고 있었다. (……) 나는 미숙이의 몸에서 끝도 없이 나오는 그것들을 보며 미숙이의 흰 배 위에 오래오래 토했다.(251~252쪽)

(A)에서 부사관은 개에게 칼을 들이대고 위협하면서 청년에게 수간獸姦을 요구한다. 네가 개를 사랑한다고? 그렇다면 그 사랑을 내 앞에서 보여라. 우리 집은 개 번식업을 하는 탓에 "이틀 간격으로 삼 회 교배에 이십만원"을 받고 개들의 사랑을 주관했다. "너 같은 놈이 모란시장 개 골목에서 개 붙는 냄새를 아냐?"(239쪽) "내 앞에서 전투복 까고 붙어보라."(240쪽) 미숙이에 대한 청년의 애틋하고 순수한 사랑이 구역질나는 흘레로 오염되고 청년은 실제로 구토를 일으킨다. 청년의 토사물이 미숙이의 배 위에서 벌레들처럼 우글거릴 때 바로 그 우글거림이 또한 더 구역질나는 이미지가 된다. 어떤 의미에서 (B)는 이 년 전에 겪었던 (A)의 반복이 아닌가. 청년은 애인이 다른 남자와 동침하는 장면을 봐야 한다는 듯이 미숙이가 다른 개와 교미하는 장면들을((A)에서 자신은 할 수 없었던 그 짓을 다른 수캐가 하고 있는 바로 그 장면들을) 고통스럽게 지켜봐왔다. 미숙이는 어려서 개 사육장에서 무리하게 교배당한 탓에 새끼를 갖지 못하리라고 생각됐지만 얼마 뒤 미숙이의 배가 불러온다. 미숙이는 "정말 임신이라도 한 개처럼 냄새를 맡으며 땅을 파고, 몸을 떨면서 한자리를 빙글빙글 돌기도 했다".(246쪽) 새끼를 가질 수 없어서 공허함을 느꼈던 것인

지 사람 마음을 후벼놓는 울음을 울던 미숙이가 "차라리 달뜬 표정이었다".(246쪽) 그러나 미숙이가 몸속에 키우던 것이 심장사상충이라는 사실이 밝혀진다. 새끼를 갖고 낳고 기르는 기쁨은 기생충 감염으로 오염되고 그 기생충들이 미숙이를 죽이고 미숙이의 사체 위를 기어다니며 다시 한번 청년에게 구토를 일으킨다.

우리 삶에서 아름답고 기쁜 것으로 여겨지는 국면들이, 사랑을 나누고 어미가 되는 순간들이, 「간밤 강가」에서는 벌레들이 우글거리는 이미지로 대체되면서 징그럽게 일그러진다. 허공을 응시하는 미숙이의 시선에는 체념 속에서도 완전히 사라지지 않은 삶에 대한 우울한 열정 같은 것이 있고, 그 독특한 시선이 청년을 사로잡은 바 있었다. 이를테면 "오랫동안 욕망한 것을 갖지 못한 어떤 이글거림. 오래 사른 잔불 같은 화기"(228쪽) 같은 것. 그러나 그 이글거림이 자기 자신을 전개하자마자 벌레들의 우글거림이 드러나고 그것을 인식하자마자 구토를 참을 수 없게 된다. 삶이란 결국 구역질나는 것인가. 두번째 미숙이를 잃고 청년은 세번째 미숙이를 찾아나서지만 독자들은 어떤 불안을 느끼게 된다. 어떤 경로를 통하더라도 결국 (A)나 (B)가 반복되리라는. 벌레들의 우글거림과 구토를 다시 확인하게 되리라는.

「전곡숲」에서 근친상간적 욕망의 이글거림이 우글거리는 벌레들에 대한 매혹/증오와 혼동되는 장면들((C)와 (D)), 그리고 「전임자의 즐겨찾기」에서 동자개 치어들을 부화시키고 먹이를 주는 해양수산연구사가 수만 마리의 치어들의 우글거림에서 혐오감을 느끼고 그것을 다시 자신이 낳은 아이가 꼬물거리던 사흘간의 장면들과 혼동하는 장면들((E), (F), (G))은 「간밤 강가」의 (A), (B)와 비슷한 이미지에 의지하고 있다.

(C) 누나는 징그러워, 징그러워 하면서 딱정벌레 알을 으깨고 다녔다. 더러워, 더러워 하면서 흰개미 무리를 발로 비볐다. 몸을 말고 있는 유충을 집어올려 터뜨리면 누나 손끝에서 하얀 즙이 비어져나왔다. 그때마다 누나는 징그러워, 더러워 하면서 몸을 떨었다. 누나는 즙을 바르려고 쫓아왔고 나는 잡히지 않을 만큼 달렸다.(193~194쪽)

시간이 지나면서 누나는 엄마의 마늘 절구를 가져와 살아 움직이는 것들을 빻기 시작했다. (……) "아, 씨발. 징그러워." 누나의 손을 탄 구더기들은 마늘 절구를 기어오르다 도르륵도르륵 떨어져내렸다.(196쪽)

(D) 누나가 햇빛 속으로 몸을 감추던 날 나는 숲에서 첫 수음을 했다. 나는 누나가 뾰족한 손톱으로 내 하얀 알갱이들을 으깨는 상상을 했다. 터질 것 같았다.(194쪽)

누나는 가건물에서 즙이 많은 아기를 낳고 있었다. 즙이 많은 아기는 팔과 다리가 수십 개씩이었다. (……) 기형 생물은 협곡을 타고 오르다 도르륵도르륵 떨어져내렸다. 기형 생물은 쉬지 않고 번식을 했고 순식간에 협곡 구덩이에 차오르며 몸부림쳤다.(210~211쪽)

여름의 숲은 벌레들이 장악하고 있다. 찌르는 듯 우는 벌레들의 소리가 끓이지 않고, 도처에서 벌레들이 우글거리고 꼬물거리거나 흐물거리며 점액질의 무언가를 흘리고 있다. 그것들은 너무 많고 너무 왕성해서 통제할 수 없다. 두려움과 혐오감에 물들어 있으면서도 소년과 누나는 그것들에게 붙들려 있다는 듯이 벌레들에게 공격적으로 집착한다. 그런데 벌레들이 여름의 숲을 장악하고 있는 것처럼, 너무 많고 너무 왕성한 통제할 수 없는 욕망이 남매의 영혼을 점령해버렸으며, 자칫하면 그러한 욕망이 은밀한 환상 밖으로 흘러넘쳐 실제로 죄를 범하게 될지도 모른다.("마을이 암묵적으로 미치는 초여름 며칠간, 일 년에 딱 이때만 만나 누나를 만지며 살 수도 있을 것 같았다." (216~217쪽)) 앞에서 인용한 (C)와 (D)가 교차하면서 이 징그럽고 더럽고 혐오스러운 것들에서 왜 이 남매가 눈을 떼지 못하는가, 묻는 일은 무의미해진다. 숲에서 끓어오르는 혐오스러운 생명과 영혼에서 끓어오르는 금지된 욕망은 서로 뒤엉키며 처절해지기까지 한다.

이 소설은 숲에서 실종된 아버지를 찾아나서는 남매의 이야기가 아니다. '넓지도 않은 숲에서 아버지가 감쪽같이 사라져버린 이유는, 숲에 다른 세계로 연결되는 통로가 있으며 아버지가 그 통로를 통해 다른 세계로 건너가버린 탓이 아닐까?' 남매는 이런 터무니없는 환상에 의지하면서 아버지가 아니라 아버지가 발견했다고 믿고 싶은, 다른 세계로 연결된 상상의 통로를 찾아 헤맨다. 다른 세계로 건너가면 '눈을 뗄 수 없는 것'이 더이상 '혐오스러운 것'이 아닌 삶을 누릴 수 있을지도 모르니까. 혹은 남매로서 서로를 사랑해야 하는 지금 여기의 지옥과 같은 관계에서는 벗어날 수 있을 지도 모르니까.("내가 제일 미치겠는 게 뭔 줄 알아? 그 더러운 유두를 너랑 같이 빨아먹었다는 거야. 너랑 같은 곳을. 너랑. 바로 너랑! (……) 지옥이었어. 지옥 알아? 아마 죽을 때까지 지옥이겠지."(216~217쪽)) 다른 세계로 연결된 통로를 찾아 숲을 헤매는 남매의 광기는 실상 근친상간의 광기의 뒷면이며, 광기에 비친 삶은 벌레들이 우글거리는 지옥, 빠져나가야만 하는 지옥이다.

「전임자의 즐겨찾기」에서는 벌레들 대신에 치어稚魚들이 우글거린다.

(E) "아기랑 사흘이나 같이 있는 게 아니었는데. 냄새랑, 쉬지 않고 꼬물거리던 거랑. 뭘 해도 그 사흘이 안 떨어져요. 세상 어딜 가도 다 꼬물거리는 것들뿐이고. 살아서 버둥대는 움직임이 어떻게 그렇게 다 똑같을 수가 있는지. 발끝에 지렁이만 채여도 기분이 아주 별로였어요. 그 사흘을 안고 내가 제정신으로 살 수 있는 곳은 세상 어디에도 없어요."(75쪽)

(F) 치어들의 먹성은 무시무시했다. 사료봉투만 집어들어도 어린 물고기들은 순식간에 떼로 몰려와 입을 벌렸다. 올챙이만한 동자개 치어 수만 마리가 몸을 비비대며 수조 위로 튀어오르면 나는 자포자기 심정으로 휘적휘적, 사료를 뿌렸다. 징글징글하다는 말의 의미를 나는 사료를 뿌리며 배웠다.(51쪽)

(G) 미끈미끈한 동자개 새끼들이 쓰레기봉투마다 가득 들어차 구불거리고 있었다.(73쪽)

해안가에 사는 17세의 소녀가 실수로 임신한 뒤 사람들 몰래 아이를 낳았다. 돌봐줄 사람도 없이 갓난아이와 둘이 남겨진 소녀는 아이도 자신의 몸도 돌볼 수 없었다. 울며 버둥거리다 지쳐 잠드는 아이를 절망적인 무기력 속에서 바라보다가 소녀는 해안가에 좌초한 혹등고래 곁에 아이를 버린다. 그뒤로 삶을 붙잡기 위한 모든 몸짓들이 갓난아이와 함께 보낸 사흘을 떠올린다. (E)원하지도 않았는데 자신에게로 찾아온 아이를 잉태한 것도, 그 아이를 낳은 것도, 그 아이가 살기 위해 울고 꼬물거리는 것을 무기력하게 바라본 일도 모두 고통스럽고 징그러운 일이었다. (F)해양수산연구사가 된 소녀는 생명에 대한 증오와 자책의 혼동 속에서 무수한 동자개 치어들을 부화시키며 동시에 그 치어들을 모조리 폐사시킬 사료를 개발한다. (G)결국 소녀는 자신이 부화시킨 치어들을 집단 폐사시켰으며 죽은 치어들이 소녀가 있는 지하연구실로 찾아들어 쓰레기봉투에 그 죽은 치어들이 우글거린다. 이 우글거림이야말로 지옥 그림의 기호가 아닐까. 이 우글거림이야말로 우리가 우리 자신의 삶으로부터 빠져나가기를 소망하도록 강제하는 것이 아닐까.

4. 반복, 비밀 혹은 너무 아름다운 꿈

그러나 최은미의 소설에서 삶이라는 유죄판결, 죽음을 향한 기울어짐, 벌레들의 우글거림 혹은 구토만을 강조하는 데 그쳐서는 안 된다. 그런 방식의 독해는 최은미의 소설에 대해 절반밖에 이야기하지 않는 바람에 결국 아무것도 말하지 않는 셈이 될 것이다. 최은미의 소설이 우리에게 깊은 울림을 주는 것은 그녀의 소설이 삶에 대해 염세주의적인 태도를 취하기 때문이 아니라 그 염세주의에 어떤 적극적인 힘들을 불어넣기 때문이다. 염세주의는 그저 퇴폐와 몰락과 허약함의 기호일 뿐일까? 혹시 '강한' 염세주의라는 것이 가능하지 않을까? 니체가 『비극의 기원』 2판 서문에서 던졌던 저 질문에 대해 최은미의 소설과 함께 그렇다고 대답할 수 있을지도 모르겠다. 앞에서 인용문을 배치하는 방식에서 이미 암시적으로 드러내 보이기도 했지만, 최은미는 언제나 하나의 장면을 두 번 이상 변주하면서 반복하고 어떤 에피소드를 반복하는 한에서만 자신의 이야기를 이어나갈 수 있었는데, 최은미의 강한 염세주의에 대해 생각하기 위해 우리 또한 최은미를 따라 그녀의 이야기를 한번 더 곱씹어야 할 것 같다. 미리 말하지만 이러한 반복이 그녀에게도 또 우리에게도 결정적이다.

「전임자의 즐겨찾기」를 다시 떠올려보자. 도청 별관 지하에 있는 한 연구소에 실종된 전임자를 대신할 어떤 여자가 업무를 시작하면서 이야기는 시작된다. 전임자의 행방이 묘연한 그해 여름, 인천발 멜버른행 여객기는 남태평양 상공에서 실종되었고, 군부대에서는 탈영사고가 여러 건 있었으며 양식장에서는 동자개 치어들이 집단 폐사하고 해안에서는 밍크고래들이 좌초하는 일이 많아졌다. 전임자가 탄 여객기가 남태평양 상공에서 추락한 것일까? 전임자가 개발한 사료가 동자개 치어 집단 폐사의 원인이었을까? 여자가 전임자의 물건들을 건드릴 때마다 못마땅한 기색을 내비치는 송과 전임자는 어떤 관계일까? 전임자와 잘 아는 사이라면서도 전임자의 실종을 모르는 채 지하연구소로 숨어든 탈영병은 누구이며 탈영병이 봤다는 고래가 전임자에게는 어떤 의미가 있을까? 무질서해 보이는 이 사건들의 흩어짐 속에서도 어떤 의미의 연결망이 떠오른다. 숨겨진 비밀이 곧 드러나기 때문이다. 지하 연구소에 모여든 사람들은 사실 죽은 자들이다! 범람한 하천에 익사한 해양수산연구사 송은 이미 사자死者가 됐는데도 그 사실을 모르는 채, 젊은 시절 해안 경계병으로 근무하면서 바다와 고래에 매료됐던 기억만을 갖고 연구소로 돌아왔다. 또다른 연구사 수영은 고래들이 좌초한다는 태즈메니아 섬을 찾아나섰다가 비행기 사고로 죽었고, 역시 자신이 죽은 것을 모르는 채 연구사의 업무를 이어나가기 위해 연구소로 돌아왔다. 서로를 알아보지 못하며 자신이 누구인지조차 잊은 두 사자死者들의 대화 속에서 흩어져 있던 퍼즐들이 하나로 맞춰지고 모든 수수께끼가 풀린다. 십칠 년 전 17세의 소녀 수영은 자신이 낳은 아이를 동해안에 좌초한 혹등고래에게 맡겼다. 고래와 바다에 심취해 있던 해안경계병 송이 때마침 이를 발견하고 아기뿐만 아니라 스스로를 바다에 던져넣으려 했던 수영을 구했다. 송은 자신이 구한 수영의 곁을 떠나지 못하고, 두 사람은 나중에 해양수산연구사가 되어 한 연구소에서 근무한다. 수영은 생명에 대한 혐오와 죄책감 속에서 무수한 동자개 치어들을 부화시키면서도 이들 모두를 죽일 수 있는 사료를 개발하는 한편 이런저런 경로를 통해 (십칠 년 전 자신의 아기를 데려갔다고 믿고 싶은) 고래에 대한 추적을 계속해왔으며 마지막에는 고래들이 좌초하는 것으로 유명한 남태평양의 태즈메니아 섬에 가기로 결심한다. 고래를 찾아 떠났다가 수영이 탄 비행기가 추락한 뒤 송은 깊은 슬픔에 잠겼고, 송이 부주의하게도 자신의 연구 현장에서 익사한 것은 그러한 사정 때문이었을 것이다.

수영은 자신의 삶을 모두 끝마치고 유령이 되어, 탈영병이라고 착각한 송의 유령과 대화하면서 자신의 고통스러운 삶을 한번 더 겪어야만 했다. 고통을 반복해서 겪고 나서 수영은 이렇게 말한다.

> 나는 그 시간들이, 탈영병과 함께 보낸 짧은 여름이 어떤 선물 같은 거였다고 생각한다. 그 며칠의 시간 때문에, 물속이지만 이제 정말로 눈을 감을 수 있다고 생각한다.
>
> 앉은 채로 나는 꿈을 꾸었다. 블랙스모커가 피어오르는 심해, 지구상에서 햇빛이 없이도 생명체가 살아가는 유일한 곳, 고래의 젖을 먹고 세상에서 제일 큰 아기가 된 사람의 아기가 기분이 좋은 날이면 블랙스모커까지 헤엄쳐 내려오는 꿈. 크릴새우를 훑어먹고 대왕오징어와 싸우며 심해를 떠돌던 아기가 잠깐씩 와서 쉬어가는 곳. 나는 그곳에 앉아 잠이 들었다.(76쪽)

삶이 단지 지옥일 뿐이라면, 그 삶을 반복해서 체험하는 것이 어떻게 '선물'이 될 수 있을까? 삶은 곧 고통이다. 우리에게 주어진 한 번의 삶 속에서 우리는 미처 매 순간의 어떤 가능성들을 끝까지 밀어붙이지 못하고, 가능성들의 보석함은 미처 열리지 못한 채 무의미한 쓰레깃더미라는 듯 우리 곁을 스쳐간다. 그렇게 해서 우리에게는 부조리한 시간의 흐름만이 주어질 뿐이다. 그러나 우리에게 그 순간들이 다시 주어진다면 그때는 보석함을 여는 데 성공하고 거기에서 무엇인가를 찾아 꺼내볼 수도 있지 않을까? 우리 삶의 가능성들을 조금 더 밀어붙여 우리 삶을 보다 강렬한 것으로 만들 수도 있지 않을까? 그런 점에서 죽음의 순간에 우리가 살았던 그 생을 한번 더 원하는 것은 당연하다. 수영에게 주어진 선물이 그것이었다. 한 번의 삶은 지옥일지도 모르겠지만, 영원회귀의 반복되는 삶이라면 그것은 보석함-선물이 될 수도 있다. 시간을 되돌린다면 끔찍했던 그 장면들을 피해갈 수 있으리라는 것이 아니다(타임머신이 등장하는 대개의 SF물들이 실패하는 지점이 바로 이 대목이다). 끔찍한 것으로 체험했던 바로 그 장면으로 다시 돌아갈 수만 있다면 정확히 동일한 그 장면에서 다른 가능성을 발견할 수도 있으리라는 것이다.

아니다. 발견할 수도 있으리라고 소심한 도박사처럼 말해서는 안 된다. 우리 곁을 스쳐 지나가는 이 순간들이 그 자체로 무한한 가능성을 함축하고 있다는 사실을 알아차리고 그래서 다른 어떤 순간이 아니라 정확히 그 순간을 우리의 현재 속에서 되찾기를 간절히 바라는 '삶에 대한 의욕' 속에서만(바로 이 순간들을 한번 더! 영원히 계속해서 한번 더! 이 순간에 충분히 만족했고 만족할 것이므로) 영원회귀는 스스로를 드러낸다. 그렇게 드러난 긍정의 영원회귀 속에서만 삶은 보석함으로 열리며 그 보석함은 웃음과 춤과 놀이의 기쁨으로 가득해질 수 있다. 삶에 대한 의욕 속에서만, 그 삶의 영원한 반복을 원하는 강렬한 의욕 속에서만.

첫번째 삶에서 수영은 생명에 대한 혐오감과 죄책감의 혼동 속에서 삶과 함께 아기에 대한 자신의 모든 감정의 흔적들까지도 원한에 찬 무기력으로 짓밟아놓았다. 그러나 되돌아온 삶에서 수영은 아기를 위해 꾼 꿈을 조금은 구제해놓고 있는 것이 아닐까. 도저히 기를 수 없는 아기를 젖도 나오지 않는 그의 어미와 함께 냉골 속에 버려두고 죽음을 기다리는 대신에, "고래의 젖을 먹고 세상에서 제일 큰 아기"로 변신시켜서 따뜻한 심해에서 자유롭게 헤엄치게 하는 꿈으로 바꿔놓으면서. 수영은 송과의 첫번째 만남에서 그에게 무거운 의무를 짊어지게 하고 자신의 곁에 묶어두는 바람에 두 사람의 관계를 일그러뜨려 놓았다(이것은 수영에게 깃든 아기가 수영에게 한 일과 어느 정도는 일치한다). 그러나 되돌아온 삶에서, 그들의 두번째 만남에서 수영은 동생을 대하듯 탈영병을 보살피면서 송과의 관계를 이렇게 바꿔놓고 있다.

> "저(탈영병=송)는 그냥, 누나(후임자=수영)랑 얘기를 하고 싶어요. 누나랑 같이 밥 먹고, 누나 일할 때 옆에 앉아서 책 보고, 누나가 보는 데서 잠들고, 그러는 게 좋아요."(65쪽, 이하 괄호 안은 인용자)

> 나(후임자=수영)는 무언가에 넋이 나간 듯한 탈영병의 옆모습을 잠깐 멍하니 바라보았다. 손이 얼마나 예쁜지 만져보고, 몸의 모든 접힌 부분을 들추어 냄새를 맡아보고, 배도 한번 쓸어보고 싶다는 생각이 불현듯 들었다. 어쩌면 탈영병을 처음 본 날 나는 그런 생각을 했다.(65쪽)

무거운 의무로 일그러졌던 두 사람의 관계를, 되돌아온 삶에서 수영은 구제해놓은 것이 아닐까. 고통의 장면을 반복하는 가운데 순수한 기쁨과 즐거운 돌봄의 관계를(그런데 송과의 관계 속에서 회복되는 이러한 점들은 수영이 아기에게 해주고 싶었지만 할 수 없었던 것들과 어느 정도는 일치하는 게 아닐까).

사정이 그와 같다면 죽은 자의 머릿속에 고여 있는 꿈의 잔영 속에서만이 아니라 우리의 삶의 실제적인 흐름들 속에서 반복이 이뤄져야 한다. 영원회귀는 우리의 삶이 모두 끝나는 순간에 '운명적으로 주어지는 어떤 신비'가 아니라 우리가 살아 있는 동안 '삶을 살아내는 형식'이어야 한다. 영원한 어긋남으로 스쳐 지나가버린 순간들을 현재 속에서 되찾아 희미한 만남의 계기들을 부여하며 다시 더 강렬하게 살아낼 것. 어쩌면 이것이 「비밀동화」의 이야기 구조이기도 할 것이다.

「비밀동화」에서 가장 가슴 아픈 한 줄의 문장은 이런 것이다. "그러나 지금은 아무것도 알지 못합니다."(14쪽) 누나는 아직 모르고 있다. 외갓집에 맡겨지고 얼마 안 있어 동생을 잃게 되리라는 것을, 동생을 잃고 난 뒤에도 동생이 곁에 있을 때 늘 그랬던 것처럼 언제 어디서나 칭얼거리며 누나를 부르는 울음 섞인 동생의 목소리를 듣게 되리라는 것을, 한참의 세월이 흘러 누나가 마지막 숨을 거두는 순간에도 그 소리를 듣게 되며 그제야 지난 삶의 모든 순간들 속에서 동생이 부르는 소리를 들으며 살아왔음을 깨닫게 되리라는 것을. 이 모든 것을 누나는 모르는 채 가슴 아픈 결말을 향해 조금씩 다가가고 있다는 것을. 그것이 희주 희수 남매의 비극을 보다 더 비극적으로 만들고 있다.

그런데 마지막 숨을 거두며 희주가 지금까지 삶의 매 순간에서 희수의 목소리를 들어왔다는 사실을 깨닫는 바로 그 순간, 희주는 회한에 찬 한숨을 내쉬기만 한 것일까? 만약 희주가 자신의 삶의 모든 국면들 속에서 영원한 어긋남으로 스쳐 지나가버린 동생과의 관계를 반복하면서 실은 희미한 만남의 계기들을 회복했던 것이라면, 어떤 방식으로라도 자신을 부르는 동생의 목소리에 응답했던 것이라면, 그러한 영원회귀의 구조 속에서 슬픔의 형식으로 이루어진 자신의 삶과 동생의 실종에 약간의 행복을 채워넣은 것이라고 말해도 좋지 않을까? 그렇다면 마지막 순간 희주는 약간은 안도의 한숨을 쉬어도 좋지 않을까.

이 소설의 제목 '비밀동화'가 가리키는 바는 표면적으로 다음의 두 가지이다. 첫째, 천년 전의 사찰이 불타 없어진 것은 사모하는 스승의 환속을 보고 한 승려가 가슴에서 이는 불길을 어쩌지 못해 절에 불을 지른 탓이며 그때 불탄 승려들의 영혼이 아직도 절터를 떠나지 못하고 있다는 것. 이것이 희주 희수 남매 외가의 뒤편 절터의 '비밀'이다. 둘째, 그때의 사건의 반복이라는 듯 총림의 기대를 한 몸에 받던 젊은 율사가 불탄 절터 아래서 자라난 어느 여인과 사랑에 빠져 환속하고 희주 희수를 낳았으나 더이상 빛나는 율사가 아닌 비루한 남자를 여자는 견디지 못하고 칼로 찔러 죽였다는 것. 이것이 이들 가족의 '비밀'인데, 동생은 이 비밀을 발설한 탓에 벌을 받아 실종되고 말았다고 누나는 생각한다.

그러나 「비밀동화」의 심층에는 다른 비밀이 하나 더 놓여 있다. 앞의 두 가지 '비밀동화'를 하나의 비극으로 겪게 된 누나가 죽음에 이르기까지 "아무것도 알지 못"하는 바로 그것이 심층의 '비밀'이다. '지금 알지 못하는 것'은 동생이 곧 실종될 것이며 실종된 동생의 울음 섞인 목소리를 살아가는 내내 들어야 한다는 것이 아니다. '지금 알지 못하는 것'은 지금 살아가고 있는 이 순간들이 영원한 어긋남으로 스쳐 지나가버린 순간들의 반복일 수 있으며 되돌아온 순간들이 희미한 만남의 계기를 부여할 기회이기도 하다는 것이다. 그것을 알지 못하는 한,

누나의 한 생은 회한에 찬 한숨으로 요약될 수밖에 없다. 그것을 알지 못하는 한, 벌은 동생이 아니라 누나에게 내려진 셈이 된다. 하지만 그녀가 마지막 순간에, 인생의 수많은 순간들 속에서 이를테면 "사랑을 나누던 절정의 순간"에조차 동생의 목소리를 들어왔다는 것을, 어떤 의미에서 그녀가 성취한 삶의 순간들이 누나를 부르는 동생의 목소리에 대한 희미한 응답이었다는 것을 이제 알게 된다면, 그때 그녀는 자신의 한 생을 더이상 벌로 받아들이지 않아도 되지 않을까. 그녀는 어떤 반복 속에서 어떤 실패를 조금이나마 구제할 수 있었으므로. 만일 삶이 하나의 유죄판결이라면 그것은 우리가 "그러나 지금은 아무것도 알지 못합니다"의 상태에 놓여 있기 때문이다. 우리의 삶이 단 한 번만 주어지고, 또 주어지자마자 스쳐 지나가며 사라질 뿐이라면 우리의 삶은 참을 수 없을 만큼 가벼운 것이며 그것이 무의미하고 무가치한 한, 우리의 삶은 유죄다. 그러나 만일 우리가 우리의 삶을 열지 못한 채 지나쳐버린 보석함들의 영원회귀로 인식하고 의욕할 수 있는 한, 우리의 삶은 결백하다. 지금 우리와 함께 「비밀동화」를 읽고 있는 당신에게 이렇게 물을 수도 있다. "당신은, 그러나 지금 무엇을 알지 못하고 있습니까? 지금 이 순간이 당신이 지나쳐버린 어떤 순간들의 반복이라는 영원회귀의 비밀을 알지 못하고 있습니까?"

「너무 아름다운 꿈」을 한번 더 떠올리기로 하자. 영화 〈공중화〉에서 리가 '메이멍'이라고 웅얼거렸을 때, 화자를 따라서 우리는 그것이 미몽迷夢이라고 생각했지만('삶은 곧 미몽迷夢, 미몽에서 깨어나기 위해 뛰어내리리라'), 이 소설의 제목 '너무 아름다운 꿈'이 바로 이 점을 암시하고 있거니와, '메이멍'은 사실 "미몽美夢"(113쪽)이 아니었을까.

우리의 삶 그 자체가 미몽迷夢이 아니라, 우리의 삶을 악몽이라고 생각하고 그로부터 깨어나야 한다는 관념 자체가 미몽迷夢이다. 삶을 벗어나려는 모든 시도를 거부하면서 정확히 삶의 한가운데에서 삶의 보석함들을 열어 보이려는 의지야말로 미몽美夢이며 너무 아름다운 그 꿈이 우리의 삶을 풍부하게 한다. 삶이 곧 꿈이라면 오직 그런 의미에서만 삶과 꿈이 일치한다. 애초에 이 소설의 주인공들이 리의 유작 영화 필름을 찾아보려 했던 것도 리가 자살(삶이 곧 미몽迷夢이라는 인식의 결론)했을 리 없다고 생각하며 다른 사인을 찾으려고 했기 때문이 아닌가. 삶이 곧 꿈이며 꿈에서 깨어나기 위한 투신자살이라니, 그런 허약한 염세주의를 우리는 받아들일 수 없다. 소설 속에서 리의 사인은 다소 불분명한데 권의 가설에 따르면 리는 바이러스의 최초 감염자들 가운데 하나였으며 자살이 아니라 바이러스에 의해 사망했다. 리는 바이러스 감염상태에서도 자기 삶에 주어진 아름다운 꽃을 즐기고 있었고, 그것을 〈공중화〉라는 영화로 만든 것이다! 이 소설의 마지막을 장식하고 있는 아름다운 이미지, 다시 말해서 바이러스 감염자들이 보게 된다는 공중꽃이 그저 헛것이 아니라 현실 속에 존재하는 요소라는 점을 증명하기 위해서 공중에 띄워놓은, 공중에서 반짝거리는 열기구들이야말로 현실의 공중꽃이며, 너무 아름다운 꿈이자, 우리가 삶을 살아내게 만드는 의욕인 셈이다. 허공이 신비스러운 공포의 힘을 가지고 헛것들을 부화시키면서 우리의 삶을 쓰러뜨릴 것이라는 미몽迷夢으로부터 벗어나려는 의욕이자 허공 안에서조차 삶이 뿌리내릴 "토양권"(103쪽)을 발견하려는 의욕, 그것이 아름다운 공중의 꽃처럼 보이는 열기구를 띄운 것이다. 돌이켜보면 이 아름다운 공중꽃이 이 소설의 첫 장면이며 마지막 장면이었다.

> 고원의 허공 위에 꽃이 피었다고 했다.
>
> (……) 짐을 꾸린 것은 꽃을 따기 위해 열기구를 띄운다는 소식 때문이었다.(83쪽)

> "열기구야."
>
> 쥔이 낮게 탄성을 뱉었다. (……) 우리는 풍선을 놓친 어린아이처럼 발을 구르며 허공을 향해 하염없이 손을 흔들었다.(119쪽)

삶까지 파고드는 죽음이 문제가 아니다. 문제는 삶의 한복판에서 아직 닫혀 있는 보석함들을 열고자 하는 의욕을, 그러니까 삶을 더욱 살아나게 하는 너무 아름다운 꿈을 우리가 가질 수 있겠는가 하는 것이다. 혹은 그것이 우리에게 한 번의 삶을 여러 번 살게 할 수 있겠는가 하는 것이다.

오직 이 영원회귀의 비밀을 통해서만 우리는 고통스런 삶을 기쁘게 누릴 수 있다. 근거 없는 순진한 낙관주의는 반드시 고꾸라지고 다시 일어날 기운을 차릴 수 없게 될 것이다. 절망과 싸워 이길 힘이 없는 약한 자들만이 낙관주의의 보호막 아래 숨어든다. 삶의 도처에 고통이 잠복해 있다는 사실을 거부할 수는 없다. 하지만 그것이 전부는 아니다. 삶에 고통스런 순간들이 있겠지만 그러한 순간들조차 되돌아오게 하는 힘과 의지를 빌려 우리는 그 순간들 안에서 어떤 보석들을 꺼내며 그 순간들을 구제하면서 고통조차도 긍정하게 될 것이다. 우리가 삶 그 자체를 의욕하고 반복을 의지하는 한에서.

최은미의 소설들은 비극의 훌륭한 사례들로 꼽을 만하다. 그러나 비극이라는 말에 대해 오해해서는 안 된다. 비극이란 슬픔, 고통, 시련을 전시함으로써 눈물과 함께 삶의 우울을 일시적으로 흘려보낼 수 있게 하는 것이 아니다. 비극은 그렇게 나약한 자들을 위한 체념의 예술이 아니다. 비극은 슬픔, 고통, 시련조차도 반복과 긍정의 대상으로 만들 수 있는지를 묻기 위해서만 그것들을 탐구의 대상으로 삼는다. 그러한 긍정을 통해 삶을 더욱 살아 있는 것으로 만들 수 있는지, 삶의 보석함을 마침내 열어낼 수 있는지를 묻는 의욕과 의지에 대한 시험으로써의 예술, 그것이 비극이다. 좀더 과감하게 말하자면 비극은 겉보기와 달리 기쁨의 예술적 형식이며 보다 강렬한 삶을 위한 긍정의 에피타이저이다.(들뢰즈, 『니체와 철학』, 민음사, 46~48쪽, 80~81쪽 참조) 삶이 곧 유죄판결이라는 인식 위에 쓰여진 것처럼 보였던 최은미의 소설이 그 안에서 결국 너무 아름다운 꿈을 발견해내고 마침내 삶의 결백과 기쁨을 끄집어낼 때 그것은 성공적인 비극이 된다. 최은미의 소설들을 사례로 제시하며 이렇게 말해볼 수도 있겠다. 비극을 읽는다는 것, 허무주의에 감염된 슬프고 무력한 순간들을 의욕에 찬 기쁨의 순간들로 되돌려놓으려 한다는 것, 다시 말하자면 삶을 살아낸다는 것. 살아가기 위해서 우리는 비극을 읽는 것입니다.

작가의 말

밤에 불을 켜고 책상에 앉으면 유리창으로 이쪽이 비친다. 거기엔 글을 쓰려고 막 자리에 앉은 내 모습이 있다. 창문 바깥으론 깜깜한 허공이 이어지고 그 허공엔 점점이 불빛들이 떠 있다. 반짝이는 불빛에 자칫 넋을 놓으면 눈이 초점을 잃고 자꾸 이쪽을 새긴다. 그럴 땐 불을 끈다. 그리고 노트북을 켠다.

노트북 안에는 폴더가 있다. 새 소설을 구상할 때마다 폴더 하나씩을 만들었다. 그때마다 하늘에 노란색 문을 매달아놓는 것 같았다. 저 문을 열면 이곳과 같으면서도 같지 않은 또 다른 세계가 펼쳐지겠지. 거기로 걸어가봐야지. 그러나 그것은 문이라기보다 어떤 작은 상자의 뚜껑일 때가 많았다. 열고 들어가자 그곳엔 내가 대면하고 가야 하는 내 척추뼈와 고관절과 좌심실과 측두엽 같은 것들이 담겨 있었다. 그것들을 낱낱이 들여다보고 다시 잘 조립해서 스트레칭까지 마친 후에야 저 문을 열고 걸어갈 수 있다고 말하는 것처럼.

그 폴더들이 빛이 나는 곤충처럼 살아나서 내 깜깜한 방을 돌아다니는 상상을 한다. 그 밤에 나는 노란 상자 하나를 가슴에 안고 허공을 날다가 어느 집 창문에 붙어서 운다. 매미처럼 목이 쉬면 내 방으로 돌아와 딸꾹질을 하며 얼룩을 지우고, 물 한잔을 마시고, 책상 위에 엎드렸다 잠이 든다. 그때 수런수런, 노트북 밖으로 나온 폴더들이 심전도 전극처럼 가슴에 붙어서 내 심박수를 읽어주었으면 좋겠다. 호흡을 점검하고 눈꺼풀을 뒤집어보다가 마침내는 고개를 끄덕여주었으면. 그렇게 내가 살아 있다는 것을 계속 알려주었으면 좋겠다.

사막에서 먼지를 잡고 있을 Y연구팀에게, 이 소설들과 연이 있는 이들을 대표해 안부를 전한다. 그들의 연구 과정을 알고 난 후로 깜깜한 창문 앞에 앉을 때마다 그곳을 생각하지 않은 날이 없었다. 누군가 지금도 허허벌판에서 세상의 입자를 채집하고 있다는 생각을 하면, 밤새 현미경으로 그것들을 들여다보고 있다는 생각을 하면, 글을 쓰는 일이 조금은 덜 막막하게 느껴진다.

폴더는 혼자 만들 수 있었지만 책은 그렇지 않았다. 책이 나오기까지 애쓰신 분들의 노고가 여기에 고스란히 담겨 있다. 감사를 전한다. 글에 대한 믿음과 용기를 주신 소중한 인연들, 언제나 큰 힘인 가족들께도 마음 깊이 감사드린다.

2013년 봄

최은미

| 수록 작품 발표 지면 |

비밀동화……『현대문학』 2010년 3월호

전임자의 즐겨찾기……『문학동네』 2009년 겨울호

너무 아름다운 꿈……『현대문학』 2011년 8월호

수요일의 아이……『캣캣캣』, 현대문학, 2010

눈을 감고 기다리렴……『문학들』 2010년 가을호

전곡숲……『한국문학』 2011년 봄호

간밤 강가……『현대문학』 2008년 12월호(발표 당시 제목은 '하울링')

울고 간다……『현대문학』 2008년 6월호

문학동네 소설집
너무 아름다운 꿈

1판 1쇄 2013년 3월 26일
1판 3쇄 2015년 10월 5일

지은이 최은미
펴낸이 강병선
책임편집 조연주 | 편집 황예인 박지영 | 디자인 김선미 유현아
마케팅 정민호 나해진 이동엽 김철민 | 홍보 김희숙 김상만 한수진 이천희
제작 강신은 김동욱 임현식 | 제작처 영신사

펴낸곳 (주)문학동네
출판등록 1993년 10월 22일 제406-2003-000045호
주소 10881 경기도 파주시 회동길 210
전자우편 editor@munhak.com | 대표전화 031) 955-8888 | 팩스 031) 955-8855
문의전화 031) 955-3576(마케팅) 031) 955-8864(편집)
문학동네카페 http://cafe.naver.com/mhdn

ISBN 978-89-546-2102-1 03810

* 이 도서의 국립중앙도서관 출판예정도서목록(CIP)은 서지정보유통지원시스템 홈페이지(http://seoji.nl.go.kr)와 국가자료공동목록시스템(http://www.nl.go.kr/kolisnet)에서 이용하실 수 있습니다.(CIP 제어번호 : CIP2013001529)

www.munhak.com